CXO 메시지

공감 너머

CXO 메시지

공감 너머

김대일 지음

W미디어

글을 시작하며

회사에서 승진을 한다는 것은 여러 가지 의미가 부여되겠지만, 더 높은 지위에 오르면 그만큼 같이 일하는 직원의 수가 많아짐을 의미하게 됩니다. 나는 4년 6개월 전에 이직을 하면서 내가 속한 조직에서 함께 일할 전 직원 100여 명과 일대일 면담을 실시했습니다. 일인당 30분만 잡아도 3,000분, 50시간이니 매일 하루 종일 면담한다 해도 일주일은 족히 필요합니다. 파악해야 할 업무도 많았고, 회의도 많았기에 결국 전 직원과의 면담을 모두 마무리하는 데는 약 4개월의 시간이 소요되었습니다. 어떤 직원은 담당임원과의 독대를 부담스러워하는 것 같았고, 어떤 직원은 10년 넘게 직장생활하면서 팀장도 아니고 담당임원과 그렇게 장시간 업무적인 얘기가 아닌 개인적인 것들로 면담해보기는 처음이라면서 매우 뜻밖이고 신선하다는 반응을 보이기도 했습니다. 그들의 얘기를 자주 듣고 원활한 소통을 해야 할 텐데 생각했지만 이런 일대일 면담을 통한 아날로그 방식으로는 일 년 내내 면담만 하고 일은 하나도 하지 못할 판이었습니다. 그래서 내 직책(CIO: Chief Information Officer/최고 정보책임자)과 어울리는 온라인 디지털 방식으로 직원들과 쌍방향 커뮤니케이션을 시작하기로 마음먹고 나의 에피소드, 경험담, 내가 들은 좋은 이야기, 감동적인 사연들, 교훈적인 이야기들을 e-메일로 직원들에게 보내기 시작했습니다.

이미 전 직장에서 'CIO 메시지'라는 e-메일 제목으로 몇 차례 커뮤니케이션했기 때문에 초기 몇 회분의 글 소재는 가지고 있었지만, 이것들을 다 소진하고 나서는 점차 글을 내보내는 주기의 간격이 길어졌습니다. 1주일에서 2주일로, 2주일에서 한 달 간격으로 그러나 끊이지 않고 직원들과의 커뮤니케이션은 계속되었습니다. 처음부터 일방향 커뮤니케이션이 아니고 쌍방향 커뮤니케이션을 표방했기 때문에 나의 지위를 이용한(?) 내 글에 대한 리플Reply(회신)을 회차마다 강요했습니다. 어떤 날은 전 독자(직원)의 20%나 내 글에 대한 리플이 있었고, 어떤 날은 단 한 명만이 나의 글에 대한 화답이 있었습니다. 그들이 내 글에 대한 관심이 많으면 즐거웠고, 그들이 내 글에 무관심한 것 같으면 시무룩해졌습니다. 아마 대부분의 직원은 이렇게 몇 번 하다 얼마 가지 않아 조용히 중단될 것이라고 생각했을 것 같습니다. 물론 나도 얼마나 오랫동안 자의든 타의든 계속 글을 쓸 수 있을까 반신반의했던 것도 사실입니다. 그렇게 세월이 흘러 입사 4주년 일자에 맞추어 100회가 완성되었습니다. 10회를 내보내고 어느 직원이 100회까지는 쓰실 거라는 덕담을 했을 때, 그저 하는 말이려니 했고 나도 여기까지 올 거라는 생각은 하지 못했습니다. 40회 정도를 썼을 때 주변의 몇몇 사람들이 우리만 읽기 아깝다고 출판을 권유했을 때, 그저 지나가는 인사치레려니 했습니다. 70회 정도 되었을까 많은 직원이 출판하면 대박날 거라고 했을 때는 심한 아부성 발언이라 생각하면서도 나라고 못할까라는 생각을 하게 만들었고, 급기야는 본문 중에 "버킷 리스트"라는 주제에 나의 버킷 리스트로 내 책 출간하기를 덥석 집어넣는 사건을 치게 만들었습니다. 그리고 100회를 마무리했을 때, 이 책을 출간할 용기를 얻게 되었습니다.

어떤 직원은 업무시간에 이런 글을 보내서 울게 만들어 일을 못하게 만들었다고 나보고 책임지라고 합니다. 어떤 직원은 내 글을 보고 오늘 집에 가서 아들을 꼭 안아주겠다고 합니다. 어떤 눈물이 많은 직원은 제목만 보고 혹 울게 될까 봐 집에 가서 보려고 인쇄해 놓았다고 합니다. 어떤 직원은 내가 소개한 책을 오늘 당장 사서 읽어보고 그대로 실천하겠다고 합니다. 어떤 직원은 퇴근 후 부모님께 전화하여 사랑한다고 얘기할 거라고 합니다. 정작 글은 내가 썼는데 오히려 그들로부터 감동을 받은 사람은 나였습니다.

뿐만 아니라 글을 쓰면서 나는 많은 것을 얻었습니다. 나는 나 스스로는 하지 않으면서 직원들에게는 화려한 미사여구로 치장하지 않았는지 생각하게 되었습니다. 그래서 나의 글이 나의 행동과는 다른 가식적인, 위선적인 것은 아닌지 많이 반성하게 됩니다. 이것은 글을 쓰면서 내가 얻은 소중한 소득입니다. 요즘 나는 내 아이들에게 이렇게 해라 저렇게 해라라고 하지 않으려 노력하고 있습니다. 어떤 사람으로부터 그가 그의 자녀에게 '너희들도 세상을 바꿀 수 있다You can change the world'라고 자주 말해 준다는 말을 듣고 적극 공감하여 나도 내 생각을 바꿨습니다. 그 동안 나는 내 아이들의 사고를 너무 나의 방식으로만 제한한 것 같아서입니다. 그들이 대통령이 될지, UN 사무총장이 될지, 다음카카오와 같은 벤처기업 CEO가 될지 아무도 모릅니다. 본문의 주제와 같이 생각의 차이가 인생의 차이로 변할 수 있기 때문입니다.

나는 이 글을 읽는 사람들이 글을 읽고 변했으면 좋겠습니다. 그래서 이 책으로 인해 5년 후, 10년 후 세상까지는 바꾸지 못했어도 그들의 인생은 바뀌었다고 생각하면 좋겠습니다. 지난 5년간 나의 글을 꾸준히 읽어준 독자들(전, 현직 직원들)에게 다시 한 번 끝없는 감사의 말씀을 드리며, 두서없는 주제와 내용을 한 권의 책으로 탄생할 수 있게 만들어준 박영발 대표에게도 진심으로 감사드립니다. 그리고 마지막으로 나에게 알게 모르게 많은 글의 소재를 제공해준 나의 가족들에게 사랑한다는 말을 하고 싶습니다.

김대일

차례

제2부 책이 있는 풍경

제3부 세상을 살아가는 작은 지혜

제4부 나를 찾아 떠나는 여행

제1부

아침꽃을 저녁에 줍다

세상에 시간만큼 공평한 것은 없을 것입니다. 가난한 사람에게나 부자에게나, 많이 배운 사람에게나 적게 배운 사람에게나, 아픈 사람에게나 건강한 사람에게나 똑 같이 주어지기 때문입니다. 하지만 그것을 어떻게 쓰느냐에 따라 그 사람의 인생은 180도 달라질 것입니다. 시간은 아무도 기다려주지 않는다는 평범한 진리! 당신이 가진 모든 순간을 소중히 여기십시오. 또한 당신에게 너무나 특별한, 그래서 시간을 투자할 만큼 그렇게 소중한 사람과 시간을 공유했기에 그 순간은 더욱 소중합니다.

1
100유로의 작은 기적

나는 퇴근할 때마다 운전하면서 MBC 라디오의 〈배철수의 음악캠프〉를 들을까, KBS 라디오의 〈이금희의 사랑하기 좋은 날〉을 들을까 하는 아주 소소한 고민을 하곤 합니다. 이금희 아나운서의 푸근한 목소리도 좋고, 배철수 DJ의 털털한 목소리도 좋고, 각각의 개성이 어우러져 그들만의 독특한 색깔이 묻어 있는 음악 프로들이라 그 날 그 날 채널에 손이 가는 대로 듣곤 합니다.

어제는 배철수의 음악캠프를 들었는데 그가 해준 이야기가 참으로 신기했습니다.

프랑스의 어느 작은 시골 마을이 있었습니다. 주민들의 주 수입원은 주로 외부 관광객에 의존했기 때문에 관광객이 많이 찾아오지 않으면 마을 사람들의 살림은 어려워질 수밖에 없었습니다. 계속된 경기 불황으로 외부 관광객의 발길은 끊어지고, 이 마을 사람들은 하루하루 살기가 힘들어져서 다른 사람에게 돈을 빌리거나 외상으로 물건을 구입할 수밖에 없었습니다.

그러던 어느 날 마을에 하나밖에 없는 호텔에 예약이 들어오고 100유로의 예약금이 입금되었습니다. 이 호텔 주인은 매우 기뻐하며 그 동안 외상으로 머리를 깎았던 이발소 주인에게 100유로를 갚았습니다.

그러자 이 이발소 주인은 생활을 위해 이웃에게 빌렸던 100유로를 갚았습니다. 그 이웃 또한 그 동안 식사를 위해 외상으로 구입한 스테이크 가격으로 정육점 주인에게 100유로를 돌려주었습니다. 그렇게 정육점 주인은 세탁소 주인에게, 세탁소 주인은 편의점 가게 주인에게, 편의점 가게 주인은 보일러 수리공에게 그간 빌렸던 돈 100유로를 갚았습니다.

그리고 며칠 후 그 100유로는 다시 호텔 주인에게 돌아왔습니다. 얼마 전 한 주민이 다 지불하지 못했던 파티 연회비를 갚은 것이었습니다. 그렇게 100유로는 며칠 동안 온 마을의 여러 사람을 거쳐 다시 호텔 주인에게 돌아온 것입니다. 돈이란 돌고 돈다는 말을 실감하게 한 일이었습니다.

그런데 며칠 후에 호텔 예약을 했던 고객이 예약 취소를 하고 예약금 100유로 환불을 요구했습니다. 그러자 호텔 주인은 100유로를 고객에게 돌려주었습니다. 호텔 주인을 포함한 마을 주민 그 누구도 이익을 보거나 손해를 본 사람은 전혀 없었습니다.

그런데 신기한 일이 생겼습니다. 온 마을 사람들이 각각 가지고 있었던 100유로의 부채가 모조리 사라졌습니다. 아무도 이익을 보거나 손해를 본 사람은 없는데 각자가 가지고 있었던 빚이 모두 없어진 것입니다. 어느 날 갑자기 마을에 들어온 100유로가 만든 신기한 작은 기적이었습니다.

2
상생과 유머 접근 방식
Win-Win & Humor approach

얼마 전 HR 주관 7habit 교육을 받았습니다. 성공한 사람들의 7가지 습관 중 한 가지가 바로 상생相生, 요즘 우리가 자주 얘기하는 윈-윈Win-Win입니다.

국가 간이나 기업 간이나 아니면 개인 간에도 윈-윈이 된다면 더욱 좋을 것 같습니다. 상생(Win-Win)의 사례를 소개합니다.

미국에 인디언 양치기 농부가 있었습니다. 농부의 이웃은 개를 여러 마리 기르고 있었는데, 그 개들을 모두 풀어놓고 있었기 때문에 농부의 양들은 계속 죽어갔습니다. 농부는 그 문제를 해결하기 위해 곰곰이 생각에 잠겼습니다.

물론 이웃을 상대로 소송을 벌일 수도 있었지만 그러면 돈도 많이 들어가고, 이웃지간에 원수가 될 수도 있었던 것입니다. 또한 개들이 들어오지 못하도록 울타리를 좀 더 튼튼하게 할 수도 있었지만 그러려면 시간도 많이 필요하고, 그럴 만한 돈도 없었습니다.

결국 농부는 문제를 해결하면서도 이웃과 소원해진 관계를 치유할 수도 있는 획기적인 방법을 생각해냈습니다.

어느 날 오후, 농부는 이웃집에 찾아가 이웃집 아이들에게 새끼 양 네 마리를 선물로 주었던 것입니다. 그러자 이웃사람은 아이들이 새끼 양을 아끼고 사랑하는 모습을 보고 새끼 양이 다치지 않도록 자진해서 개들을 묶어놓았습니다. 덕분에 농부의 문제도 자연스럽게 해결이 되었습니다.

내가 좋아하는 한자성어 중 하나가 '역지사지易地思之'입니다. 남의 입장이 되어 생각한다면 윈-윈은 자연스럽게 이루어지지 않을까요? 나 혼자 이기는 것은 자신의 승리감에 도취될지 모르지만 이것은 진정한 승리가 아닙니다.

이런 맥락에서 한국인은 좀처럼 지기를 싫어하고, 쉽게 웃지 않으며, 유머러스한 것과는 거리가 먼 DNA를 가지고 있습니다. 사대부사상과 유교사상이 불과 백 몇 십 년 전에 있었고, 그 후 일제 강점기와 한국전쟁 등 고난의 역사가 우리에게 이런 DNA를 가지게 한 것은 아닌가 하는 생각이지만, 이런 마인드는 상생(Win-Win)은 고사하고 양패(Lose-Lose)만 초래하게 될 것입니다.

유머로 성공한 몇 가지 사례를 소개합니다.

- 미국의 프로 세일즈맨 폴 마이어는 한 최고경영자를 대상으로 공략하다가 번번이 비서의 저지를 받자, 어느 날 좋은 리본을 맨 최고급 상자를 준비해서 "사장 친전"으로 우송했습니다. 그 속에는 이런 편지가 들어 있었습니다.

"저는 하늘에 계신 하나님도 매일 만나는데 어째서 사장님 만나기는 이토록 힘듭니까?"

마침내 그는 사장의 부름을 받을 수 있었고, 사장을 평생 고객으로 삼게 되었습니다.

- 링컨 대통령은 변호사 시절부터 자기 구두를 직접 닦는 버릇이 있었습니다. 백악관에 들어가서도 이 버릇은 계속되었습니다.
어느 날 참모들이 조심스럽게 만류하는 말을 꺼냈습니다.
"어떻게 대통령이 자기 구두를 닦습니까?"
그때 대통령의 답변이 걸작이었습니다.
"그러면 대통령이 남의 구두를 닦아주란 말입니까?"

- 남아프리카공화국은 주요 금 수출국가입니다. 애틀랜타 올림픽에서 남아공 선수들이 금메달을 따오자 당시 만델라 대통령은 이런 말을 해서 세계적인 화제가 되었습니다.
"우리가 미국에 수출한 금을 공짜로 되찾아와 매우 기쁩니다."

- 케네디 대통령은 선거전에서 존슨 측이 "대통령은 백발이 좀 있는 연륜 있는 사람이어야 한다"고 케네디의 짧은 경험을 공격해오자 "대통령에게 중요한 것은 머리카락이 아니라 머릿속이다"라고 맞받아쳤습니다.

지금 사회적으로도 어렵고, 회사들도 어려운 시기입니다. 여러분도 일상생활 속에서 타 부서와 마찰이 있을 때, 고객의 민원을 접수할 때, 남편이나 아내와 트러블이 있을 때 자신만의 상생과 유머 전략을 개발해 사용해보는 것이 어떨까요? 틀림없이 효과가 있을 것입니다.

3
생각의 차이

어느 금발의 여성이 뉴욕의 맨해튼에 위치한 한 은행에 들어오더니 대출 담당자를 찾았습니다. 그녀는 업무상 유럽에 한 달간 체류할 예정이고 5천 달러(약 6백만원)가 필요하다고 대출을 요청했습니다. 은행 대출 담당자는 대출을 위해서는 담보가 필요하다고 했고, 그녀는 자신의 롤스로이스 승용차 열쇠를 건넸습니다.

그 차는 은행 바로 앞에 주차되어 있었고, 대출 담당자가 서류 확인을 해본 결과 그 자동차는 그녀의 이름으로 등록된 것이 맞았고 그녀의 신상정보도 확인되었습니다.

은행에서는 그녀의 차를 담보로 5천 달러 대출을 승인했으며, 은행 지점장과 직원들은 고작 5천 달러 대출을 위해 25만 달러(약 3억원)의 차를 담보로 제공한 그녀를 비웃었습니다. 은행의 한 직원은 그녀의 차를 곧바로 은행 지하 차고에 주차 보관했습니다.

1달 후 그녀는 돌아와 5천 달러 원금을 갚고 1달 이자 31달러(약 3만 3천원)를 지불했습니다.

대출 담당자가 그녀에게 물었습니다.

"아가씨, 우리 은행은 정확한 날짜에 원금을 갚아 주신데 대해 대단히 감사하고 있습니다. 그런데 한 가지 궁금한 점이 있는데 물어봐도 될까요?"

"네, 말씀해보세요."

"아가씨 신용정보를 조회해보니 억만장자이시더군요. 그런데 고작 5천 달러 빌리려고 왜 이런 귀찮은 절차를 밟으셨는지요?"

그러자 금발의 여성이 답했습니다.

"이 비싼 뉴욕시에서 1달간 주차하는데 고작 31달러만 내도 되는 곳이 여기 말고 또 어디 있겠어요?"

이렇듯 생각을 달리하면 효율적인 해결 방안이 많이 있습니다.

많은 리더나 지도자들이 다르게 생각하고, 다르게 행동하라고 강조하고 있습니다. 컵 안에 물이 반이 차 있을 때 "물이 반밖에 없네?" 하는 사람과 "물이 반이나 있네!" 하는 사람이 있습니다. 물은 똑같이 반이 차 있지만 이것을 보는 사람의 생각의 차이는 정반대인 경우가 많습니다.

1968년 멕시코 올림픽의 높이뛰기 금메달리스트는 딕 포스베리Dick Fosbury라는 선수입니다. 당시 모든 높이뛰기 선수들은 높이뛰기 바를 앞으로 뛰어넘었습니다. 그러나 포스베리는 그 누구도 시도하지 않았던 등으로 뛰어넘었습니다.

처음에는 너무나 우스꽝스러운 폼이라서 모두들 비웃었지만 그는 그 폼으로 우승을 했습니다. 그 후 높이뛰기를 배로 넘는 사람은 사라지고 모두 등으로 뛰어넘는 그의 이름을 딴 포스베리법만 존재하게 되었습니다. 포스베리는 지금까지 자신이 해오던 방법으로는 더 높이 뛸 수 없다는 한계를 정확히 인지하고 전혀 새로운 형태의 방법을 창안해낸 것입니다.

1952년 12월 6.25전쟁이 소강상태로 접어들 무렵, 미국의 아이젠하워 대통령이 부산에 있는 '유엔군 묘지'를 방문하려고 했습니다. 이에 미군은 유엔군 묘지 단장공사를 입찰에 부쳤습니다. 조건은 한겨울인 그때 묘지를 푸른 잔디로 덮어달라는 것이었습니다.

많은 건설회사 사장들은 한결같이 불가능하다며 난색을 표명했으나, 현대그룹의 창시자였던 정주영 회장은 묘지 단장공사를 하겠다고 해서 입찰을 받았습니다. 미군의 조건은 미국 대통령이 오는데 황량한 묘지를 보이고 싶지 않다는 이유였습니다. 그때 정주영 회장은 묘지를 잔디를 깐 것처럼 파랗게 만들면 되지 않느냐고 물었고, 미군은 그렇다고 대답을 했습니다.

이때 막 건설업을 시작한 정주영 회장은 남들이 불가능하다고 생각했을 때, 그 당시 농가에서 많이 심었던 보리 싹을 생각해냈습니다. 그래서 여기저기에 수소문해 보리 싹을 대량으로 사들여 묘지를 덮었습니다. 그러자 묘지는 한겨울에도 마치 잔디를 심은 것처럼 푸른색으로 덮여졌고, 그것을 본 미군 장교는 놀라움을 금치 못하고 "원더풀"을 거듭하면서 정주영이 하는 일이라면 무조건 믿을 정도로 신뢰를 했다고 합니다.

정주영 회장은 그 공사에서 공사비를 세 배 이상으로 챙겼을 뿐만 아니라, 이후의 미군에서 발주하는 공사는 모두 도맡아 큰 이익을 창출했으며, 현대건설이 오늘날의 세계적인 대기업으로 성장할 수 있는 토대를 다지게 되었습니다.

"자살"을 거꾸로 하면 "살자"가 되고, "역경"을 거꾸로 하면 "경력"이 되고, "인연"을 거꾸로 하면 "연인"이 되고, "내 힘들다"를 거꾸로 하면 "다들 힘내"가 됩니다. 모든 것은 어떻게 생각하느냐에 따라 달라집니다. 생각의 차이가 인생의 차이입니다.

4
긍정의 힘

어느 유행가 가사에 '님이라는 글자에 점 하나를 찍으면 남'이 된다고 했습니다. 이렇듯 일획을 추가하거나 띄어쓰기를 바꾸면 정반대의 결과를 나타내는 기적의 문구가 있습니다.

고질병에 점 하나를 찍으면 고칠 병이 되니 점 하나가 그렇게 중요합니다.

'마음 심心' 자에 신념의 막대기를 꽂으면 '반드시 필必' 자가 됩니다.

불가능이라는 뜻의 Impossible이라는 단어에 점 하나를 찍으면 I'm possible이 됩니다. 부정적인 것에 긍정의 점을 찍었더니 불가능한 것이 가능해졌습니다.

빚이라는 글자에 점 하나를 찍으면 빛이 됩니다.

Dream is nowhere.(꿈은 어디에도 없다)를 띄어쓰기를 바꾸면 Dream is now here.(꿈이 바로 여기에 있다)로 바뀝니다. 부정적인 것에 띄어쓰기를 바꿨을 뿐인데 절망이 희망으로 바뀌었습니다.

그렇습니다. 불가능한 것도 한 순간 마음을 바꾸면 모든 것은 가능해집니다. 우리는 긍정의 힘이 얼마나 위대한 것인지 많은 사례를 통해 알고 있습니다. 불치의 병에 걸린 환자가 매일 살 수 있다는 긍정적인 생각을 통해 선고된 기간의 몇 배 이상 건강하게 살았다는 임상보고서를 많이 접했습니다. 과학적으로도 긍정적인 생각은 뇌에서 나오는 신경전달물질에도 작용한다고 증명이 되었습니다. 이렇듯 긍정 에너지는 알게 모르게 우리의 인생에 엄청난 영향력을 발휘하고 있습니다.

그러나 반대로 부정적인 마인드는 우리를 매우 힘들게 만들 수 있습니다. 실제적으로 인간은 전혀 일어나지 않을 일에 대해 너무 많은 걱정을 하고 있습니다. 그래서 철학자 엘버트 허바드Elbert Hubbard는 "인생에서 저지를 수 있는 가장 큰 실수는 실수할까 봐 끝없이 걱정하는 일이다"라고 했습니다. 사실 걱정한다고 해결되는 일은 전혀 없는데 말입니다.

그렇습니다. 걱정은 아주 쓸데없는 일입니다. 바비 맥퍼린Boby Mcferrin의 노래 Don't worry, be happy와 같이 걱정일랑 말고 행복해져야 합니다. 애니메이션 영화 〈라이온 킹〉에서 시몬과 품바가 아기 사자 심바에게 말한 아무 걱정하지 말라는 뜻인 '하쿠나마타타'를 외쳐야 합니다. 히브리어로 '말한 대로 이루어지리라'라는 걸그룹 브라운아이드걸스(브아걸)의 노래 '아브라카타브라'를 노래해야 합니다.

모든 근심걱정 다 날려 버리고 행복한 일들만 일어났으면 좋겠습니다.

5

티핑 포인트Tipping Point

그리스 신화에 나오는 시지프스Sisyphus는 신들을 모독한 죄로 제우스로부터 산꼭대기로 바위를 밀어 올리는 형벌을 받았습니다. 그런데 중요한 것은 바위를 산꼭대기에 올려놓는 순간 바위는 다시 바닥으로 굴러 떨어진다는 것입니다. 그래서 시지프스는 영원히 바위를 굴려 올리는 형벌을 받으면서 살아가게 되었습니다. 이와 비슷하게 조금만 더 하면 성공할 것 같은데 바로 직전에서 계속 실패하는 경우가 우리 인생에서 종종 있습니다. 이렇듯 아무리 열심히 해도 번번이 그 결실을 맺지 못하고 다시 시작하게 되는 것을 시지프스 효과Sisyphus effect라고 합니다.

반면에 산 정상에서 주먹만한 눈덩이를 뭉쳐서 아래로 던지면 그 눈덩이는 내려갈수록 커져서 산 아래에서는 집채만하게 됩니다. 시지프스 효과와는 반대로 그리 큰 노력 없이 단순히 눈덩이를 뭉쳐 던지기만 했는데 스스로 굴러 내려가며 커져서 엄청난 효과를 보게 됩니다. 이렇듯 큰 힘을 들이지 않는 데도 하는 것마다 승승장구하는 경우를 우리 인생에서 자주 보게 됩니다. 이런 효과를 스노우볼 효과

Snowball effect라고 합니다.

이 정반대의 두 개념, 시지프스 효과와 스노우볼 효과를 가르는 지점을 '티핑 포인트Tipping Point'라고 합니다. 다시 말해 티핑 포인트는 어떤 것이 균형을 깨고 한순간에 전파되는 극적인 순간을 이르는 말입니다. 갑자기 뒤집히는 점이란 뜻으로, 때로는 엄청난 변화가 작은 일들에서 시작될 수 있고 대단히 급속하게 발생할 수 있다는 의미로 사용되는 개념입니다.

이 말은 원래 미국 북동부의 도시에 살던 백인들이 교외로 탈주하는 현상을 기술하기 위해 1970년대에 자주 사용된 표현으로 사회학자들은 특정한 지역에 이주해오는 흑인의 숫자가 어느 특정한 지점, 즉 20퍼센트에 이르게 되면 그 지역사회에 남아있던 거의 모든 백인들이 한순간에 떠나버리는 한계점에 도달한다는 것을 관찰했습니다. 따라서 티핑 포인트에 도달할 때까지는 시지프스처럼 아무리 돌을 굴려 올려도 정상을 밟을 수 없다가 일단 정상인 티핑 포인트에 도달하면 스노우볼처럼 엄청난 효과를 보게 됩니다.

이러한 티핑 포인트는 여러 분야에서 많이 적용되는데 특히 마케팅 분야에서 많이 사용됩니다. 미국의 마케팅 전문가 사이먼 사이넥Simon Sinek은 어떤 제품이 전염병처럼 급속히 퍼지는 티핑 포인트의 지점에 손쉽게 도달하기 위해서는 먼저 고객 15~18퍼센트를 확보해야 한다고 주장합니다. 대중은 다른 사람이 먼저 제품을 이용하는 것을 본 다음에야 비로소 제품을 사며, 남의 추천 없이는 움직이지 않기 때문에 얼리 어답터early adopter를 공략해야 한다는 것입니다.

얼리 어답터는 직관적으로 의사 결정을 한다. 자신의 느낌을 믿기 때문이다. 대중 고객과 달리 새로운 제품을 사용하는데 따르는 위험을 기꺼이 감수한다. 웃돈을 지불하고 어느 정도 불편함을 즐겁게 참아낸다. 아이폰을 사기 위해 6시간씩 줄을 서는 것도 그래서다. 그렇다면 이제 답은 분명해진다. 대중보다는 얼리 어답터들에게 초점을 맞추어야 15~18퍼센트의 고객을 훨씬 효과적으로 확보할 수 있다. 즉 얼리 어답터 공략이 성공하여 티핑 포인트인 15~18%에 도달하면 이 제품은 스노우볼 효과를 맞아 매출이 엄청나게 신장될 것이고, 티핑 포인트에 도달하지 못하면 실패하게 될 것입니다.

미국의 가죽신발 제품 중에 허시 파피라는 브랜드가 있습니다. 이 브랜드를 만든 사람은 이 회사 세일즈 매니저인 뮤어라는 사람으로 그가 미국 동남부 지역 영업 출장을 떠나 그 지역 영업 매니저와 식사를 하게 되었습니다. 그 때 나온 음식 중에 튀긴 옥수수요리가 있었는데 그 이름이 허시 파피Hush Puppies였습니다. 이는 '강아지를 조용히시킨다'는 뜻인데 그 지역 농부들이 개가 짖을 때 던져주면 개가 그걸 먹느라 조용해진다고 해서 붙여진 이름이었습니다. 당시 짖는 개는 비유적으로 아픈 발을 가리키는 말이었는데 여기서 뮤어는 아픈 발(짖는 개)을 쉬게 해주는 신발이라고 해서 허시 파피라고 이름 지었습니다. 이렇게 해서 1958년에 탄생한 허시 파피는 1994년에 매출이 3만 켤레로 뚝 떨어지는 위기를 맞게 되었다가 1995년에는 1년 만에 갑자기 43만 켤레가 팔렸고, 1996년에는 170만 켤레가 팔리는 대이변이 일어났습니다.

도대체 무슨 일이 일어난 것일까요? 1994년 개봉된 〈포레스트 검프〉라는 영화가 대히트했는데 주인공인 톰 행크스Tom Hanks가 허시 파피를 신었다는 사실과 1995년 가을 유명 패션 디자이너들이 패션쇼에서 허시 파피를 부각시켰다는 사실이 입소문이 나면서 매출이 폭등한 것입니다. 티핑 포인트에 도달하기 전까지는 시지스프 효과로 3만 켤레를 팔았다가 입소문이 나면서 스노우볼 효과를 누려 170만 켤레를 팔게 된 것입니다.

"네가 나를 모르는데 난들 너를 알겠느냐"라는 가사로 유명한 노래 〈타타타〉는 가수 김국환이 불렀는데, 이 노래가 히트되기 전까지 그는 무명가수였습니다. 이 노래는 1991년에 출시되었는데 아무도 알지 못했고, 가수 김국환도 방송 출연이 거의 없었습니다. 그러다 우연히 김수현 작가가 라디오 방송에서 이 노래를 듣고 1992년 당시 국민 드라마 〈사랑이 뭐길래〉에 삽입하자 이 노래는 폭발적인 인기를 누렸고, 가수인 김국환도 스타덤에 오르게 되었습니다. 그에게 있어서는 인생이 바뀌게 된 티핑 포인트를 맞게 된 것입니다.

우리는 과연 티핑 포인트를 맞아 스노우볼 효과를 보고 있을까요, 아니면 시지프스 효과 아래에서 현실을 한탄하고 있을까요? 나는 모든 사람에게 이 티핑 포인트를 맞이할 기회가 틀림없이 있다고 생각합니다. 단지 그 시점이 언제인지, 그 계기가 무엇인지 아직 인지하지 못하고 있을 뿐이라고 생각합니다.

〈티핑 포인트: 베스트셀러는 어떻게 뜨게 되는가?〉라는 책의 저자 말콤 글래드웰Malcolm Gladwell은 이렇게 말했습니다.

"당신 주변을 둘러보라. 당신 주변이 도무지 움직일 것 같지 않은 무자비한 공간처럼 보일 수도 있다. 하지만 그렇지 않다. 약간만 힘을 실어 준다면 — 힘을 실어 주어야 할 바로 그 자리에 — 그곳은 점화

될 수 있다."

지금부터라도 여러분이 점화시킬 그 자리, 힘을 실어 주어야 할 바로 그 자리를 찾아 점화시키고 힘을 실어 주세요. 여러분도 여러분의 티핑 포인트를 넘어서게 될 것입니다.

6
인생의 전환점

여러분은 혹시 KBS-TV 9시 뉴스를 진행하던 민경욱 씨를 아십니까? 지금 청와대 대변인으로 있지만, 그는 앵커를 하기 전에는 기자였고, 얼굴은 미남형은 아니었지만 그의 멘트는 상당히 샤프했던 기억이 있습니다. 그가 2010년 말쯤에 트위터에 올렸던 내용이 한때 큰 화제가 되었습니다.

그의 막내 동생에게 초등학교에 다니는 외동딸이 있었는데, 쾌활하던 아이가 정서적으로도 불안해 보이고 성적도 반에서 꼴찌를 겨우 면하는 정도였답니다. 막내 동생이 증권회사를 다니다가 신용 불량자가 되었고, 돈을 벌기 위해 집에 자주 들르지 못하면서 딸아이를 잘 돌보지 못한 때문이었습니다.

그러던 중 민경욱 씨가 워싱턴 특파원으로 미국에 있었을 때 어린 조카들을 초청했답니다. 아이의 이모와 이모부, 삼촌들이 돈을 모아서 여비를 만들었기에 놀이공원에 가고 싶다는 아이들을 그의 아내는 야단치면서 자연사박물관이며 항공박물관, 미술관, 식물원 할 것 없이 아이들 교육에 좋다고 생각되는 곳만 빠짐없이 보여주었답니다.

그래도 아이들인지라 다시 놀이공원에 가고 싶다고 말했고, 그의 아내가 "너희들을 여기 보내려고 친척들이 최소한 천만원은 모았을 텐데, 지금 여기서 놀자는 얘기가 나오냐"며 그런 아이들에게 야단을 쳤고, 워싱턴 일대에서 가장 잘 사는 교포의 집을 방문했을 때는 "너희들도 공부 열심히 하면 이렇게 잘 살 수 있다. 영어를 열심히 공부하면 미국에서 생활할 수도 있다"라고 아이들에게 희망을 심어주려 했습니다. 그 후 2주간 영어 캠프 및 나이아가라 폭포를 이틀 동안 관광하고 한국으로 돌려보냈답니다.

아이들이 미국을 방문하고 간 지 얼마 안 되어, 반에서 꼴등 수준이던 민경욱 씨의 조카딸이 방학 지나고 본 시험에서 전교 1등을 했다는 소식을 전해왔답니다. 초등학교 4학년 아이가 방학 동안 혼자서 그야말로 이를 악물고 공부를 했고, 개학을 하고 본 시험에서 전교 1등을 했다는 겁니다. 그리고 중학교에 들어가고, 돈 때문에 학원은 못 보내지만 혼자서 힘들게 열심히 공부하고 있다는 소식을 간간이 들었답니다.

그러던 어느 날 그에게 조카딸이 문자를 보내왔답니다.

"큰 아빠, 큰 엄마! 저 XX외고에 합격했어요. 미국 구경시켜 주셔서 제 인생이 달라졌어요. 고맙습니다. 열심히 공부해서 꼭 서울대 갈게요. ^_^"

민경욱 씨와 그의 아내가 얼마나 뿌듯해 했을지 보지 않아도 짐작이 갑니다.

이런 얘기를 들으면 괜히 기분이 상쾌해집니다. 우리도 누군가에게 이런 인생의 전환을 줄 수 있으면 참으로 즐거운 일일 겁니다.

7

적재적소의 인재 Right person

몇 년 전 프로 야구 한화 이글스의 김태균 선수가 일본에서 컴백하면서 연봉 15억원을 기록하여 화제가 되었습니다. 연봉 15억원이면 각 팀에서 주전으로 뛰는 선수보다 많게는 15배 이상, 적게는 2배에 이르는 어마어마한 금액입니다. 과연 선수 한 명이 그만한 가치가 있을까 하는 의문이 있지만, 실력으로 돈을 결정하는 프로의 세계에서는 능히 통용될 만한 일입니다.

그러면 김태균 선수가 그 해 타율 2할 8푼에 홈런 20개, 90타점 정도를 쳤다면 어떤 평가를 받게 될까요? 이 정도 성적이라면 일반선수에게는 매우 수준급 성적입니다. 그러나 연봉 15억원의 선수가 이런 성적을 내었다면 결코 용납될 수 없겠지요. 최소한 3할 이상의 타율, 40개 정도의 홈런, 100타점 이상이 되어야 할 것입니다.

중국 고전에 나오는 일화 한 편을 소개합니다.

옛날 중국에 한 정승이 있었습니다. 황제를 제외한 가장 높은 직책이었습니다. 하루는 정승이 시찰을 위해 이곳저곳을 다니고 있을 때, 가마 밖에서 집사가 다급한 목소리로 말했습니다.

"대감마님, 지금 길바닥에 사람이 죽어서 가마니에 덮여 있습니다. 어떻게 할까요?"

"음, 놔둬라. 그냥 가도록 하자."

정승은 간단히 대답하며 갈 길을 가라고 했습니다.

얼마쯤 지나 언덕을 지나갈 때, 가마 안에 타고 있던 정승이 다급한 목소리로 말했습니다.

"잠깐, 여기서 마차를 멈추어라."

그리고는 신발을 신지도 않은 채 언덕을 향해 쏜살같이 달려가는 것이었습니다.

때는 봄철이라 날씨도 따뜻하고, 마을 풍경은 매우 평화롭게 보였습니다. 다만 언덕 위에 매어 놓은 소만이 무엇이 고통스러운지 헉헉거리며 제자리를 맴돌고 있었습니다.

정승은 쏜살같이 언덕을 올라가더니 언덕 위에 매어 놓은 소를 이리저리 유심히 살펴보면서 하늘을 한참 바라보다가 고개를 갸우뚱거리며 내려오고 있었습니다.

그리고는 마차에 타고 "자, 가자!" 하고 말하는 것이었습니다.

한참을 가다가 집사는 더 이상 궁금해서 견딜 수가 없었습니다.

"저, 대감마님. 한 가지 여쭈어 볼 것이 있는데, 말씀 드려도 되겠습니까?"

"음, 말해 보아라!"

"다름이 아니라, 아까는 제가 길바닥에 사람이 죽어 있다고 말씀 드렸습니다. 그때 대감마님께서는 대수롭지 않다는 듯이 그냥 가자고 말씀하셨습니다. 그런데 조금 전에는 언덕에 매어 놓은 소를 보고 급히 달려가셨습니다. 그것도 신발도 신지 않으신 채로 말입니다. 물론 언덕 위의 소는 어딘가 고통스러워 보였습니다만, 그렇다면 대감마님께서는 죽은 사람보다 산 짐승이 더 중요하다고 생각하신 겁니까?"

"자네의 질문에 두 가지를 대답해 주겠네. 첫째는, 내일부터 자네는 내 집사직을 그만두기 바라네. 그리고 두 번째는, 길에 죽어 있는 사람은 이 고장 지방장관이 처리해야 할 문제이지 국가 전반을 다루는 내가 할 일이 아니다. 그러나 따뜻한 봄날에 언덕 위의 소들이 고통스러워하고 있는 것은 무엇인가 이상기온이 발생하고 있기 때문이니, 이는 국가 전체에 관한 일이므로 정승인 내가 살펴보아야 할 일이다. 자네는 아직 정승의 집사 임무를 수행할 그릇이 갖춰지지 않았으니 어찌 나와 함께 다닐 수 있겠는가?"

조금 극단적인 예가 될 수 있겠으나 한편 되새겨봄직한 일화입니다. 전쟁시 장군이 전쟁에 필요한 전략 전술은 짜지 않고 최전방에서 총을 들고 싸운다면 이 전쟁은 절대 이길 수 없겠지요.

김태균 선수가 앞으로 몇 년 동안 2할대 타자, 20개 홈런, 100개 이하 타점을 계속 기록한다면 그는 한국 최고 연봉자의 자리를 지킬 수 없을 것이고, 정승의 집사와 같이 될 수도 있을 것입니다.

우리 직장인도 프로 야구 선수와 똑같다고 생각합니다. 15억원의 연봉을 받으려면 그에 맞는 경쟁력을 갖추어야 하고(물론 운도 따라야 하지만), 15억원의 연봉을 받으면 그에 상응하는 역할을 하고, 성과를 내어야 할 것입니다.

올해, 여러분은 어디에서도 여러분을 찾는 적재적소의 인재right person가 되도록, 그리고 여러분의 미래 비전을 달성하기 위한 여러 가지 경쟁력을 준비하시기 바랍니다.

5년 후, 10년 후에 여러분은 무엇이 되어 있을까요? 5년 후, 10년 후를 위한 비전을 가지세요. 그리고 그 비전을 위해 준비하고, 실천하세요. 그냥 세월을 보내는 것과 비전을 갖고 준비하는 것과는 엄청난 차이가 있습니다.

5년 후, 10년 후에 여러분 모두가 흑룡과 같이 힘찬 비상을 하여 원하는 비전을 달성하고 거기에서 적재적소의 인재가 되어 있길 기원합니다.

8
결혼 지참금

결혼을 할 때면 혼수 문제로 심각한 문제가 야기되는 일이 종종 있습니다. 심지어는 혼수 때문에 양가가 다투다가 결혼이 깨지는 일도 비일비재합니다.

인도에서는 신부가 결혼을 하기 위해서는 결혼 지참금을 지불해야 하는데 이를 '다우리 제도'라고 합니다. 그런데 이 제도 때문에 비관하여 자살한 인도 여성이 1997년에만도 5천 명이 넘었다고 합니다.

이와는 반대로, 아프리카 어느 나라의 마을에는 신랑이 암소를 끌고 신부 집에 가서 "암소를 드릴 테니 딸을 주세요"라고 청혼하는 결혼 풍습이 있었습니다.

이 마을에서 의료 봉사하는 어느 외국 의사가 있었습니다. 그는, 이 마을 유지의 아들로 외국에서 선진 축산기술을 배우고 돌아와 조국을 위해 봉사하겠다는 훌륭한 생각을 하고 있는 한 젊은이를 알고 있었는데, 어느 날 그가 청혼을 하러 가는 광경을 목격하게 되었습니다.

일반적으로 보통 신붓감에게는 암소 한 마리, 괜찮은 신붓감에게는 암소 두 마리, 그리고 최고의 신붓감에게는 암소 세 마리를 지참금으로 청혼하는 것이 관례입니다.

그런데 놀랍게도 이 청년이 몰고 가는 암소는 아홉 마리였습니다.

모두들 이 청년이 청혼할 상대가 궁금했습니다. 다들 어머어마한 집 딸이라고 생각했는데, 이 청년이 도착한 집은 아주 허름한 집이었습니다. 그리고 그 집 노인에게 청혼을 하는데, 그 노인의 딸은 예쁘지도 않고 아주 초라하고 심약해 보이는 처녀였습니다. 암소 아홉 마리의 청혼 상대치곤 너무 초라해 마을 사람들이 모두 수군댔습니다.

그 후 의사는 의료 봉사를 마치고 본국으로 돌아갔고, 또 몇 해가 지나 휴가차 다시 그 마을을 방문하게 되었습니다. 그 청년은 마을에서 큰 사업가가 되어 있었고, 하루는 저녁 초대를 받아 같이 식사를 하게 되었습니다.

식사를 하면서 의사는 오랫동안 궁금해 했던 청혼 선물로 과도하게 암소 아홉 마리를 건넨 이유를 묻자, 그는 웃기만 하고 아무런 답이 없었습니다. 그때 아름답고 기품 있는 한 흑인 여성이 커피를 가지고 들어왔습니다. 유창한 영어와 세련된 매너를 가진 아주 멋진 아프리카 여성이었습니다. 그래서 의사는 '아, 이 사람이 그때 청혼했던 여성과 헤어지고 다른 사람과 재혼했구나! 하긴 그때 그 여인은 이 사람과는 어울리진 않았지'라고 생각했는데, 그가 말했습니다.

"선생님, 이 사람이 그때 제가 청혼했던 그 사람입니다."

의사의 놀란 모습을 보고 사업가는 계속 말을 이었습니다. 그는 어렸을 때부터 그 여인을 사랑했고, 결혼을 원했답니다. 솔직히 그 여인의 집안 사정을 감안하면 암소 한 마리로 청혼해도 충분히 승낙을 받을 수 있으나 그가 사랑한 여인이 자신의 가치를 암소 한 마리로 한정하며 평생을 사는 것을 원치 않았답니다. 자신을 암소 두 마리나 세 마리 받았던 처녀들과 비교하면서 움츠려 살게 하고 싶지 않았기 때문에 아홉 마리를 선물했다 합니다. 그러자 그가 살아가는 동안 그의 아내에게 공부하라거나 외모를 가꾸라고 강요한 적이 없었는데도 스스로 자신이 암소 아홉 마리의 가치가 있는 것이 아닌가 생각하는 것 같았고, 또 그에 걸맞은 사람으로 변하여 지금같이 건강하고 아름답게 변모했다고 합니다.

그러면서 그는 누군가 당신에게 소중한 사람이 있다면 그 사람에게 최고의 가치를 부여해야 하고, 그리고 누군가로부터 자신이 인정을 받으려면 자신에게 최고의 가치를 부여해야 한다고 말했습니다.

'숙녀와 꽃 파는 아가씨의 차이는 그 여자가 어떻게 행동하느냐에 있지 않고, 다른 사람들에게 어떻게 대접받는가에 있다'라는 버나드 쇼George Bernard Shaw의 말이 있습니다. 이 여인이 받은 결혼 지참금은 암소 아홉 마리가 아닌 남편으로부터 선물 받은 최고의 가치였습니다.

9
대화가 필요해

한때 '개그 콘서트'라는 TV 코미디 프로에서 "대화가 필요해"라는 코너가 큰 인기를 끈 적이 있습니다.

우리는 대화의 단절, 즉 커뮤니케이션의 단절로 인해 많은 어려움을 겪고 있습니다. 직장에서도, 가정에서도…. 특히 부부 싸움을 했을 때 누가 먼저 화해의 손길을 보낼 것인가를 마냥 기다리다가 더 큰 싸움으로 번질 수도 있고, 심지어는 돌이킬 수 없는 지경까지 가는 경우도 종종 볼 수 있습니다. 아무리 같이 오래 산 부부라도 부부 싸움을 한 뒤에 먼저 말을 붙이기가 쉽지 않은 것 같습니다.

어느 할아버지와 할머니가 심한 말다툼을 했습니다. 예의 그렇듯이 할머니는 화가 나서 입을 꾹 닫고 할아버지와 대화를 단절했습니다. 할아버지는 이미 서로 싸운 사실조차 잊었는데, 할머니는 계속 침묵으로만 일관하고 있었습니다.

그러던 어느 날 할아버지가 온 집안을 뒤지기 시작했습니다. 옷장이며 화장대며 다 뒤집어서 마치 도둑이라도 든 것처럼 방바닥에는 옷이나 이불이 뒹굴기 시작했습니다. 그러자 할머니는 도저히 참지 못하고 결국에는 할아버지에게 물었습니다.

"도대체 무얼 찾길래 온 집안을 엉망으로 만드시오?"

그러자 할아버지가 "아이고 드디어 찾았구먼" 했습니다.

"무엇을 찾았다는 말이오?" 하고 묻자 "잃어버린 내 마누라 목소리를 찾았지" 하며 할아버지는 환하게 웃었습니다.

여러분도 그 다음은 어떻게 되었을지 짐작이 가지요?

혹시 여러분도 지금 아내나 남편, 또는 주변의 동료들과 혹시 이런 상황에 처하고 있지는 않나요? 그 사람의 목소리를 찾는 방법을 한 번 시도해 보십시오.

커뮤니케이션은 어렵지만 또 그렇게 어려운 것만은 아닙니다.

10
미운 사람 죽이기

불경의 〈법구경〉에 이러한 말이 있습니다.

부당취소애不當趣所愛	사랑하는 사람을 가지지 말라
역막유불애亦莫有不愛	미워하는 사람도 가지지 말라
애지불견우愛之不見憂	사랑하는 사람은 못 만나 괴롭고
불애역견우不愛亦見憂	미워하는 사람은 만나서 괴롭다.

하지만 평범한 소시민인 우리는 성인과 같이 마음을 다스리지 못하니 사랑하는 사람도 가질 수 있고, 미워하는 사람은 더 많이 가질 수밖에 없습니다.

한때 젊었을 때 나는 회사 내에서 나를 싫어하는 사람이 없을 것이라 생각한 적이 있었습니다. 아니, 나를 싫어할 수가 없을 것이라 생각했습니다. 그러나 그렇지 않다는 것을 알았을 때 너무도 충격을 받아 아내를 붙잡고 술에 취해 하소연했던 기억이 있습니다. 너무나 자신을 모르고, 현실을 모르지 않았나 생각됩니다.

주변에 미워하는 사람이 있으면 이 같은 고통이 더 없을 것입니다. 특히 하루 10시간 이상을 보내는 직장 내에서 미운 사람을 매일 보고 살아야 한다거나, 집안에서 평생 미운 사람과 같이 살아야 한다면 이보다 더 끔찍한 일은 없겠지요.

옛날에 시어머니 시집살이가 너무 지독해 견딜 수가 없었던 며느리가 있었습니다. 그래서 이 며느리는 아주 용한 무당을 찾아갔습니다. 그러자 무당은 다짜고짜 시어머니가 가장 좋아하는 음식이 뭐냐고 물었습니다. 그래서 인절미라고 대답하자, 무당은 앞으로 백 일 동안 매일 인절미를 만들어서 하루도 빼놓지 말고 인절미를 드리면 백 일 후에는 시어머니가 이름 모를 병에 걸려 죽을 것이라고 예언했습니다.

다음날부터 며느리는 매일 인절미를 만들어서 시어머니께 드렸습니다. 시어머니는 처음에는 안 하던 짓을 한다고 욕을 했지만, 며느리가 매일 맛있는 인절미를 해다 주자 두 달이 지나지 않아 동네 사람들에게 해대던 며느리 욕을 거두고 반대로 입에 침이 마르게 며느리 칭찬을 하게 되었습니다.

석 달째가 되자 며느리는 사람들에게 자신을 미워하기는커녕 칭찬만 하는 시어머니를 죽이려고 했던 자신이 너무 무서워 다시 무당을 찾아가서 이번에는 시어머니를 살려 달라고 애원했습니다. 그러자 무당은 웃으며 "이제 미운 시어머니는 벌써 죽었지?"라고 말하는 것 아니겠습니까.

싫은 상사나 동료를 죽이는 방법도 마찬가지겠죠? 떡 한 개로는 안 될 것입니다. 적어도 며느리처럼 백 번은 인절미를 해다 바쳐야 미운 사람이 죽을 것입니다. 뭔가 그 사람이 필요로 하는 것을 여러분이 해줄 수 있다면 해주십시오. 칭찬할 일이 있다면 칭찬하십시오. 그렇게 백 번만 한다면 미운 그 사람은 없어질 겁니다.

내가 누구를 싫어한다면 상대방에게도 그 마음이 전달되어 그 사람도 나를 싫어하게 될 것입니다. 자, 이제 지금부터 미운 사람 죽이기를 시작해 볼까요? 혹시 내일 누군가가 여러분에게 인절미를 준다면 그 사람은 이제까지 여러분을 미워했던 사람입니다.

설마 내 자리에 내일 인절미가…

11
앞을 내다보는See beyond 혜안

시 비욘드See beyond라는 IT 회사가 있습니다. 이 회사가 구체적으로 무엇을 하는 회사인지는 잘 모르지만 나는 이 회사의 이름 시 비욘드See Beyond가 무척 마음에 듭니다. 비욘드Beyond가 '초월하여, 넘어서'라는 사전적 의미를 가지고 있으니 눈앞의 것만 보지 말고 멀리 내다보라는 뜻이겠지요.

어느 아파치족 추장이 연로하여 후계자를 선출하게 되었는데, 그는 여러 면에서 뛰어난 젊은 후보자 세 명을 선발했습니다. 그들에게 추장은 마지막 과제를 주었습니다. 그것은 아무런 장비 없이 눈 덮인 로키 산맥의 꼭대기에 올라갔다가 돌아오는 것이었습니다.

세 용사는 수많은 고생 끝에 로키 산의 정상에 올랐고, 저마다 정상에 갔다 왔다는 증거를 가지고 돌아왔습니다. 그 중 가장 먼저 달려온 용사는 그 산꼭대기에서만 피는 꽃 한 송이를 추장에게 바쳤고, 잠시 후 도착한 두 번째 용사는 산꼭대기 맨 윗부분에만 있는 귀한 붉은 돌을 증거물로 제시했습니다.

그러나 마지막으로 돌아온 세 번째 용사는 빈손이었습니다. 추장이 세 번째 용사에게 왜 빈손으로 왔는지 묻자 “추장님, 저도 분명 로키 산의 정상에 도착했습니다. 그리고 저는 로키 산 너머에 있는 비옥한 땅과 넓은 강물과 수많은 버팔로 떼를 보았습니다. 저는 누가 추장이 되느냐가 중요하다고 생각하지 않습니다. 중요한 것은 우리가 저 산을 넘어 비옥한 땅으로 이주해야 한다는 것입니다”라고 말했습니다.

누가 추장이 되었을까는 굳이 말을 하지 않아도 알 수 있을 것입니다. 세 용사 모두 로키 산의 정상에 도달했지만 두 명은 눈앞의 꽃 한 송이와 귀한 붉은 돌을 가지고 왔으나, 마지막 용사는 부족의 미래와 꿈과 희망을 가지고 온 것입니다.

‘앞을 내다보는See beyond’ 혜안은 아무나 가질 수 있지 않습니다.

12
시간의 가치

세상에 시간만큼 공평한 것은 없을 것입니다. 가난한 사람에게나 부자에게나, 많이 배운 사람에게나 적게 배운 사람에게나, 아픈 사람에게나 건강한 사람에게나 똑 같이 주어지기 때문입니다. 하지만 그 것을 어떻게 쓰느냐에 따라 그 사람의 인생은 180도 달라질 것입니다.

시간을 돈으로 환산할 수 있다면 어떻게 될까요? 매일 아침 여러분에게 8만6,400원을 입금해주는 은행이 있다고 가정해 봅시다. 그런데 여러분의 계좌는 당일이 지나면 잔액이 남지 않습니다. 매일 밤 12시에 여러분의 계좌에서 하루 동안 쓰지 못하고 남은 잔액은 그냥 사라지게 됩니다. 여러분이라면 어떻게 하시겠습니까? 당연히 그 날 모두 인출할 것입니다.

시간은 우리에게 마치 이런 은행과도 같습니다. 매일 아침 우리는 8만6,400초를 부여받고, 하루 동안 우리가 사용하지 못한 시간은 매일 밤 그냥 없어져 버릴 뿐입니다. 잔액도 없고, 더 많이 사용할 수도 없습니다.

그리고 어김없이 매일 아침 은행은 여러분에게 새로운 돈을 넣어주게 됩니다. 다시 매일 밤 그 날의 남은 돈은 남김없이 불살라집니다. 그 날의 돈을 사용하지 못했다면 손해는 오로지 여러분이 보게 됩니다. 돌아갈 수도 없고, 내일로 연장시킬 수도 없습니다. 단지 오늘 현재의 잔고를 갖고 살아갈 뿐입니다.

따라서 건강과 행복과 성공을 위해 최대한 사용할 수 있을 만큼 뽑아 쓰십시오! 지나가는 시간 속에서 하루하루 최선을 다해 보내야 합니다.

1년의 가치를 알고 싶으면 고시에 낙방한 수험생에게 물어보세요.

한 달의 가치를 알고 싶다면 미숙아를 낳은 어머니를 찾아가세요.

한 주의 가치는 신문 편집자들이 잘 알고 있을 겁니다.

한 시간의 가치가 궁금하다면 사랑하는 이를 기다리는 사람에게 물어보세요.

일 분의 가치는 열차를 놓친 사람에게, 일 초의 가치는 아찔한 사고를 순간적으로 피할 수 있었던 사람에게, 천 분의 일 초의 소중함은 아깝게 은메달에 머문 육상선수에게 물어보세요.

당신이 가진 모든 순간을 소중히 여기십시오. 또한 당신에게 너무나 특별한, 그래서 시간을 투자할 만큼 그렇게 소중한 사람과 시간을 공유했기에 그 순간은 더욱 소중합니다.

시간은 아무도 기다려주지 않는다는 평범한 진리! 어제는 이미 지나간 역사이며, 미래는 알 수가 없습니다. 오늘이야말로 당신에게 주어진 가장 가치 있는 것이며, 그래서 우리는 현재Present를 선물Present

이라 부릅니다.

여러분은 지금 현재를 선물이라 생각하고 있습니까?

그리고 여러분에게 주어진 이 선물을 잘 이용하고 계십니까?

여러분의 아이가 놀아주길 원할 때 "다음에 놀아 줄게"라고 하지는 않는지요?

여러분의 부모님이 여러분을 보고 싶어 할 때 "다음에 바쁜 일이 해결될 때 찾아뵐게요"라고 하지는 않는지요?

여러분의 친구가 전화했을 때 "언제 식사 한 번 하지"라고 하지는 않는지요?

이제 여러분의 사전에서 "다음에" "언제"라는 낱말을 꺼내십시오. 그렇지 않으면 여러분은 영원히 이 낱말을 사용하지 못할 수도 있습니다.

13
이별

설이 며칠 앞으로 다가왔습니다. 명절이 우리에게 주는 좋은 것 중 하나는 부모님을 비롯하여 자주 만나지 못하는 가족을 볼 수 있다는 것입니다. 그래서 지방에 가족이 있는 사람들은 10시간이 넘는 시간을 힘들게 운전하면서도 고향으로 가는 것이 아닐까 싶습니다.

나 같은 경우에도 벌써 약 30년간 일 년에 두 번씩 겪는 연례행사입니다. 가끔 꼭 이렇게 돈과 시간과 체력을 써가면서까지 가야 하는지 회의가 들 때도 있지만, 거의 무조건적인 숙명으로 간주하면서 고향으로 내려가게 되고, 앞으로도 그렇게 하게 될 것 같습니다.

그러나 이미 부모님이 돌아가신 사람들에게는 명절이 그들을 그리움에 사무치게 하는 기간이 될 수도 있습니다. 나는 다행히도 친가와 처가 부모님들이 모두 생존해 계셔서 아주 행복한 사람이 아닌가 싶습니다. 하지만 역으로, 나는 앞으로 언젠가는 그 분들을 떠나보내야 하는 큰 슬픔을 네 번이나 맞이해야 할 것입니다.

나이가 들어서 그런지 그런 상상만 해도 눈가에 이슬이 맺히는 것이 창피한 일은 아니겠지요? 나는 맏이의 가장 큰 혜택은 그들 형제자

매 중에서 자신들의 부모와 인생에 있어서 가장 오랜 시간을 보낼 수 있다는 것이라 생각합니다. 사랑하는 사람을 떠나보내는 것은 매우 큰 슬픔입니다. 인간인 이상 정해진 운명을 어떻게 하겠습니까마는, 그들을 떠나보내는 사람의 마음은 매우 큰 고통이 아닐 수 없습니다.

몇 년 전 김수환 추기경께서 선종하셨을 때, 많은 사람들이 추기경의 선종에 큰 슬픔을 겪었습니다. 같은 날, 나는 사랑하던 후배를 잃었습니다.

그가 죽기 6개월 전에 나를 찾아와, 나도 모르게 나와 이별을 하고 간 것 같습니다. 그는 본인이 불치병이라는 것을 죽기 6개월 전에 알고 그렇게 사랑하는 사람이 알지 못하게 조용히 이별을 하고 갔습니다. 그런 지도 모르고 나는 그에게 6개월씩 연락도 안 하는 나쁜 녀석이라고 마음속으로 꾸짖고 있었습니다.

그가 떠났다는 이야기를 듣고 30분 후에 다시 내 휴대폰으로 그의 이름으로 전화가 왔을 때 나는 그가 떠났음을 믿지 않았습니다. 그러나 그것은 그의 아내가 그의 휴대폰으로 나에게 그의 이별을 알려주는 전화였습니다.

그가 떠난 지 수개월 후에 나는 휴대폰에서 그의 이름을 지웠습니다. 그리고 벌써 그가 떠난 지 6년이라는 세월이 지나가 버렸습니다.

어느 비가 많이 내리던 날, 그 날 따라 불만고객이 폭주해 짜증이 많이 난 어느 통신사 콜센터 직원에게 전화가 걸려왔습니다. 목소리로 짐작컨대 매우 어려 보이는 여자아이가 자신의 호출기 비밀번호를 알려 달라고 전화를 했습니다.

그러나 호출기 번호의 가입자가 남자인 듯 하고 장난전화인 것 같아서 직원은 본인이 아닌 것 같다고 말했습니다. 그러자 그 아이는 가입자의 누나라면서 막무가내로 호출기의 비밀번호를 알려달라고 했습니다.

직원이 비밀번호는 본인이 아니면 가르쳐 줄 수 없다고 하자, 제 동생은 죽었고, 죽은 사람이 어떻게 전화를 하냐고 따졌습니다.

화가 난 직원도, 그럼 명의변경을 해야 하니 사망진단서와 전화한 사람의 신분증 그리고 미성년자이니 부모 동의서를 보내라고 했습니다. 그러자 그 아이는 자신의 아빠를 바꿔 주었습니다.

장난전화라고 믿고 있던 직원은 그 아빠에게, 비밀번호 열람 때문이니 명의자를 바꿔달라고 말했습니다. 그러자 그 아빠는 '우리 아들은 6개월 전에 교통사고로 세상을 떠났다'고 말했습니다. 직원은 그제서야 그것이 사실인 것을 알고 미안해지기 시작했습니다.

잠시 정적이 흐르는 사이에 아빠가 딸에게 왜 동생의 호출기 비밀번호를 알려 했냐고 묻는 소리가 들려왔습니다. 딸은 화난 목소리로, 엄마가 자꾸 동생의 호출 번호로 전화해 동생의 인사말 목소리를 들으면서 계속 울기만 한다고, 자신이 비밀번호를 알아서 그것을 지우려 했다고 합니다.

콜센터 직원은 가슴이 먹먹해지는 것 같았고, 그 날 하루를 어떻게 보냈는지 몰랐습니다. 아마 그 아이의 엄마는 사용하지 않는 호출기의 앞에 녹음되어 있는, 먼저 하늘나라로 간 아들의 목소리를 들으며 매일 울었나 봅니다. 그 아이의 엄마도 이젠 덜 슬퍼했으면 좋겠습니다.

여러분도 이번 설에 부모님께, 아내에게, 남편에게, 자식들에게, 친구에게, 연인에게 꼭 사랑한다고 말하세요. 사랑하는 사람에게 사랑한다고 말하는 것은 쑥스러운 것이 아닙니다.

모두 행복한 설이 되길 빕니다.

14
삼인행 필유아사三人行 必有我師

내가 가지고 있는 몇 가지 좌우명 중에 '삼인행 필유아사三人行 必有我師'라는 논어論語의 술이편에 나오는 말이 있습니다. 이는 '세 사람이 길을 같이 가면 반드시 나의 스승이 있다'라는 뜻입니다. 즉 어디에라도 자신이 본받을 만한 것이 있다는 말입니다. 좋은 것은 본받고, 나쁜 것은 따라 하지 않으니 좋은 것도 나의 스승이요, 나쁜 것도 나의 스승이 될 수 있다는 뜻이 됩니다. 이렇듯 우리는 살아가는 동안 나보다 뛰어나거나 연장자인 사람뿐만 아니라, 나보다 어리거나 못한 사람에게서도 많은 것을 배울 수 있습니다.

아침 출근시간의 버스는 혼잡하기 그지없습니다. 이런 버스에 어느 할아버지가 양손 가득히 짐을 들고 버스를 간신히 탔습니다. 그런데 버스가 10미터 정도 전진했을까 싶었을 때 갑자기 급정거하였습니다.

모든 승객이 놀라 운전석 쪽을 쳐다보자, 운전기사가 할아버지에게 차비가 없으면 빨리 내리라고 하고 있었습니다. 할아버지는 한 번만 태워 달라고 애원하였으나 운전기사는 막무가내로 빨리 내리라고 소리를 질렀습니다.

모두들 그냥 쳐다보고만 있을 때 초등학생으로 보이는 여자아이가 성큼성큼 운전석 쪽으로 걸어갔습니다. 기사아저씨 옆에 도착하자 가방을 바닥에 내려놓고 여기저기 뒤지기 시작했습니다. 그리고 기사아저씨에게 큰소리로 말했습니다.

"할아버지잖아욧! …아저씨! 앞으로는 이렇게 불쌍하신 분들 타시면 공짜로 10번 태워주세요!"라고 말하면서 1만원짜리 한 장을 버스 요금통에 넣었습니다. 그리고는 할아버지를 자기가 앉아 있던 자리로 모시고 가 앉혀드렸습니다.

아마 그 버스에 타고 있었던 많은 어른들이 매우 겸연쩍어 했을 것입니다.

이런 이야기를 들으면 참으로 마음이 훈훈해집니다. 보지는 않았지만 그 여자아이의 표정이나 생김새가 어떠할지 어렴풋이 짐작이 갑니다. 그 아이의 부모는 얼마나 뿌듯하고 대견할까요?

그 아이는 나에게 또 하나의 어린 스승이 되었습니다.

15
노란 리본

신문 칼럼니스트인 피트 헤밀Pete Hamil은 1971년 〈뉴욕포스트〉 지에 "Going Home"이라는 칼럼을 기고했습니다. 이 글은 플로리다 주의 포트 로더데일로 가는 버스 안에서 일어난 일에 대한 이야기입니다.

미국은 땅덩어리가 커서 버스로 가더라도 며칠씩 걸리기 때문에 승객들끼리 서로 대화도 하고 친해지는 것이 일반적입니다. 그래서 며칠 동안 버스 내에 있는 거의 모든 사람이 서로 자신의 일에 대해 이야기도 하고 친해졌는데, 유독 한 사람은 아무런 말도 없이 혼자서 며칠 동안 초조한 기색으로 앉아 있기만 했습니다. 이에 버스에 있던 한 대학생이 그에게 다가가 말을 걸었습니다.

하지만 그는 아무런 대꾸 없이 창 밖만 내다보고 있었습니다. 계속된 대학생의 질문에 결국 그는 입을 열었는데, 그는 사실 며칠 전에 석방된 유형수로 평생 감옥을 제 집 드나들듯 드나들었던 범죄자였답니다. 따라서 그의 아내는 평생 그의 뒷바라지에 고생만 했고, 그 유형수는 크게 뉘우쳐 다시는 죄를 짓지 않으리라 생각했지만 그의 아내에게 너무 미안하여 석방 직전에 편지를 보냈답니다. 마지막으로 나를 용서한다면 마을 어귀의 떡갈나무에 노란 리본을 매달아 놓으라고 했답니다. 만일 노란 리본이 매달려 있다면 버스에서 내려 아내의 품으로 돌아가고, 그렇지 않다면 그냥 버스를 타고 지나쳐 버리겠다고 했답니다.

이런 사연이 버스 안에 있는 모든 승객에게 알려지고, 그 유형수의 집에 버스가 가까워짐에 따라 모든 사람은 과연 노란 리본이 매달려 있을지 아닐지 그 흥분이 절정에 다다랐습니다.

마침내 마을 어귀에 버스가 도달했을 때, 누군가 소리쳤습니다.

"노란 리본이다!"

마을 어귀 떡갈나무에 노란 리본이 하나도 아니고 나무 전체에 온통 노란 리본이 매달려 있었습니다. 그래서 그 유형수는 모든 승객의 박수를 받으며 버스에서 내려 그의 아내에게 돌아갔다는 내용의 칼럼입니다.

이 이야기가 유행하면서 이듬해 1972년에 〈리더스 다이제스트〉에 다시 올라왔고, ABC에서는 이 내용으로 드라마를 방영했으며, 아직도 감동적인 이야기로 전 세계에 널리 알려져 있는 이야기입니다.

1973년에는 어빙 레빈과 러셀 브라운이 이 내용으로 'Tie a Yellow ribbon round the ole oak tree'라는 노래를 작사, 작곡해 미국 팝 그룹 토니올랜도&다운이 불러 대 히트를 쳤습니다. 그래서 피트 헤밀은 이 곡은 자신의 칼럼을 토대로 만든 노래라며 소송을 냈으나, 레빈과 브라운은 자신이 군복무하면서 유사한 이야기를 들었고, 증인이었던 민속연구가가 피트 헤밀이 칼럼을 쓰기 이전의 유사한 이야기를 증거로 제시하면서 그는 패소했답니다. 이때부터 노란 리본은 '다시 돌아오기만을 기다린다'라는 의미가 되었습니다.

지금 우리는 세월호 사고로 큰 아픔을 겪고 있습니다. 노란 리본 '하나의 작은 움직임이 큰 기적을' 캠페인을 하고 있습니다. 다음은 우리의 아이들이 남긴 메시지입니다.

"엄마, 내가 말 못할까봐 보내 놓는다, 사랑한다!"

"누나 사랑해! 그 동안 못해줘서 미안해!"

"내가 잘못한 것 있으면 다 용서해줘. 사랑한다!"

다음은 어느 자원봉사자 여대생이 쓴 대자보입니다.

"저는 어쩔 수 없는 어른이 되지 않겠습니다. 재난 사고 어쩔 수 없었다. 아는 게 없어서 어쩔 수 없었다. 돈이 많이 들어 어쩔 수 없었다. 지위가 높으신 분이라 어쩔 수 없었다. 내가 살려면 어쩔 수 없었다. 내 나라가 대한민국이라 어쩔 수 없었다."

이번만큼 나도 어른인 것이 부끄러운 적 없습니다. 그저 카톡에 노란 리본을 다는 것 외에 하는 게 없어서 더 그렇습니다. 이제 무엇인가 작은 움직임이나마 해보려고 합니다.

16
아낌없이 주는 사람

나는 쉘 실버스타인Shel Silverstein이라는 아동 문학가의 〈아낌없이 주는 나무〉라는 글을 참 좋아합니다.

어느 한 소년을 사랑한 나무는 그 소년이 어릴 때는 나뭇가지에 매달려 놀기도 하고, 나뭇잎으로 왕관을 만들어 쓰기도 하고, 나무 밑에서 단잠을 자기도 해서 너무 행복했습니다. 그러나 소년은 나이가 들자 나무를 찾지 않았습니다. 돈이 필요하다는 소년에게 나무는 사과를 모두 주었습니다. 그 후로 오랫동안 나무를 찾지 않은 소년이 집이 필요하다고 해서 가지를 모두 주었습니다. 오랜 세월 후에 배가 필요하다는 소년에게 줄기를 몽땅 내주었습니다. 또 다시 오랜 세월 후에 노인이 된 소년에게 나무는 밑동밖에 줄 게 없었습니다. 소년은 나무 밑동에 앉아 피곤한 몸을 쉴 수 있게 되었습니다. 그래서 나무는 행복했습니다.

눈이 하나뿐인 엄마에게 한 아이가 있었습니다. 그 아이의 아버지는 교통사고로 그가 태어나기도 전에 돌아가셔서 엄마가 그 아이를 키우기 위해 열심히 일해야만 했습니다. 그래서 그 아이는 엄마가 나물을 팔러 장터에 나가 있는 동안 혼자 집에서 TV를 보고 있어야만 했습니다.

중학생이 된 아이는 한 쪽 눈이 없는 장애인인 엄마를 매우 부끄러워해서 입학식에 참석한 엄마를 모른 척 했습니다. 그 날 밤 엄마는 자신을 외면했던 것이 미안해서 자는 척하는 아이의 볼을 만지며 소리없이 울었습니다. 고등학교에 진학한 아이는 사격반에 들었습니다. 시력도 좋고, 사격 실력도 많이 향상되어 올림픽 후보까지 되었습니다.

그러나 어느 날 갑자기 한 쪽 눈이 안 보이기 시작했고, 결국 한 쪽 눈을 실명하게 되었습니다. 그 아이는 절망했고, 모든 것을 포기하게 되고 그 길로 가출해 폐인처럼 살았습니다. 그렇게 몇 해를 절망감에 살고 있을 때 그에게 안구 기증과 수술비 지원을 해주겠다는 사람이 생겨 그는 다시 희망을 갖게 되고, 안구 이식 수술을 받고 실명된 한 쪽 눈의 시력을 되찾았습니다.

시력을 되찾은 그는 엄마를 만나러 집으로 찾아갔지만, 그곳에 엄마는 없었고 편지 한 통만이 있었습니다. 편지에는 엄마의 아들을 그리워하는 내용이 절절히 담겨 있었는데, 엄마는 이미 돌아가신 뒤였습니다. 아들이 집을 나가고 2년 뒤 엄마는 뇌종양 판정을 받았답니다. 다시는 아들을 보지 못할 것 같은 슬픔이 너무 컸지만 아들의 수술비를 위해 더욱 열심히 일을 하고, 죽기 전에 장기 기증과 하나 남은 안구 기증을 한 것이었습니다. 당연히 한 쪽 눈은 아들을 위한 것이었습니다.

그런데 엄마가 눈이 하나밖에 없었던 데는 이유가 있었습니다. 아이는 원래 선천적으로 태어날 때부터 한 쪽 눈이 없었던 것입니다. 그래서 엄마가 그가 태어났을 때 이미 한 쪽 눈을 그에게 주었던 것입니다. 그리고 이제 아들은 두 눈 다 엄마의 눈으로 세상을 보게 된 것입니다.

이 편지를 읽은 아들의 마음은 어땠을까요? 이 세상에 '아낌없이 주는 나무'같이 아낌없이 줄 수 있는 사람이 있다면 과연 엄마 말고 또 있을까요? 세상에서 가장 숭고한 낱말이 무엇인가 묻는다면 그것은 단연코 '엄마'라는 단어일 것입니다.

17
후회

무엇이나 반대로 행동하다 아버지 무덤을 물가에 만들고는 비만 오면 후회하는 '청개구리'에 관한 동화를 우리 모두는 잘 알고 있습니다. 이처럼 후회는 아무리 빨리 해도 늦은 것입니다. 때 늦은 후회를 하지 말아야겠습니다.

화상으로 생긴 얼굴의 상처 때문에 자식을 돌볼 수 없어 아들과 딸 남매를 고아원에 맡기고 시골 외딴집에서 평생을 숨어 살다시피 한 아버지가 있었습니다. 고아원에 맡겨진 아이들은 아버지가 자신들을 버렸다고 생각하며 아버지를 원망하며 자랐고, 커서도 그들은 아버지를 외면했습니다.

세월이 흘러 그들이 성장하여 결혼을 하고 각자 가정을 이루었지만 그들은 계속 아버지와 연락을 끊고 시골 외딴집에 홀로 있는 아버지를 전혀 돌보지 않았습니다.

그러다 또 세월이 지나 자식들은 아버지께서 돌아가셨다는 소식을 들었지만, 왕래도 없었고 인연을 끊고 살다시피 해서 별다른 슬픔이 없었습니다. 그러나 아버지의 죽음까지 외면할 수는 없어 시골의 외딴집에 장례를 치르러 갔습니다. 마을 노인 한 분이 문상을 와서, 아버지께서 평소에 버릇처럼 화장은 싫다며 뒷산에 꼭 묻히기를 원했다고 자식들에게 알려주시면서 매장을 하라고 했지만 자식들은 아버지를 산에 묻으면 언젠가 다시 이장해야 하는 번거롭고 귀찮은 일이 생길까봐 화장을 했습니다.

아버지를 화장하고 돌아온 자식들은 아버지의 유품을 정리해 불태우기 시작했습니다. 아버지의 이불이며 옷가지며 아버지의 흔적이 배어 있는 물건들을 몽땅 끌어내 불을 질렀습니다. 그리고는 아버지의 책들을 불 속에 하나하나 집어넣다가, 문득 아버지의 일기장인 듯한 것이 있어 불 속에서 꺼내 한 장 한 장 넘겨가며 읽기 시작했습니다.

일기장에는 아버지가 얼굴에 화상을 입게 된 사연이 쓰여 있었는데, 아이들이 아주 어렸을 때 집에 불이 나 아이 둘을 업고 나오느라 아이 엄마를 불 속에 두고 나와야 했고, 그 때 아이들을 보호하느라 얼굴에 화상을 입게 된 사연이 적혀 있었습니다. 일기장에는 구해주지 못한 아내와 돌봐주지 못한 아이들에 대한 미안함으로 가득 차 있었습니다. 그리고 마지막 장에는 아이들에 대한 유언이 있었습니다. 지난 30년 동안 매일 불에 타는 악몽에 시달렸다고, 불 속에 두고 온 아내의 울부짖음과 두 아이를 데리고 나오던 끔찍한 기억이 너무도 괴로웠다고 그러니 제발 화장만은 하지 말아 달라고…

청개구리와 같이 때 늦은 후회를 해서는 안 될 텐데, 아이들 손가락 밑에 박힌 자그만 가시는 눈에 보이는데 부모님의 다 빠져버린 이는 왜 그 동안 보이지 않았는지 참으로 원망스럽습니다.

18
이 또한 지나가리라

내가 신입사원 면접을 볼 때마다 꼭 묻는 질문이 있습니다. 살아오면서 가장 힘든 일이 무엇이었으며, 그것을 극복하기 위해서 어떤 노력을 했는지 말입니다.

여러분은 어떤 힘든 일이 있었으며, 어떻게 이겨냈습니까? 내게는 학교에서나, 군대에서나, 가정에서나, 직장에서나 정말 앞이 보이지 않을 정도로 난감한 경우가 많이 있었습니다. 도무지 해결책은 보이지 않고, 그리고 또 시간이 지나도 방법이 없을 것 같았습니다.

그러나 세상일이라는 것이 아무리 어렵고 힘든 일이라 해도 결국 해결이 됩니다. 설령 해결이 안 되더라도 그 나름대로의 또 다른 결론에 도달하게 됩니다. 그 힘든 시련은 나를 강하게 했고, 지금은 커다란 자산이 되고, 경험이 되었습니다.

반면에 즐겁고 행복한 것들을 할 때는 시간이 쏜살같이 지나갑니다. 그것을 더 하고 싶어도 이제는 그쳐야 할 수밖에 없을 때가 있습니다. 인생은 한결같을 수만은 없어 시련이 있을 때가 있고, 인생의 황금기가 있을 때가 있습니다. 그러나 그 어떤 것도 영원한 것은 없습니다.

다윗 왕이 궁중 세공인에게 자신에게 큰 기쁨이 생겨 그 기쁨을 억제하지 못할 때 다스릴 수 있고, 또 큰 절망에 빠져 있을 때 용기를 북돋울 수 있는, 다시 말해 그 어떤 상황에 처하더라도 자신의 마음을 다스릴 수 있는 글귀가 새겨진 아름다운 반지를 만들라고 명령했습니다.

그런 글귀를 알 수가 없는 세공인은 며칠을 고민한 끝에 지혜로운 솔로몬 왕자를 찾아가서 글귀를 알려 달라고 부탁을 했습니다. 그러자 솔로몬 왕자는 '이 또한 지나가리라Soon it shall also come to pass'라는 글귀를 세공인에게 만들어주며 말했습니다.

"왕께서 전쟁의 승리에 너무 빠져 있어도 이 글을 보게 되면 왕께서는 자만심을 버릴 수 있게 될 것이고, 또한 견딜 수 없는 절망 속에서도 이 글을 본다면 왕께서는 그것을 극복할 수 있는 용기를 얻게 되실 것이다."

정말 인생을 살아가는데 있어서 현명한 답을 주는 문구인 것 같습니다.

대학 입시에 실패한 수험생에게 "이 또한 지나가리라"라고 말해주고 싶습니다.

구조조정으로 일찍 퇴직한 직장인에게 "이 또한 지나가리라"라고 말해주고 싶습니다.

사랑하는 연인과 헤어진 사람에게 "이 또한 지나가리라"라고 말해주고 싶습니다.

물론 로또 복권 1등에 당첨된 사람에게도, 카지노에서 잭팟을 터트린 사람에게도, 단타 주식매매에서 큰돈을 번 사람에게도 "이 또한 지나가리라"라고 말해주고 싶습니다.

현대그룹 정주영 회장의 자서전 제목은 〈시련은 있어도 실패는 없다〉입니다. 우리는 정주영 회장과 같은 위인이 아닌 범인이기에 모든 시련을 극복할 수는 없겠지만, 시련이 있을 때마다 "이 또한 지나가리라" 하면서 스스로 위안을 할 수 있지 않을까요?

정상에 올라서면 언젠가는 반드시 내려와야 하듯이 정상에서의 기쁨을 영원히 누릴 수는 없습니다. "이 또한 지나가리라" 하면서 다시 정상에서 내려와 또 다른 정상을 오르기 위해 또 다른 시련을 이겨내야 하겠지요. 그것이 인생입니다.

19
5분

어느 젊은 사형수가 있었습니다. 반체제 혐의로 사형선고를 받은 28세의 청년입니다. 사형을 집행하던 날, 형장에 도착한 그 사형수에게 마지막으로 5분의 시간이 주어졌습니다. 5분 뒤에 그는 이 세상에서 사라집니다. 28년을 살아온 그 사형수에게 마지막으로 주어진 최후의 5분은 비록 짧았지만 너무나도 소중한 시간이었습니다.

'마지막 5분을 어떻게 쓸까?'

그 사형수는 고민 끝에 결정했습니다. 먼저, 나를 알고 있는 모든 사람들에게 작별 기도하는데 2분을 쓰기로 했습니다.

"사랑하는 나의 가족과 친구를 먼저 떠나는 나를 용서하고 나 때문에 너무 많은 눈물을 흘리지 마십시오. 너무 슬퍼하지도 마십시오."

그리고 오늘까지 살게 해준 하나님께 감사하고, 곁에 있는 다른 사형수에게 한 마디씩 작별인사를 나누는데 2분을 쓰고, 나머지 1분은 눈에 보이는 자연의 아름다움과 지금 최후의 순간까지 서 있게 해준 땅에 감사하기로 마음먹었습니다.

눈에 흐르는 눈물을 삼키면서 가족들과 친구들을 잠깐 생각하며 작별인사와 기도를 하는데 벌써 2분이 지나가 버렸습니다. 그리고 자신에 대하여 돌이켜보려는 순간 "아, 이제 3분 후면 내 인생도 끝이구나" 하는 생각이 들자, 눈앞이 깜깜해졌습니다.

"살고 싶다, 살고 싶다, 조금만 더… 조금이라도…"

지나가 버린 28년이란 세월을 금쪽처럼 아껴 쓰지 못한 것이 정말 후회되었습니다.

"아! 다시 한 번 인생을 살 수만 있다면…" 하고 회한의 눈물을 흘리는 순간, 기적적으로 사형집행 중지명령이 내려와 간신히 목숨을 건지게 되었다고 합니다.

"멈추시오! 형 집행을 멈추시오!"

구사일생으로 풀려난 그는 그 후 사형집행 직전에 주어졌던 5분의 시간을 생각하며 평생 동안 시간의 소중함을 간직하고 살았으며, 하루하루를 마지막 순간처럼 소중하게 생각하며 열심히 살았다고 합니다. 그 결과 〈죄와 벌〉 〈카라마조프가의 형제들〉 등 수많은 불후의 명작을 발표하여 톨스토이에 비견되는 세계적 문호로 성장했다고 합니다. 그 사형수가 바로 러시아의 대문호 도스토옙스키Dostoevskii였습니다.

"나에게 마지막 5분이 주어진다면 2분은 동지와 작별하는데, 2분은 삶을 돌아보는데, 그리고 마지막 1분은 세상을 바라보는데 쓰고 싶다. 언제나 이 세상에서 숨을 쉴 수 있는 시간은 단 5분뿐이다!"

이 글귀는 그의 장편소설 〈백치〉에 나오는 글귀입니다.

이제 또 한 해가 저물어 갑니다. 도스토옙스키의 마지막 5분 같이 모든 순간을 소중하게 여기며 살아야겠습니다.

제2부

책이 있는 풍경

내가 생각하는 것과 다른 것, 내가 행동하는 것과 다른 것들을 받아들이기는 쉽지 않은 것 같습니다. 오히려 다른 것들은 배척의 대상이 되고, 틀린 것으로 간주되기가 십상입니다. 당연히 내가 해오던 방식을 바꾸라 하면 반발이 생기게 마련입니다. 설령 바꾸는 것이 더 낫다는 것을 본인도 인정하면서도 그것을 받아들이기는 매우 어렵습니다. 그러나 생각이 바뀌면 사고가 바뀌고, 사고가 바뀌면 행동이 바뀌고, 행동이 바뀌면 인생이 바뀐다는 말이 있듯이 다름을 받아들이는 마음가짐과 자세를 갖는다는 것은 매우 중요하다고 생각합니다.

1
오블리주Oblige

노블레스 오블리주Noblesse Oblige는 프랑스 말로, 영어의 격언인 "The nobly born must nobly do." 즉 '귀족 태생은 반드시 고귀하게 행동해야 한다'라는 뜻입니다. 다시 말해 나름 엄격한 윤리규범을 준수하고, 사회적인 책임도 다하는 품격 있는 사람들의 높은 도덕률과 그것을 자연스럽게 몸으로 실천하는 지도층의 사람으로 "귀족의 의무"를 뜻하는 말입니다.

이 단어의 유래는 프랑스 혁명과 나폴레옹의 등장으로 어수선한 사회환경 하에서 1808년 프랑스 정치가인 가스통 피에르 마르크Gaston Pierre Marc가 사회 지도층의 의무를 강조하기 위해 처음으로 사용했다는 말이 있습니다. 또 다른 유래는 백년전쟁(1337~1453)의 발발로 영국과 가장 가까운 프랑스의 항구도시 칼레가 영국군의 집중공격을 받게 되자 칼레 사람들은 시민군을 조직해 맞서 싸웠지만 전쟁이 길어지자 식량 고갈로 끝내 항복하게 되었고, 영국 왕 에드워드 3세는 파격적인 항복조건으로 "시민들 중 6명을 뽑아 와라. 칼레 시민 전체를 대신해 처형하겠다"고 요구했습니다. 이에 칼레의 갑부 외스타슈 드생 피에르Eustache de St. Pierre를 비롯한 고위 관료와 부유층 인사 6명이 자원했고, 그들에 대한 사형이 집행되려는 순간 이들을 처형하면 태아에게 불행한 일이 닥칠지도 모른다는 영국 왕비의 만류로 처형이 보류되고 석방되었으니 이것이 가진 자의 의무를 상징하는 '노블레스 오블리주'가 탄생된 또 다른 배경입니다.

우리나라에도 이러한 노블레스 오블리주의 삶을 산 사람들이 많이 있었습니다. 그 중 대표적인 가문은 경주 최부자집을 들 수 있습니다. 그 가문은 최치원의 17세손인 최진립과 그의 아들 최동량이 터전을 이루고 손자인 최국선으로부터 28세손인 최준에 이르는 10대 약 300년 동안 만석꾼의 부를 누린 집안으로, 이들은 가진 자로서의 의무에도 충실해 최부자집의 터를 일군 최진립은 임진왜란과 정유재란 때 의병으로 왜적과 싸웠으며 병자호란 때 다시 청나라군에 맞서 싸우다 전사했습니다.

1671년 삼남에 큰 흉년이 들었을 때 최국선은 "모든 사람들이 굶어 죽을 형편인데 나 혼자 재물을 가지고 있어 무엇 하겠느냐? 모든 굶는 이들에게 죽을 끓여 먹이도록 하라. 그리고 헐벗은 이에게는 옷을 지어 입혀주도록 하라"라고 하여 큰 솥에선 매일같이 죽을 끓였고, 인근은 물론 멀리서도 굶어 죽을 지경이 된 어려운 이들이 소문을 듣고 서로를 부축하며 최부자집을 찾아 몰려들었다는 일화는 지금도 잘 알려져 있습니다.

그 후 최부자집은 흉년 때마다 경상북도 인구의 10%에 이르는 사람에게 구휼을 베풀었으며, 1884년 경주에서 태어난 마지막 최부자인 최준은 상해 임시정부에 평생 동안 독립운동자금을 지원한 독립운동

가였습니다. 그 사실이 왜경倭警에게 발각되어 만석꾼 재산을 거의 날려버린 최준은 남은 전 재산과 살고 있던 경주 및 대구의 집까지 처분하여 1947년 대구대학과 계림학숙을 세웠는데, 이 두 학교가 합쳐져서 지금의 영남대학교가 되었습니다.

그런데 요즘은 우리나라에서 노블레스 오블리주를 찾기 힘든 것 같습니다. 아니 노블레스 오블리주는 고사하고 총리나 장관 청문회를 쉽게 통과하는 사람을 거의 볼 수가 없습니다. 자식은 거의 군 면제자이거나 미국 시민권자이고, 박사학위 논문은 대부분 표절이며, 한두 번의 위장전입 경력과 아파트 다운계약서 작성 경력, 전관예우로 받은 단기간의 고연봉 이력은 어찌 그리도 똑같은지 정말 짜고 치는 고스톱 같습니다.

최근 삼성경제연구소가 발표한 "지표로 본 한국의 선진화 수준"이라는 보고서를 보면 기부 등 사회지도층의 경제정의 실천에 대한 기여를 측정한 노블레스 오블리주 지수는 37.3으로 30개국 조사 대상 가운데 최하위를 기록했고, 이는 1위인 노르웨이의 99.1과는 무려 60점 이상 차이가 났고, OECD 평균인 69.2에도 턱없이 모자라는 수치입니다. 허긴 땅콩 회항과 같은 노블레스 갑질이 판을 치고 있으니 최하위 수치는 당연한 것 같습니다.

우리나라도 정말 존경 받는 노블레스 오블리주가 있었으면 좋겠습니다. 그런데 요즘은 노블레스 오블리주가 아닌 '세니오르 오블리주 Senior Oblige'가 화두가 되고 있습니다. 이는 꽃다운 고교생들이 희생된 세월호 사건, 금쪽같은 대학 신입생들이 희생된 마우나 오션 리조트 체육관 붕괴사건과 같이 어른들의 잘못으로 일어난 참사를 더 이상

되풀이되지 않도록 해야 하는 기성세대 또는 어른들의 의무라는 뜻입니다. 또한 정년의 연장으로 50대가 은퇴하지 않음으로써 청년실업이 가중되고 있는 현 상황에서 일부 인사는 청년 일자리를 위해서 임금피크제와 같은 세니오르 오블리주가 필요하다고 하고 있습니다. 그리고 몇 십 년 후면 고갈될 것이라고 예측되는 국민연금, 공무원연금도 후대의 후배들을 위하여 현 세니오르들이 더 많이 내고, 덜 받아야 한다는 세니오르 오블리주를 요구하고 있습니다. 세니오르 당사자인 나도 그 취지에는 100% 공감하지만 막상 내 일자리와 내 주머니 사정과 직결되다 보니 참으로 뭐라 말하기가 힘들어집니다. 좀 더 슬기로운 해법이 필요한 시기인 것 같습니다.

2
다름과 틀림

우리는 '다르다different'는 말과 '틀리다wrong'는 말을 가끔 잘못 쓰고 있습니다.

"날씨가 많이 추워졌어. 어제하고 많이 틀리네."

이런 표현을 자주 사용하곤 합니다. 여기서 틀린다는 것은 잘못되었다는 의미이고 '어제와는 많이 다르네'라고 사용해야 할 것입니다. 말 그대로 틀린다는 말을 틀리게 사용하고 있는 것입니다.

그러면 왜 우리는 '다르다'라고 써야 할 것을 '틀리다'라고 쓰고 있을까요? 국어학자가 아니라서 정확한 이유는 모르겠지만 아마도 '내가 하는 일과 다른 것은 틀리다'라는 자기중심적인 사고방식에서 나오지 않았을까라는 생각이 듭니다.

언제부터 이렇게 사용했는지는 모르겠지만 우리의 부모세대 또는 그 이전 세대부터 사용하던 것을 아무런 생각 없이 그저 따라하게 되었고, 우리의 자식세대도 또 그대로 답습하고 있지 않을까 싶습니다.

내가 생각하는 것과 다른 것, 내가 행동하는 것과 다른 것들을 받아들이기는 쉽지 않은 것 같습니다. 오히려 다른 것들은 배척의 대상이 되고, 틀린 것으로 간주되기가 십상입니다. 당연히 내가 해오던 방식을 바꾸라 하면 반발이 생기게 마련입니다. 설령 바꾸는 것이 더 낫다는 것을 본인도 인정하면서도 그것을 받아들이기는 매우 어렵습니다.

그러나 생각이 바뀌면 사고가 바뀌고, 사고가 바뀌면 행동이 바뀌고, 행동이 바뀌면 인생이 바뀐다는 말이 있듯이 다름을 받아들이는 마음가짐과 자세를 갖는다는 것은 매우 중요하다고 생각합니다.

물론 다른 것이 다 옳다고 볼 수 없습니다. 〈논어〉에 삼인행三人行에 필유아사必有我師라고 했듯이 세 명이 걸어가고 있을 때 반드시 스승이 될 만한 사람이 있습니다. 그 사람의 사고나 행동을 받아들일 것은 받아들이고, 또한 잘못된 것이 있으면 따라하지 않는 지혜가 있으면 많은 발전이 있을 것입니다.

20년 이상을 외국계 회사에서 근무하다 보니 정말 사고나 행동, 규범, 체제, 문화 등이 한국과 너무 다른 것을 많이 보았습니다. 그리고 그것이 나도 틀린 것을 억지로 한국에 적용한다고 생각했습니다. 물론 실제 그런 것도 많이 있었지만 말입니다.

그러나 내가 미처 생각지 못한, 아니 생각하려고 하지 않았던 많은 장점 또한 존재했다는 것을 많은 세월이 흐른 뒤에 깨닫게 되었습니다.

지금도 솔직히 이런 다름을 수용하는 것이 쉽지는 않습니다. 아직도 내가 하지 않는 방법을 권유 당하면 다름을 인정하기도 전에 비난부터 하기도 합니다. 다양성Diversity을 수용하는 것이 쉽지 않음이 인지상정이 아닌지…

하물며 다르기도 하면서 진짜 내가 생각하기에 틀린 것을 받아들여야 할 때, 이미 쉰 살이 넘은 나이에도 내 자신을 컨트롤할 수 없는 것은 나도 어쩔 수 없는 하나의 인간이 아닌가 싶습니다.

3
천재

최근에 LPGA US 오픈 골프대회에서 우승한 전인지 선수가 어린 시절 IQ 138의 수학 영재였다고 각종 매스컴에 소개되어 화제가 되었습니다. 그녀는 얼굴도 예쁘고, 키도 크고, 골프도 잘 치고, 성격도 착하며, 머리까지도 수재인 말 그대로 엄친딸의 전형적인 모델 케이스입니다.

일반적으로 수재 소리를 듣는 사람들은 멘사클럽 회원으로 가입합니다. 멘사는 표준화된 지능검사에서 일반인구의 상위 2%에 드는 지적능력만을 가입조건으로 하는 국제단체입니다.

그런데 지적능력이 상위 2%에 들려면 도대체 IQ가 얼마 이상이 되어야 할까요? 우리가 잘 모르고 있지만 사실 IQ는 두 가지 종류가 있습니다. 하나는 비율지능RIQ: Ratio IQ이고, 다른 하나는 편차지능DIQ: Deviation IQ입니다.

비율지능지수는 (정신 연령/실제 연령)×100으로 측정되는데 10세의 아동이 15세의 정신 연령을 가졌다면 (15/10)×100 = 150으로 RIQ 150이 됩니다. 편차지능지수는 비율지능지수보다 복잡한 표준편차를 적용해 측정하는 것인데 전체 인구와 상대적 비교가 용이해 비율지능지수보다 정확한 개념으로, 최근에는 비율지능지수보다 더 많이 사용되고 있습니다.

그러나 일반적으로 언론 매체에서 말하는 IQ 200은 대부분 비율지능지수이고, 이를 편차지능지수로 환산하면 IQ 176 정도가 된다고 합니다.

이론상 편차지능에서 가능한 최고 수치는 207이고, 이의 확률은 1,000억분의 1입니다. 1,000억 명이란 숫자는 현생 인류의 시조인 호모 사피엔스 사피엔스 출현 이후 현재까지 태어난 모든 인류를 합한 숫자입니다. 따라서 DIQ 207은 인류 역사상 지구에 존재했던 인류 중 가장 뛰어난 사람이라 할 수 있습니다. 그러나 이것은 어차피 이론일 뿐 측정할 수 있는 방법은 없다고 합니다.

멘사 가입기준은 RIQ 148이고, 이를 표준편차 15의 DIQ로 환산하면 130이라고 합니다. 어렸을 적 IQ 테스트했던 기억을 돌이켜보면 아무리 생각해도 나는 멘사에 가입이 힘들 것 같습니다. 아주 평범한 수준의 IQ 소지자가 아닌가 싶습니다. 그래도 세 자리 숫자는 넘은 걸로 기억이 됩니다. 하여튼 천재 소리를 들으려면 RIQ 160은 넘어야 할 것 같고, 수재는 145 이상, 영재는 135 이상은 되어야 하지 않을까요?

역사상 지능이 가장 높다고 알려진 사람은 윌리엄 제임스 시디즈입니다. 그의 RIQ는 250~300이고, DIQ로 환산하면 200 정도라고 합니다. 그는 생후 18개월에 〈뉴욕타임스〉를 읽었고, 만 6세에 7개 국어를 했으며, 9세에 하버드대학 입학 허가를 받아 11세에 역대 최연소 입학을 했습니다.

우리나라에서도 천재로 아주 유명한 사람이 있었습니다. 김웅용이란 사람으로 나와 연배가 비슷해서 당시 매스컴에서 엄청나게 떠들어댔던 기억이 납니다. 그는 4살 때 일본으로 건너가 8시간의 지능검사를 통해 IQ 210을 기록해 1980년판 기네스북에 세계 최고지능지수 보유자로 등재되었습니다. 그는 5살 때 자국어를 빼고 4개 국어를 했고, 구구단을 배운지 7개월 만에 미적분을 풀어 사람들을 놀라게 했습니다. 나는 그가 세계적인 과학자나 수학자가 되어 노벨상 수상자가 될 것이라 생각했지만 그는 국내 어느 국립대학에 입학해 그곳에서 박사학위를 받고, 현재는 모 대학 교수로 재직 중에 있는데 그의 천재성에 비해서는 아주 평범한 사람으로 살고 있습니다.

세계적인 천재 물리학자 아인슈타인의 IQ는 160~180 정도 되는 것으로 알려져 있습니다. 그는 이미 잘 알려진 대로 상대성이론을 발표해 전 세계를 깜짝 놀라게 했습니다. 또 다른 천재 물리학자 스티븐 호킹 박사도 루게릭 병에도 불구하고 블랙홀에 관한 연구 등으로 뛰어난 업적을 남겼습니다.

이런 것을 보면 천재가 되려면 타고 나야 한다는 생각을 하다가도, 위대한 발명가 에디슨은 "천재란 1%의 영감과 99%의 노력으로 이루어진다"라는 말을 해서 나 같은 평범한 IQ 소지자에게 많은 위안을 남겨 주었습니다.

그런데 머리 좋은 천재들이 좋은 일에만 머리를 쓰지 않고 나쁜 일에 머리를 쓰면 그 여파가 상당합니다. 실제적으로 미국 라스베가스에서는 아이비리그 대학 출신의 수학 천재 학생들이 블랙잭 게임에서 확률을 이용해 수십억원의 돈을 따서 큰 사회적 이슈가 된 적이 있습니다. 그들의 IQ는 모두 180~200 정도 였다 합니다. 100원짜리 고스톱 판에서 점수 계산하는데도 한참 걸리는 나로서는 꿈도 꾸지 못할 일입니다. 그나저나 천재는 전혀 부럽지 않은데 그저 죽는 날까지 구구단은 잊지 말았으면 좋겠습니다.

4
족族

4세기 말 훈족이 서진하여 독일의 게르만족을 압박하자, 게르만족은 200년간 로마제국으로 이동을 합니다. 이는 독자적인 문화를 가지고 있었던 서로마제국을 멸망하게 하는 결과를 초래했고, 이를 세계사에서는 '게르만 민족의 대이동'이라 일컫습니다.

눈을 동양으로 돌리면 전 세계에서 가장 많은 인구를 가진 민족은 한족입니다. 현재 중국과 타이완 인구의 대부분을 차지하고 있을 뿐 아니라, 동남아시아를 비롯한 세계 각지에 진출한 민족으로, 13억 명에 이르는 세계 최대의 민족집단입니다.

현대사회는 국제화, 세계화되면서 이러한 민족 자체의 의미가 많이 퇴색하고, 사회와 문화가 복잡해지고 다양화되면서 새로운 의미의 족族들이 많이 생겨났습니다. 1960년대 미국을 중심으로 일어난 반체제 자연찬미파를 히피족이라 불렀습니다. 그 후에는 BOBOS족이 생겼는데 부르주아bourgeois의 물질적 실리와 보헤미안Bohemian의 정신적 풍요를 동시에 누리는 미국의 새로운 상류계급을 가리키는 용어로, 부르주아와 보헤미안의 합성어입니다.

1970년대 우리나라에서는 청바지와 통기타를 즐겨하던 젊은이를 '청통족'이라 했습니다. 그 후 1990년대 초 부모세대가 이룩한 부를 바탕으로 서울 강남 일대에서 퇴폐적인 소비문화를 누리는 20대를 오렌지족이라 불렀습니다. 또 오렌지족이 되기에는 경제적으로 부족하지만 오렌지족 소비 형태를 따라하려던 사람을 비꼬아 낑깡족이라 불렀고, 오렌지족 이후에 부모가 사준 고급 외제차를 타고 다니면서 "야! 타!" 하던 야타족도 모두 기억하리라 생각됩니다. 베지밀족도 있는데 베지밀Vegemil은 '야채vegetable'와 '우유milk'의 합성어로서 "한 달 동안 모은 용돈을 청담동에 와서 한꺼번에 다 써버리는 평범한 집의 아이들을 비유적으로 이르는 말"입니다.

과거에는 여자들은 결혼을 하게 되면 아줌마로 변신하여 아이와 남편 뒷바라지에 본인관리를 하지 않았었지만, 더 이상 아줌마 대접을 사양하는 미시족이 등장했고, 심지어는 결혼을 거부하고 화려한 싱글의 삶을 살겠다는 골드미스족, 남녀 모두 결혼을 했지만 아이에게 희생하지 않기 위해 아이를 낳지 않고 경제적으로 풍요한 인생을 살고자 하는 DINK족Double Income, No Kids, 아이 대신 애완동물만 키우는 DINKPET족Double Income, No kid and Pet, 경제적으로는 풍요하지만 업무 때문에 바빠서 미처 돈 쓸 시간이 없는 신세대 맞벌이 부부를 일컬어 DINT족Double Income, No time이라 합니다. 반면에 아이가 있으면서 맞벌이 하는 부부를 DEWK족Double Employment With Kids이라 합니다.

사회가 각박해지고 일자리 구하기가 어려워지자 자립할 나이가 되었는데도 취직을 못하고 부모에게 경제적으로 의존하는 캥거루족, 취업의 의욕이 없이 주로 아르바이트로 연명하는 젊은 세대를 NEET족

Not in Employment, Education or Training이라 하며, 심지어는 성인이 된 자식의 일에 시시콜콜 간섭하는 헬리콥터족 부모도 등장하게 되었습니다.

2000년 이후에는 잘 먹고 잘 살자는 웰빙족Wellbeing 광풍이 불었고, 건강한 삶과 환경보존을 동시에 추구하고 실천하려는 LOHAS족Lifestyles of Health and Sustainability, 또한 지역 이기주의가 팽배해지면서 혐오시설이 내 집 앞마당에 설치되는 것을 반대하는 NIMBY족Not in My Back Yard, 더 나아가 새로운 더 좋은 곳을 찾아다니는 노년층을 FANBY족Find A New Back Yard이라 부릅니다. 또한 이 노년층은 TONK족으로 이는 'Two Only No Kids'의 약칭으로, 자신들만의 오붓한 삶을 즐기려는 노인 세대를 말합니다. 이들은 손자 · 손녀를 돌보느라 시간을 빼앗기던 전통적인 할아버지와 할머니의 역할을 거부하고 자신들만의 인생을 추구합니다.

가정뿐 아니라 회사 내에서도 수많은 족이 등장했습니다. 대기업이나 거대조직 내에서 무사안일에 빠져 주체성 없이 로봇 같이 행동하는 사람을 ZOMBIE족이라 하는데, 좀비라는 용어는 늘 뒷전에 서 있으며zany, 겉멋에만 치중하며ostentatious, 생각이 고루하고blowzy, 떳떳하지 못하고intriguing, 즉흥적emotional이란 뜻의 단어의 첫자를 합성해 만들어졌습니다. Downshift는 원래 자동차를 운전할 때 저속으로 바꾼다는 뜻인데 고소득이나 고속승진보다는 비록 저소득일지라도 여유 있는 직장생활을 즐기면서 삶의 만족을 즐기려는 직장인을 Downshift족이라 합니다. 이와 비슷하게 SLOBBIE족이 있는데 Slow But, Better Working People의 약자로 어지러울 정도로 빠르게 돌아가는 현대생활의 속도를 늦추어 보다 천천히 그리고 느긋하게 살자고 주장하며 물질보다는 마음을, 그리고 출세보다는 자녀를 중시하는 사람들을 일컫습니다. 마찬가지로 사회적인 성공 추구보다는 가정을 중요시 하는 NESTING족이 있는데, 이는 보금자리를 뜻하는 Nest에서 유래되었습니다. 신경제가 만든 신세대 직장인으로서 YETTIE족도 있습니다. 예티란 '젊고Young', '기업가적En-Trepreneurial'이며, '기술에 바탕을 둔Tech based', '인터넷 엘리트Internet Elite'의 머리글자를 딴 'YETTIE'에서 나온 말입니다. 또한 SALADENT족도 있는데 이는 봉급생활자salary man'와 '학생student'이 합쳐져서 만들어진 말로서 직장에 몸담고 있으면서 새로운 분야를 공부하거나 현재 자신이 종사하고 있는 분야에 대한 전문성을 더욱 높이기 위하여 지속적으로 공부하는 사람들을 가리킵니다. YUPPI족도 있는데 이는 고등교육을 받고, 도시 근교에 살며, 전문직에 종사하여 고소득을 올리는 일군一群의 젊은이들로서 1980년대 젊은 부자를 상징하는 것으로 여피란 젊은young, 도시화urban, 전문직professional의 세 머리글자를 딴 'YUP'에서 나온 말입니다. IMF 이후 평생직장의 개념이 사라지고 생긴 갤러리족은 회사의 운명이야 어떻게 되든 상관없이 자신에게 유리한 것만 생각하는 직장인들의 모습이 마치 골프장의 갤러리들이 멋진 플레이가 나오면 박수를 쳐주고, 선수가 이동하면 따라나서는 모습과 같다 하여 생긴 새로운 족입니다.

언제부턴가 점심은 5천원짜리 먹지만 후식도 5천원짜리 스타벅스 커피나 비싼 아이스크림을 먹는 Cassert족이 많아졌습니다. 아마 여러분 대부분도 이 족이라고 할 수 있겠지요. 이는 전문직 종사자를 의미하는 Career와 후식인 Dessert가 합해진 의미입니다. 이렇듯 고소득 전문직이 많이 생겨남에 따라 위에서 언급한 아줌마를 거부하는 미시족, 골드미스족뿐만 아니라 남성들 사이에 NOMU족도 생겨났습니다. 'No more Uncle(더 이상 아저씨가 아니다)'이란 말의 약자NOMU로 2000년대 중반에 등장한 신조어이고. 말 그대로 이들은 아저씨 또는 중년으로 불리기를 단호히 거부하며 당당하게 자신의 인생을 즐기려는 성향을 지녔습니다. 아저씨의 상징인 뱃살과 칙칙한 정장, 권위적 이미지를 벗어던진 NOMU족의 가장 큰 특징은 나이에 얽매이지 않는 자유로운 사고와 가치관을 가지고 있고, 자신의 외모를 관리하는데 열심이라는 점입니다. 비슷하게 Grooming족이 있습니다. 여성의 뷰티beauty에 해당하는 남성의 미용 용어로 마부groom가 말을 빗질하고 목욕을 시켜주는 데서 유래했고 패션과 미용에 아낌없이 투자하는 남자들을 가리키는데, 이들은 자신을 돋보이도록 하기 위해서는 피부와 두발, 치아 관리는 물론 성형수술까지 마다하지 않습니다. NOMU족과 같은 개념으로 여성들 사이에서는 NOW족이 있는데 New Old Women의 약자로 나이가 들어도 자기 자신을 소중히 아끼고 가꾸는 40~50대의 여성들을 가리키는 말입니다. 이보다 업그레이드된 RUBY족도 있는데 이는 신선함Refresh, 비범함Uncommon, 아름다움Beautiful, 젊음Young의 첫 글자를 따서 조합한 말로, 평범하고 전통적인 아줌마를 거부하는 40~50대 여성을 일컫습니다.

이외에도 수많은 신종족이 있고, 지금 이 순간에도 새로운 족들이 많이 생겨나고 있습니다.

여러분은 어느 족에 해당됩니까? 나는 아무래도 1970년대 청통족이었던 것 이외에는 해당되는 것은 없고, DEWKDouble Employment With

Kids족이 아닌 SEWKSingle Employment With Kids족인 것 같습니다. 힘든 여정이었고, 힘든 여정을 아직도 더 가야 할 것 같습니다. 이제 NOMU족이나 되어 볼까요?

5
명왕성

학창시절 과학시간에 배운 태양계의 행성 순서는 "수-금-지-화-목-토-천-해-명"이라고 참 많이도 외웠었습니다. 시험에도 자주 나왔었지요. 이로 알 수 있듯이 태양계에서 막내 행성은 명왕성으로 1930년 미국의 천문학자 클라이드 톰보Clyde Tombaugh가 발견했습니다.

이 때 명왕성의 이름을 짓는 것도 큰 문제였습니다. 여러 그리스 신 이름이 거론되었지만 그리스 로마 신화에 나오는 저승신인 플루토Pluto로 명명되었습니다.

플루토는 지하세계의 왕인 하데스Hades의 로마식 이름인데, 하데스는 본래 '눈에 보이지 않는다'는 뜻도 가지고 있습니다.

명왕성은 인간의 우주 탐사선이 도달하지 않은 유일한 행성인데, 그 이유는 지구에서 너무 멀리 떨어져 있기 때문입니다.

하지만 2006년에 미국의 NASA가 뉴호라이즌스New Horizons라는 탐사선을 명왕성으로 보냈으며, 지난 2015년 7월 14일 명왕성에 가장 가깝게 접근했습니다. 9년 반 동안 장장 약 50억km를 날아가 1만2천km 정도까지 접근해서 명왕성의 대기에는 어떤 성분이 있고, 표면 온도는 어떤지 등을 측정하고 지나가게 됩니다.

이때의 한 시간이 매우 중요합니다. 이 탐사선은 하루에 120만km를 날아가니까 몇 시간만 지나도 거리가 엄청나게 멀어지기 때문입니다. 일반적으로 탐사선은 행성에 착륙하거나 주위를 돌면서 탐사하게 되는데 뉴호라이즌스호는 flyby라고 해서 명왕성을 스쳐 지나가게 됩니다. 1만2천km보다 더 가까이 가게 되면 명왕성의 중력에 끌려서 안으로 빨려 들어가게 되기 때문입니다.

9년 반 동안 날아가 겨우 1시간 남짓 탐사활동을 하고 그 임무를 마치고 수명을 다해 우주의 미아로 사라져야 하는 탐사선의 운명을 보니 참으로 허망하다는 생각도 듭니다.

아이러니하게도 2006년 1월에 뉴호라이즌스호가 명왕성을 향해 출발한 7개월 뒤에 명왕성은 태양계의 행성 지위를 잃게 됩니다. 일반적으로 행성의 조건은 항성(태양) 주위를 돌아야 하고, 충분한 질량을 가져서 평형을 유지할 수 있는 구형 형태를 가져야 하며, 궤도 주변의 다른 천체로부터 지배권을 가져야 합니다.

그런데 명왕성은 크기가 달의 2/3라는 점과 궤도가 다른 8개의 행성과는 다르게 긴 타원이라는 점, 즉 자신의 궤도에서 지배적인 역할을 하지 못한다는 점 때문에 논란이 되다가 결정적으로 명왕성보다 더 먼 거리에 있는 에리스라는 새로운 행성이 발견되었는데 이것을 태양계 10번째 행성으로 인정할 것인가 둘 다 뺄 것인가를 논의하다가 결국 둘 다 태양계의 행성에서 퇴출되었습니다.

뉴호라이즌스호와 같은 1970년도에 발사되었던 또 다른 탐사선 보이저 1, 2호는 지구로부터 190억km 이상 떨어져 있는 것으로 추측되는데 모두 지구와의 연락은 이미 끊어져 있습니다.

지구와 명왕성까지의 거리가 50억km 정도 되니 보이저 1, 2호는 그 거리의 4배 정도 먼 곳에 가 있다는 얘기입니다.

현재 인간의 기술 한계는 명왕성까지이니 명왕성 이후는 무엇이 있는지 우리는 알 수 없습니다. 다만 태양계의 끝은 태양의 중력이 미치는 끝까지이고, 이는 9조5천억km정도 떨어진 거리라고 합니다.

이런 태양계가 1천억 개 정도 모여서 은하계가 되고, 이런 은하계가 또 1천억 개 정도 모여 우주를 이룬다니 우주의 크기를 감히 나의 머리로는 상상할 수 없습니다.

우주를 생각할 때 태양계 전체도 너무도 소소할진대 하물며 그 안에 지구라는 작은 행성 안에서 70억 인구 중 하나인 나의 존재는 또 얼마나 미미한 존재인가 생각해보면 스스로 위축이 되다가도 인간은 그 하나하나가 우주와 같은 존재라는 성현의 말씀을 생각하면 이 또한 맞는 말 같습니다. 작은 일에 일희일비하지 말고 우주와 같은 마음으로 하루하루를 살아야겠습니다.

6
지구

우리가 살고 있는 지구를 우주에서 보면 파란색의 바다, 녹색의 산과 갈색의 땅에, 흰색의 구름이 아주 절묘하게 어우러져 있습니다. 이 우리의 지구는 태양계의 세 번째 행성으로, 달을 위성으로 두고 있는 아주 아름다운 행성입니다. 지구의 나이는 약 46억 년이라고 알려져 있습니다. 지구의 생성에 대해서는 고온기원설과 저온기원설이 있는데, 고온기원설은 태양이 먼저 만들어졌고, 태양의 일부가 떨어져 식어서 지구가 생겼다는 가설로 오늘날에는 거의 지지 받지 못하는 학설입니다. 저온기원설은 우리 은하계에 존재했던 거대 성간운이 초신성 폭발에 압축되고 자체 중력으로 수축되면서 분열된 작은 성간운이 태양계 성운이 되었고, 이 태양계 성운에서 중력에 의해 점차 모이면서 태양을 비롯한 행성 위성과 같은 태양계가 만들어졌다는 가설입니다. 즉, 지구는 태양계와 같은 시기에 생성되었다는 것입니다.

이때의 지구의 크기는 현재의 1/2 정도였고, 1년에 평균 1천 개 이상의 소행성이 충돌했을 것으로 추정됩니다. 이런 소행성이 가지고 있던 물이나 이산화탄소 등의 성분이 증발하여 원시 대기를 형성했으며, 마그마의 바다였던 지구 표면이 식어 대기를 가득 채웠던 수증기가 원시 바다가 되고, 남은 지표면은 원시 대륙이 되었습니다. 이때가 지구가 태어난 지 10억 년 정도 지난 다음으로, 현재 지구상에 존재하는 가장 오래된 암석의 나이가 35~40억 년인 점과도 일치하는 것을 보면 이 가설이 매우 설득력이 있습니다. 지구의 역사를 지질구조 기준으로 분류하면 선캄브리아 시대(40억 년 전~5억7천만 년 전), 고생대(5억7천만 년 전~2억2천5백만 년 전), 중생대(2억2천5백만 년 전~6,500만 년 전), 신생대(6,500만 년 전~현재)로 나뉘어집니다.

사실 지구를 가장 오래 지배한 것은 인간이 아니라 공룡입니다. 공룡은 중생대 쥐라기에 출현하여 백악기 말에 전멸할 때까지 약 2억 년 동안 지구를 지배했습니다. 가끔 원시인 영화를 보면 인류와 공룡이 서로 싸우는 장면이 있는데 이는 실로 있을 수 없는 일입니다. 인류는 신생대 말에 나타나기 시작했기 때문에 공룡시대와의 시차는 수천만 년이나 나기 때문입니다. 공룡이 전멸한 이유는 정확히 알 수 없으나 소행성 충돌이 가장 유력한 원인으로 추정됩니다. BC 4만 년경 구석기 시대에 인류가 출현한 이후로 원시사회, 농경사회를 거쳐 산업혁명 이후 인간은 지구를 가파르게 파괴하기 시작합니다. 화석연료의 사용으로 대기 중 이산화탄소의 농도를 증가시켰고, 온실효과로 인해 지구의 평균기온이 올라갔으며 해수면이 상승하고 사막화가 진행되는 기상 이변이 속출하고, 프레온가스 사용의 증가로 인한 오존층의 파괴, 대기오염으로 인한 산성비는 토양과 물을 오염시키고 있습니다. 또한 폭발적인 인구의 증가는 환경파괴를 더욱 가속화시키고, 서로 전쟁과 테러로 죽고 죽이는 악순환을 반복하고 있습니다.

그러면 지구가 과연 인간의 것일까요? 이 질문에 대한 대답은 반기문 UN 사무총장이 페이스북에서 공유했던 글이 정답이 될 듯 싶습니다.

우리는 지구라고 하는 멋진 펜션에 잠시 왔다 가는 여행객들입니다.

적어도 지구를 우리가 만들지 않았고, 우리가 값을 치르고 산 것이 아닌 것은 분명합니다.

그렇다면 우리가 이 펜션의 주인은 당연히 아니겠지요.

그리고 다들 일정기간 후에 떠나는 것을 보면 이곳에 여행을 온 것이 맞는 듯합니다.

단지 여행의 기간이 3박4일이 아닌 70, 80년 정도일 뿐인데, 우리는 여행온 것을 잊을 때가 많습니다.

펜션의 주인이 조용히 지켜보는 가운데 이 여행객들은 서로 자기들의 방을 잡고는 마치 진짜 자기 집인 양 행세하기 시작합니다. 다른 방에 있는 여행객들이 한 번 들어와 보고 싶어 하면 복잡한 절차를 거쳐 일정한 값을 치르고 들여보냅니다. 심지어 싸우기까지도 합니다.

다른 방을 빼앗기 위해 싸우기도 하고, 다른 여행객들이 가진 것을 빼앗기도 하고, 목숨을 해하기도 합니다.

우리는 펜션 주인이 제공하는 햇빛과 물과 공기와 같은 너무나 비싼 서비스를 공짜로 이용하면서, 심지어는 방들도 공짜로 이용하면서 서로에게는 값을 요구합니다.

과연 이 펜션에 우리 것이 있을까요? 우리는 여행객인데요. 마음씨 좋은 주인이 누리라고 허락해준 이 아름다운 여행지에서 다 함께 여행만 즐기면 어떨까요?

여행을 소중히 여겨 주세요. 나에게도 딱 한 번이지만, 다른 사람에게도 딱 한 번 있는 여행이니까요.

7
번개

번개는 빛일까요, 아닐까요?

번개의 사전적 정의는 구름과 구름, 구름과 대지 사이에서 공중전기의 방전이 일어나 번쩍이는 불꽃입니다. 따라서 번개는 빛이 아닙니다. 빛의 속도는 초속 30만km입니다. 그럼 번개의 속도는 초속 얼마나 될까요? 16만km라고 합니다. 빛의 속도의 절반 정도 된다고 볼 수 있습니다. 지구의 둘레가 4만km이니 빛은 1초에 지구를 7바퀴 반 돌고, 번개는 1초에 4바퀴 돌 수 있는 속도라 볼 수 있습니다.

번개는 빠른 속도의 대명사로 알려져 있습니다. 지구상에서 빛, 번개 다음으로 빠른 것은 무엇이 있을까요? 소리의 속도가 초속 340m이니 소리보다 빠른 것이 많이 있습니다. 우주선의 속도는 초속 7~8km 정도랍니다. 탄도 미사일의 경우 초속 5km, 총알의 속도는 최대 1km 정도 됩니다. 초음속 비행기가 최대 마하3 정도 되니 초속 1.2km 정도 될 것 같습니다.

그러면 KTX, 화살, 스포츠카 중 누가 제일 빠를까요? 결론적으로 말하면 셋 다 시속 300km 정도로 비슷합니다.

현대자동차가 2013년형 제네시스 쿠페를 홍보하기 위해 제네시스와 양궁 선수가 쏜 화살의 속도 비교를 유튜브에 공개했답니다. 컴퓨터 그래픽이나 디지털 속임수가 전혀 없는 실제 상황이라고 합니다. 보지는 못했지만 홍보영상이니 당연히 비슷하거나 제네시스가 빠르지 않았을까요?

구기 종목에서는 무엇이 가장 빠를까요? 축구 선수의 킥 속도, 야구 투수의 피칭 속도, 배드민턴 셔틀콕의 속도, 배구의 스파이크 속도, 골프의 드라이버 샷 속도, 테니스의 서브 속도를 빠른 순대로 나열해보세요.

정답은 다음과 같습니다. 배드민턴 셔틀 콕(332km) 〉 테니스 서브(263km) 〉 골프 드라이브 샷(240km) 〉 야구 피칭(171km) 〉 축구 프리킥(120km) 〉 배구 스파이크(110km).

확실히 기구를 이용하는 것이 신체를 직접 이용하는 것보다는 빠른 것을 알 수 있습니다. 지구상 인간 중 가장 빠른 우사인 볼트는 시속 40km 정도에 불과합니다.

또 다른 아주 빠른 속도를 가진 것 하나를 소개합니다. 어느 유명 소주가 2006년 처음 선보인 이후 7년 동안 국내 누적판매량이 지난 2013년 2월 기준 2억 병을 돌파했답니다. 이는 하루 평균 110만 병, 초당 12병씩 팔린 셈으로 병을 눕혀 일렬로 세우면 지구를 15바퀴를 돌고도 남습니다. 즉 번개가 4초나 소비해야 할 정도의 시간입니다.

여러분은 여기에 얼마나 공헌하셨습니까?

8
태풍

한때 나는 태풍의 한자가 당연히 큰바람이라 생각해 泰風이나 太風인 줄 알았습니다. 그런데 태풍의 한자는 '颱風'입니다. 태풍의 '태颱'라는 글자가 처음 사용된 것은 1634년 중국에서 간행된 〈토풍지土風志〉라고 합니다. 이는 중국에서는 옛날에 태풍같이 바람이 강하고 빙빙 도는 풍계를 '구풍颶風'이라고 했는데 이를 광둥어로는 '타이푼'이라고 하고, 영어로는 'Typoon'입니다.

태풍은 발생하는 지역에 따라 다른 이름으로 불립니다. 태평양 남서부에서 발생하여 우리나라 쪽으로 부는 것을 태풍, 대서양 서부에서 발생하는 것을 허리케인, 인도양에서 발생하는 것을 사이클론, 호주 북동부에서 발생하는 것을 윌리윌리라고 합니다. 고등학교 지학 시간에 배운 기억이 새록새록 떠오릅니다.

태풍은 남 · 북위 5도 정도의 저위도 지역의 해수면 온도 26℃ 이상의 열대 해역에서 일어납니다. 해수면이 뜨거우니 당연히 수증기가 많이 대기로 올라가 강한 바람과 많은 비를 생성하여 고위도 지역으로 이동하게 됩니다.

태풍은 발생부터 소멸까지 약 1주일에서 10일 정도이며, 그 강도에 따라 피해의 정도가 다릅니다. 농작물의 유실 및 침수, 시설물에 대한 피해뿐만 아니라 사망 및 실종으로 인한 인명피해 및 엄청난 수의 이재민을 발생시킵니다.

그런데 태풍이 꼭 인간에게 역기능만 있는 것은 아닙니다. 태풍은 파도를 뒤집어 해수를 순환하게 하여 바다 생태계를 활성화하며, 많은 비를 내려 대륙의 물 부족 현상을 해소하고, 지구 남북의 온도 균형을 맞추기도 합니다. 우리도 가끔 심각한 피해 없이 비만 뿌리고 간 효자 태풍을 몇 번 경험한 것 같습니다. 그러나 일반적으로 태풍의 피해가 너무 크다 보니 태풍의 순기능까지 고려할 여유는 없는 것 같습니다.

태풍의 이름은 원래 없었다가 1953년 호주의 예보관들에 의해 처음 사용되기 시작했는데, 당시 그들은 자신들이 싫어하는 정치인들의 이름을 이용하여 예보를 했다고 합니다. 자고로 동서고금을 막론하고 정치인은 어디서든 대접을 못 받는 것 같습니다. 그 후 1999년까지는 미국의 태풍경보센터에서 정한 이름을 사용했는데 처음에는 보통 여성의 이름이었습니다. 그러다 이는 성차별에 해당된다는 여론에 의해 남녀 성을 가진 이름이 번갈아 붙여지다가 2000년부터는 아시아 각국 국민들의 태풍에 대한 관심과 경각심을 높이기 위해 아시아 14개국이 각각 10개의 이름을 제출해 총 140개의 이름을 순차적으로 사용하는데, 다 쓰게 되면 처음부터 다시 재사용하게 됩니다. 그러나 태풍 '루사'나 '매미'와 같이 아주 큰 피해를 입힌 태풍 이름은 퇴출되고 다른 이름으로 바뀌게 됩니다. 실제로 북한에서 제출한 태풍 매미는 우리나라에 막대한 피해를 입혀 무지개로 변경되었습니다.

지금도 이름만 들어도 몸서리쳐지는 태풍들이 많이 있습니다. 역대 우리나라에 최대 인명 피해를 준 태풍은 1936년에 발생한 태풍 3693호입니다. 당시는 태풍의 이름이 없었던 시절로 이 태풍으로 인해 1,232명이 사망하거나 실종되었습니다. 그 유명한 1959년 태풍 '사라'는 849명의 인명 피해를 내었고, 이는 역대 3위에 해당됩니다. 최대 재산 피해를 낸 태풍은 지금도 기억이 생생한 2002년의 태풍 루사로 5조1,497억원 정도의 재산 피해를 냈습니다. 다음해 온 태풍 매미는 4조2,000억원의 재산 피해를 내 역대 2위에 올랐습니다.

1일 최다 강수량을 보인 태풍은 루사로 하루 870mm의 비를 쏟아부어 최대 재산 피해 태풍에 이어 2관왕에 올랐습니다. 1일 최대 순간풍속 1위의 태풍은 2003년의 매미입니다. 초속 60m의 강풍을 동반해 역대 최대 재산 피해 태풍 2위를 달성했습니다.

그 이외에도 셀마, 나비, 올가 등은 우리나라에 많은 피해를 주었던 기억이 나는 태풍들입니다. 자연의 이치로 인해 어쩔 수 없이 매년 여름에는 태풍들이 몇 차례 우리나라를 방문하게 됩니다. 어차피 피할 수 없으면 현명히 대처하는 자세가 필요합니다. 그런데 매년 이 시기에 오는 것을 알면서도 태풍이 지나가면 바로 잊어버리게 됩니다. 세월호 대책이나 메르스 대책이나 태풍 대책이나 참 일관성 있습니다.

요즘 TV 코미디 프로인 '개그 콘서트'의 "도찐개찐"이 생각납니다. 이 코너 참 웃기는 코너입니다.

9
음모이론 conspiracy theory

지난해 일어난 세월호 사건이 우리 국민에게 끼친 여파는 실로 엄청나고, 아직도 그 충격의 여파가 채 가시지 않고 있습니다. 그런 상황에서 세월호 사건의 가장 중심적인 인물인 세모 그룹 유병언 회장의 시신이 발견되어 세간에 큰 이슈가 되었습니다. 시신이 유병언 본인이냐 아니냐, 자살이냐 타살이냐 등의 논란이 없는 것은 아니지만, 사실 세월호 사건 자체가 음모론에 한때 휩싸였었는데 유병언 회장 시신 발견도 또 하나의 음모론에 휩싸이는 것 같습니다.

이렇듯 세계적으로 큰 사건이 일어날 때마다 음모론은 반드시 등장합니다. 누가 어떤 목적으로 만들었는지는 모르겠지만 나름대로 그럴듯한 타당성과 개연성을 가지고 음모론은 항상 등장하게 됩니다. 그런데 한 가지 재미있는 사실은 이런 음모론에 대해 절반에 가까운 사람들은 이를 믿는다는 통계입니다. 그 내용이 다소 황당하다 하더라도 말입니다.

오랫동안 인구에 회자되는 세계 10대 음모론이 있습니다.

그 첫 번째는 9.11 테러입니다. 2001년 알카에다의 9.11 테러 계획을 미국 정부가 미리 알고 있었음에도 묵인했다는 것입니다. 심지어는 미국 정부가 직접 계획했다는 설도 제기되었습니다. 어쨌든 인기가 없었던 부시 정부는 9.11 테러 이후 그 권력이 하늘을 찌르게 됩니다. 우리나라 천안함 사태 이후도 이와 비슷한 음모론이 제기되었었지요.

두 번째는 미국 네바다 주의 공군기지 에어리어 51입니다. 민간인 출입이 제한된 이 군사기지에 로스웰 사건의 외계 비행선과 외계인 사체가 보관되어 있고, 이미 미국 정부가 외계인과 교류를 하고 있으면서 그들의 존재를 부정하고 있다는 음모론입니다.

세 번째는 엘비스 프레슬리 생존설입니다. 로큰롤의 황제로 한 시대를 풍미했던 엘비스 프레슬리는 1977년 42살의 나이로 세상을 떠났는데, 사인은 심장마비였습니다. 그런데 각박한 연예계 생활을 견디지 못한 그가 사망을 가장해 대중의 눈앞에서 사라져 자유로운 삶을 살고 있다는 음모론입니다. 마릴린 몬로나 이소룡의 죽음에도 이런 음모론이 존재하지요.

네 번째는 아폴로 11호의 달 착륙입니다. 소련에 우주탐사의 주도권을 빼앗긴 미국이 이를 만회하기 위해 세트장에서 우주선이 달에 착륙한 것 같이 연출했다는 음모론입니다. 이를 입증하는 자료는 달에 꽂은 성조기가 바람에 날리듯 흔들리고(달에는 공기가 없어 불가능한데), 달 착륙선의 자국은 남지 않았는데 닐 암스트롱 선장의 발자국은 너무 선명하다는 등 여러 가지 의문이 제기되었습니다.

다섯 번째는 셰익스피어 가공인물설입니다. 한 마디로 영국 최고의 배우이자 극작가인 셰익스피어는 존재하지 않는다는 음모론입니다.

1564년에 태어난 셰익스피어는 1616년에 죽을 때까지 37개의 희곡과 150편의 소네트를 남겼지만 그 작품을 쓴 것에 대한 기록은 존재하지 않는답니다. 이에 셰익스피어의 실제 작가는 베이컨, 말로뿐 아니라 영국 여왕이라는 소문과 여왕의 사생아가 셰익스피어라는 필명으로 활동했다는 주장도 있습니다.

여섯 번째는 예수 결혼설입니다. 전 세계 독자들의 폭발적 반응을 일으킨 소설 〈다빈치코드〉는 예수가 막달라 마리아와 결혼해 아들을 두었으며, 그 후손이 오늘날에도 생존해 있다는 내용을 담고 있습니다. 이 소설은 영화로까지 제작될 정도로 인기가 있었지만 가톨릭교회를 부정적으로 묘사했다는 이유로 많은 비판을 받기도 했습니다.

일곱 번째는 파충류 지구 지배설입니다. 세계는 일루미나티라는 비밀조직에 의해 운영되고 있으며, 이 조직을 조종하는 세력은 파충류 외계인이라는 것입니다. 당시 조지 부시 대통령을 비롯 세계를 이끄는 지도자들은 인간의 피를 빨아 먹는 외계인 파충류라는 음모론이 떠돌았습니다.

여덟 번째는 에이즈입니다. 에이즈가 특정지역의 인종을 몰살시키기 위해 일부 과학자가 만들어낸 질병이고, 상당수 흑인들은 미 정부 과학자가 흑인사회를 통제하거나 없애 버리기 위해 이 병을 만들어냈다고 주장하고 있습니다.

아홉 번째는 존 F. 케네디 대통령의 암살 음모론입니다. 1963년 케네디 대통령은 잘 알려진 대로 오스왈드에게 암살당했고, 오스왈드가 체포되어 조사에 들어가기 직전 잭 루비에게 암살당했습니다. 그래서 암살 배후세력이 어둠 속에 묻히게 되어 이에 대한 여러 가지 음모론이 제기되었습니다. FBI, CIA, 소련 마피아 등. 그 중에서 당시 전쟁에 반대한 케네디 대통령 때문에 사업에 위기를 느낀 군수 복합 단체에 의한 암살이라는 설이 유력합니다.

마지막 열 번째는 다이애나 왕세자비 사고입니다. 1996년 찰스 왕세자와 이혼한 다이애나는 그녀의 연인 도디 알파에드와 같이 36세의 나이로 프랑스 파리 지하차도에서 교통사고로 사망했지만, 다이애나가 그의 아이를 임신해서 엘리자베스 2세 여왕 부군인 필립공이 영국 정보기관 요원을 동원해 이들을 암살했다는 주장이 제기되었습니다.

이 외에도 세상에는 믿거나 말거나 많은 음모론이 떠돌았다 사라지곤 합니다. 이런 음모이론은 신봉자의 무기력성과 구조적으로 불확실한 상황, 신봉자 자신이 이것에 대한 일종의 이유를 찾아야 할 필요성과 해결하고자 하는 희구로부터 발생한다고 할 수 있습니다. 진실 그 자체보다는 사람들이 믿고 싶어 하는 것이 진실이 될까 두려운 세상입니다.

10
저주

2014년 브라질 월드컵 준결승전에서 브라질이 독일에게 7:1이라는 상상할 수 없는 점수 차로 진 것에 대해 세상이 떠들썩했었습니다.

브라질이 낳은 축구 황제 펠레는 1966년 잉글랜드 월드컵에서 자신이 속한 브라질이 우승할 것이라는 예상을 했는데, 브라질은 1승 2패라는 최악의 성적으로 예선 탈락하면서 펠레의 저주가 시작되었습니다. 그 후부터 월드컵과 같은 큰 대회에서 펠레가 예상한 정반대로 실현된다고 믿어지는 징크스를 '펠레의 저주'라고 부르기 시작했습니다.

이번 대회에서도 그는 브라질을 우승 후보로 꼽았고, 특히 브라질은 수비가 강한 나라라고 평했는데 7:1이라는 점수 차로 브라질이 패하자 예의 그의 저주는 또 한 번 실현이 되었습니다.

축구에서 펠레의 저주가 있다면 야구에서도 재미있는 메이저리그 3대 저주가 있습니다.

그 첫 번째는 '밤비노의 저주'인데 미국 메이저리그의 보스턴 레드삭스가 1920년 베이브 루스Babe Ruth를 뉴욕 양키스로 트레이드한 후 수십 년 동안 한 번도 월드시리즈에서 우승하지 못한 불운을 말합니다. 밤비노는 베이브 루스의 애칭으로 레드삭스가 2004년 월드시리즈에서 우승할 때까지 한 번도 우승하지 못해 86년간 밤비노의 저주를 벗어나지 못했습니다.

또 다른 저주는 '염소의 저주'인데 시카고 컵스가 마지막으로 월드시리즈에 나갔던 1945년에 있었던 일입니다. 디트로이트와의 월드시리즈 4차전 때 홈구장인 리글리필드에 염소를 데리고 입장하려던 샘 지아니스라는 관중이 입장을 거부당하자 "다시는 이곳에서 월드시리즈가 열리지 않으리라"고 저주를 퍼붓고 떠났습니다. 당시 결국 3승 4패로 물러선 시카고 컵스는 1945년 이후 월드시리즈 무대를 밟지 못했을 뿐 아니라 1908년 이후 100년이 넘도록 월드시리즈에서 우승을 하지 못하고 있습니다. 한편 2003년 포스트시즌에 진출한 시카고 컵스는 플로리다 말린스와의 내셔널리그 챔피언십 시리즈에 3승 1패로 앞서고 있다가 내리 3연패, 월드시리즈 진출에 실패해 과연 염소의 저주를 실감나게 했습니다.

마지막 저주는 블랙삭스의 저주입니다. 밤비노의 저주보다 2년 더 길었고 '블랙삭스 스캔들'로도 불리는 블랙삭스의 저주는 시카고 화이트삭스가 1919년 신시내티 레즈와의 월드시리즈에서 당대 최고의 스타 조 잭슨 등 주전선수 8명이 도박사들과 짜고 일부러 져주기 게임을 한 역대 최악의 승부 조작사건을 말합니다. 화이트삭스는 그 이후 긴 세월 동안 부진의 늪에 빠졌고, 1959년 간신히 월드시리즈에 올랐지만 LA다저스에 2승 4패로 지면서 저주를 푸는데 실패했으나, 마침내 2005년 휴스턴 애스트로스를 4전 전승으로 꺾고 월드시리즈를 우승해 무려 88년 만에 다시 우승의 감격을 맛보았습니다.

스포츠 분야뿐 아니라 경제 분야에서도 '마천루의 저주Skyscraper curse'가 있어 흥미롭습니다. 마천루의 저주란 초고층 빌딩(건물 높이 240m 이상) 건설 붐이 일면 경제 파탄이 찾아온다는 속설로, 도이치뱅크의 분석가 앤드루 로런스가 1999년 발표한 개념으로 초고층 건물을 짓는 국가가 이후 최악의 경기 불황을 맞는다는 가설입니다. 최초에는 마천루 지수라는 유머가 섞인 장난스런 의도로 발표되었지만 이론이 발표되고 10년 후 두바이에서 같은 현상이 일어나자 마천루의 저주라 불리기 시작했습니다.

예컨대 1930년과 1931년 미국 뉴욕에 크라이슬러 빌딩과 엠파이어 스테이트 빌딩이 세워질 무렵 세계 대공황이 시작됐고, 이후 1970년대 중반 뉴욕의 세계무역센터(각 415m, 417m)와 시카고 시어스타워(442m)가 건설된 후에는 오일쇼크가 발생, 미국 경제는 초유의 스태그플레이션을 겪게 됐습니다. 또한 1997년 말레이시아 페트로나스타워(451.9m)가 시어스타워의 기록을 경신한 후에는 아시아 전체가 외환위기로 인해 어려움을 겪었고, 2004년 대만 타이베이금융센터 건립 후에는 대만의 주력산업인 IT 산업이 붕괴되며 대만 경제는 침체의 늪에 빠졌습니다.

이밖에 고도의 성장을 거듭하던 아랍에미리트의 버즈 두바이는 높이 828m로 2010년 초 세계에서 가장 높은 건물에 등극했으나, 이 마천루의 완공을 불과 2개월 앞둔 2009년 11월 국영기업 두바이 월드가 채무상환유예를 선언하며 마천루의 저주 사례를 피해가지 못했습니다.

지금 우리나라에서도 100층 이상의 초고층 빌딩 건축 붐이 일고 있고, 실제 건축 중에 있는 빌딩도 있는데 우리도 마천루의 저주에 걸리지 않을까 매우 걱정이 됩니다. 사실 저주란 과학적 근거가 없는 것으로 인간이 만든 것일진대 그것에 빠져 헤어나지 못하는 것을 보면 참으로 아이러니합니다. 이런 저주든 징크스이든 우리 스스로 깰 수 있는 의지와 정신력이 중요할 것입니다.

11
제4의 물결

우리가 살고 있는 지구에 인류가 처음으로 나타난 것은 300~500만 년 전으로 알려져 있습니다. 최초의 인류는 아프리카에서 화석이 발견된 오스트랄로피테쿠스입니다. 이들의 두뇌 용량은 현생인류의 3분의 1 정도이고, 두 발로 걸었고, 나무로 된 도구를 사용하다 곧 돌로 도구를 만들어 사용했습니다. 이들은 불을 사용하는 법을 알게 되어 음식을 익혀 먹었고, 빙하기에 추위를 견디는 법을 알게 되었습니다.

4만 년 전부터는 현생인류인 '호모 사피엔스 사피엔스Homo sapiens sapiens'가 나타나고, 이들이 오늘날 여러 인종의 직계 조상으로 여겨지고 있습니다. 예전에 교과서에 배운 크로마뇽인, 네안데르탈인이 이 시대의 사람들입니다. 이때까지를 구석기시대라 말하고, 원시사회 또는 수렵사회라 일컫습니다.

기원전 1만 년 무렵에 빙하기가 끝나고 지구의 기온이 올라가 지금과 같은 자연환경이 되면서 신석기시대가 시작되었습니다. 신석기시대 사람들은 농경과 목축을 시작하여 식량을 직접 생산하기 시작했습니다. 이를 신석기 혁명이라 말하며, 농업이 시작되어 인류의 생활

양식이 크게 변하게 됩니다. 미래학자 앨빈 토플러Alvin Toffler가 쓴 책 〈제3의 물결〉에서 제1의 물결인 농경화사회가 시작되는 시기이기도 합니다.

그 후 기원전 3500년부터 청동기시대가 도래하고, 기원전 2000년부터 철기시대가 시작됩니다. 이때까지를 고고학에서 인류의 역사를 분류할 때 선사시대라고 일컫습니다.

역사시대를 언제부터라고 딱 잘라 말하기는 어렵습니다. 지역마다 고대문자가 등장한 시기가 다르고, 그것들을 문자로 볼지, 기호로 볼지의 기준도 애매하기 때문입니다. 가장 오래된 문자로 알려진 고대 이집트의 상형문자는 기원전 4000년에 문자의 전신이 되는 간단한 기호나 도형이 발견되며, 기원전 3000년경에는 이미 문자로서 완전한 기능을 할 수 있는 구조로 발전한 것으로 알려져 있습니다. 다만 상형문자로 기록된 가장 최근의 비문은 AD 394년이니 대략 기원 전후 500년 사이에 역사시대가 시작되었다 해도 큰 무리가 없을 듯합니다. 하여튼 역사시대가 시작된 이후로 인류는 여러 분야에서 많은 발전을 하게 됩니다.

그러다가 18세기 중반에서 19세기 초반에 영국에서 일어난 산업혁명은 전 세계를 크게 바꾸어 놓게 됩니다. 바야흐로 앨빈 토플러의 제2의 물결인 산업화사회가 시작된 시기입니다. 특히 방적기, 증기기관, 제련 기술의 발명은 세계 경제의 비약적인 발전의 계기가 되었습니다.

산업혁명은 경제구조는 물론 사회구조, 정치구조까지 크게 바꾸어 놓았습니다. 귀족과 지주 지배체제가 무너지고 신흥 부르주아 계급이 탄생했고, 이들은 선거법마저 개정했습니다. 이는 자유주의 경제체제로의 전환을 야기하게 되었습니다.

산업화로 인해 농경사회가 무너져 농촌 인구의 대부분이 도시로 이동했고, 이는 도시의 폭발적인 인구 증가를 초래했으며, 석탄 사용으로 공기오염이 시작되었습니다. 또한 노동자에 대한 공장주의 인권유린도 시작되었고, 이런 노동자의 비참한 삶은 자본주의에 반대하는 사회주의운동의 물결을 일게 했습니다. 산업화사회로 인간의 삶이 여러 방면에서 풍요로워졌지만 1만 년 동안 유지된 농경화사회에서의 청정한 지구를 인류가 황폐화하는데 걸린 시간은 채 200년이 걸리지 않았습니다.

20세기 중반인 1950년대 컴퓨터의 등장으로 제3의 물결인 정보화사회가 드디어 시작됩니다. 수렵사회와 농경화사회는 주로 물질이 인류생활을 지배했습니다. 기본적인 의식주를 해결해주는 물질이 그만큼 중요하던 사회였습니다. 산업화사회는 물질과 에너지가 인류생활을 지배하게 됩니다. 정보혁명을 계기로 시작된 정보화사회에서는 물질과 에너지뿐만 아니라 정보가 인류생활을 절대적으로 지배하게 됩니다. 유형의 물건을 생산하고 유통하는 것보다 무형의 지식 또는 정보의 생산 유통이 중심이 되며, 정보의 가치가 훨씬 높아지게 되었습니다.

앨빈 토플러는 1980년에 저술한 그의 저서 〈제3의 물결〉에서 정보화사회까지를 피력했습니다. 35년이 지난 지금 그는 과연 현재 인간이 영유하는 삶까지 예측했을까요? 나는 이미 제3의 물결을 넘어 제4의 물결이 시작되었다고 감히 생각합니다. 1990년대 컴퓨터와 통신의 결합이 활성화됨으로써 시작된 인터넷 혁명으로 제4.1물결인 인터넷 사회를 넘어 2000년대 불어온 모바일 혁명으로 제4.2물결인 모바일 사회를 지금 우리는 영위하고 있습니다. 앞으로 우리는 어떤 물결, 어떤 사회를 맞이하게 될까요?

지금 이 순간 우리는 이미 제4.3물결인 사물 인터넷IOT : Internet of things 사회가 도래했음을 알 수 있습니다. 사물 인터넷은 인간이 사용하는 모든 사물, 즉 가전제품, 전자기기, 의료기기, 집, 자동차 등을 네트워크로 연결해 정보를 공유할 수 있습니다. 심장박동 모니터링 기계, 구글 글라스, 나이키 퓨얼밴드가 대표적인 사물 인터넷입니다. 부정맥을 앓고 있는 환자가 심장박동 모니터링 기계를 부착하고 다니면 심전도 결과가 실시간으로 중앙관제센터에 전송되어 환자의 상태를 체크합니다. 와인 병에 부착된 RFID를 통해 소비자는 스마트폰으로 와인의 유통과정 및 진품 여부를 직접 확인할 수 있습니다. 미국 IT 분야 리서치 전문회사인 가트너에서 발행하는 〈가트너〉 지에 따르면 2009년에 사물 인터넷 기술을 사용하는 사물의 수는 9억 개에 달하며, 2020년까지 서로 연결되는 사물의 수는 260억 개로 예상된다고 합니다. 사물 인터넷 사회의 또 다른 이름은 초연결사회입니다.

신석기 혁명으로 시작된 농경화사회는 1만 년 유지되었습니다(제1의 물결).

산업혁명으로 시작된 산업화사회는 2~3백 년 유지되었습니다(제2의 물결).

정보혁명으로 시작된 정보화사회는 40~50년 유지되었습니다(제3의 물결).

인터넷/모바일/사물 인터넷 혁명으로 시작된 제4의 물결인 네트워크 연결사회에서 인터넷 사회는 불과 20년(제4.1물결), 모바일 사회는 10여년(제4.2물결)이 유지되고 있습니다. 갈수록 새로운 사회에 대한 수명 주기가 빛의 속도로 짧아지고 있습니다.

이제 시작되는 초연결사회는 과연 몇 년이나 유지되고, 그 후 어떤 사회가 도래할지 참으로 궁금합니다. 수명주기가 갈수록 짧아지니 어떤 새로운 혁명이 불어 어떤 제5의 물결이 일어날지 남은 내 생애에서 충분히 경험할 수 있을 것 같습니다.

12
중국

중국中國은 말 그대로 세상의 중심국가를 의미합니다. 국호 자체가 상당히 오만하기 그지없습니다.

현재의 중국은 1949년 공산당이 세운 중화인민공화국으로 출범했습니다. 당시 중국은 세상의 중심국가가 되기 위해 주변국을 중국의 세력 범위 안에 묶어 놓고 통제하기를 원했고, 이를 위해 기미羈縻 정책을 사용했습니다. 기미는 '굴레를 씌워 얽맨다'는 뜻으로 주변국에 기미를 씌워 중국이 원하는 대로 좌지우지하려고 했으나 당시 초강대국인 미국의 그늘에 가려 제대로 성공하지 못했습니다.

따라서 덩샤오핑은 1980년대부터 도광양회韜光養晦를 대외정책으로 삼고 기미정책을 이루고자 했습니다. 도광양회는 '빛을 숨기고 어둠 속에서 힘을 기른다'라는 뜻입니다. 이는 나관중의 〈삼국지연의〉에서 유비가 조조의 식객으로 있을 때 살아남기 위해 일부러 몸을 낮추고 어리석은 사람으로 보이게 하여 경계심을 풀도록 하던 계책입니다. 중국은 개혁 개방정책을 1980년대부터 취하면서 20년 동안 경제력과 국력이 생길 때까지 침묵을 지키면서 강대국의 눈치를 살피며 전술적으로 협력하며 힘을 길러왔습니다.

2000년대에 들어서 후진타오가 집권하자 드디어 중국은 도광양회를 버리고 화평굴기和平崛起를 외교노선으로 표방했습니다. 화평굴기는 '평화롭게 우뚝 선다'라는 뜻으로 미국, 일본 등 기존의 강대국으로부터 중국 위협론이 대두되자 군사적 위협 없이 평화롭게 성장하겠다는 의미입니다. 그러나 그 이면에는 국제사회에서 중국의 영향력을 넓히겠다는 의도가 담겨 있습니다.

그 일환으로 2004년부터는 화평굴기 노선에서 유소작위有所作爲를 표방하면서 드디어 본색을 드러내기 시작합니다. 유소작위는 '적극적으로 참여해서 하고 싶은 대로 한다'라는 뜻으로 중국이 미국과 북한 사이의 핵 문제 해결에 적극 뛰어들어 6자 회담을 성사시킨 것이 유소작위 정책의 대표적인 예라 할 수 있습니다. 한국 고대사 왜곡 프로젝트인 동북공정도 이 유소작위의 또 하나의 예가 되겠습니다.

13억 인구를 바탕으로 경제력을 발전시킨 중국은 경제적으로는 세계의 제조공장이 되고, 군사적으로는 항공모함 건조에 성공하고, 급기야는 우주선 발사도 성공했습니다. 경제의 양적인 면뿐만 아니라 질적인 면도 급성장하여 샤오미와 같은 애플 짝퉁회사를 이미 삼성전자를 위협하는 수준으로 끌어올렸습니다. 명실공히 미국과 G2를 구성하는 국가가 되었고, 머지않아 초강대국 미국을 제치고 G1이 될 날을 준비하고 있습니다. 바야흐로 유소작위에서 부국강병富國强兵으로 정책을 전환한 것입니다. 불과 30년 전에 도광양회로 발톱을 숨겼는데 이제는 대놓고 경제적으로는 부국을, 군사적으로는 강병을 외치는 국가가 되었습니다.

그러나 중국이 G1이 되기에는 아직 갈 길이 먼 것 같습니다. 아무리 경제적, 군사적, 외교적 강국이 된다 하더라도 선진국이 되려면 가장 기본적인 국격, 민격이 갖추어져야 하기 때문입니다. 관시關係로 대변되는 부정부패가 난무하고, 남의 나라 문화재에 낙서를 하는 무례와 바로 옆에서 교통사고로 죽어가는 사람을 아무도 돌보지 않는 무관심, 집 앞의 길거리를 런닝셔츠와 파자마 바람으로 돌아다니는 몰염치, 금연구역에서 버젓이 흡연하면서도 전혀 미안해하지 않는 무질서를 타파하지 않고서는 절대로 선진국이 될 수 없기 때문입니다.

중국은 인구를 제한하기 위해 오랫동안 펼쳐왔던 1가구 1자녀 정책을 최근에 폐지했습니다. 통계상 13억5천만 명 정도인 중국 인구는 실제적으로는 15억 명 이상일 것이라는 것이 정설입니다. 이런 상황에서 왜 중국 정부는 1가구 1자녀 정책을 폐지했을까요? 겉으로는 인구의 고령화와 노동인구의 감소를 이유로 들었지만 사실은 인도에게 세계 인구 1위 국가의 지위를 내줄 것 같은 위험 때문이라고 합니다.

수천 년 동안 우리 민족과 지정학적으로, 역사학적으로 떼래야 뗄 수 없는 중국입니다. 그들이 도광양회, 화평굴기, 유소작위에 이은 부국강병에서 또 어떤 정책을 앞으로 표방할지 참으로 궁금합니다. 동방예의지국인 우리나라를 본받아 중화예의지국을 표방하면 좋으련만….

13
아일랜드

우리나라와 가장 민족성이 비슷하고 주변 환경이 비슷한 나라는 어느 나라일까요? 흔히들 한국을 '동양의 아일랜드'라 합니다. 이렇듯 우리나라와 아일랜드는 많은 공통점을 가지고 있습니다. 우리나라는 가깝고도 먼 나라 일본을 이웃으로 두고 있고, 또 36년간 식민지 지배를 받았습니다. 아일랜드 역시 더 가깝고도 먼 나라 영국으로부터 800년이라는 긴 세월을 식민지배 받았습니다. 두 나라 모두 온갖 역경과 시련 속에서도 민족의 자부심과 자신의 고유한 민족문화를 지키며 살아온 민족성이 비슷합니다.

한국이 일본의 식민지배와 6.25전쟁에도 불구하고 세계 최빈국에서 비약적인 경제 도약으로 한강의 기적을 이루어 냈듯이 아일랜드도 한때 유럽에서 가장 못 사는 나라에서 불과 10년 만에 고도성장을 통해 후진국에서 선진국으로 도약하고 완전고용을 실현함은 물론 1인당 국민소득 5만 달러를 달성하여 오히려 영국을 앞지른 과정은 가히 '리피강Liffey River(더블린을 가로지르는 강)의 기적'이라 할 만합니다.

또한 우리나라나 아일랜드는 한恨이 많은 나라입니다. 우리나라는 일제의 압박과 민족 분단의 한이 있다는 것은 누구나 아는 이야기이나, 우리나라 남한보다 작은 아일랜드가 그토록 긴 세월 동안 처절한 고난과 시련을 겪어왔고 그들의 가슴속에는 아직도 풀리지 않는 한의 응어리가 맺혀 있다는 사실을 아는 사람은 그리 많지 않습니다. 아일랜드 역사가 윌리엄 리키William E. Lecky가 "인류 역사상 이들만큼 고난을 겪은 민족은 일찍이 없었다"라고 말했고, 그들 스스로 "이 세상에서 가장 슬픈 나라"라고 불렀던 아일랜드인의 슬픔은 우리가 일본 옆에 있다는 사실과 비슷하게 영국 바로 옆에 있다는 지정학적 사실로부터 기인합니다.

우리가 민족의 한을 풀기 위해 '아리랑'을 노래 부르듯이 아일랜드인들은 우리가 잘 아는 노래 '대니 보이Danny boy'를 부릅니다. 19세기 중반 7년간 계속된 기근에 해가 지지 않는 대영제국의 방치 아래 100만 명이라는 엄청난 인구가 굶어 죽어갔고, 많은 아일랜드인 역시 배고픔을 견딜 수 없어 영국, 미국, 호주, 캐나다 등으로 떠나는 배에 몸을 내맡겼고, 이때 사랑하는 가족, 친지, 연인과 헤어질 때 부둥켜안고 울며 부른 노래가 바로 이 '대니 보이'로 국가 다음으로 즐겨 부르는 노래입니다.

이렇게 우리나라와 많이 유사한 아일랜드의 더블린으로 출장을 다녀왔습니다. 사실 아일랜드의 더블린은 유명한 관광국가 코스도 아니고, 또한 런던이나 파리와 같은 경제 중심지도 아니라서 방문할 기회가 쉽지 않습니다.

내가 가본 24번째 나라가 된 아일랜드는 참으로 조용하고 한적한 것 같습니다. 수도 더블린은 인구 1백만 명 정도로, 5층 이상의 고층 빌딩을 찾아보기 힘들고, 저녁 6시 이후는 인적도 드물고 우리나라와 같은 네온사인도 없어서 매우 을씨년스럽기까지 합니다. 또한 거의 구름 낀 날씨이거나 비가 오는 날이 대부분이라서 한편으로는 음울하기도 하고, 다른 한편으로는 운치가 있기도 합니다. 더욱이 바람이 불어 내 머리를 스치고 지날 때는 마치 내가 사상가가 되어 낙엽이 수북이 쌓인 한적한 벽돌길을 깊은 사색에 빠져 걷는 듯한 착각에 빠집니다. 그래서 괜히 한 시간이나 배회하게 되었습니다. 이런 환경 때문에 버나드 쇼George Bernard Shaw나 예이츠William Butler Yeats 같은 위대한 문학가가 탄생했나 봅니다.

짧은 일주일 간의 체류로 그 나라의 문화나 풍속을 다 알 수는 없겠지만 아일랜드는 우리인 듯 우리 아닌 우리 같은 나라였습니다.

14

프랑스

프랑스 하면 먼저 떠오르는 이미지는 낭만과 예술입니다. 따라서 프랑스인들은 모두 고상하게 와인을 즐기고, 예술을 감상하며, 석양의 센 강변을 유유자적하게 거닐 것 같은 생각이 듭니다.

하지만 실상 프랑스 사람들의 사고방식, 행동방식은 우리가 일반적으로 생각하는 그것과는 많은 차이가 있습니다. 내가 프랑스 회사에 몸담으면서 느꼈던 것은 오히려 낭만적, 예술적인 것보다는 논리적, 관리적 요소가 훨씬 강한 것이었습니다. 결과보다는 과정을 중시하고, 의사결정에 있어서 여러 사람의 의견을 모두 종합하여 모든 리스크를 따져본 후에 결정하기 때문에 의사결정 시간이 매우 오래 걸립니다. 이는 리스크를 오래 분석하는 좋은 장점도 있지만 사실 그것보다는 나중에 벌어질 실패에 대한 책임을 혼자 지지 않으려는 것이 더 강하기 때문이라고 생각됩니다.

또한 아직 프랑스인들은 파리가 세계의 중심지이고, 프랑스어가 세계 최고의 언어이고, 그들의 제도나 원칙이 가장 뛰어난 것이라고 여기고 있습니다. 이는 자부심이 될 수도 있지만 남의 것은 잘 인정하지 않으려는 독선이 될 수 있고, 사실 이러한 면이 오늘날에 와서는 프랑스의 경쟁력을 떨어뜨리는 하나의 원인으로 볼 수 있습니다.

사실 프랑스는 논리적이고 합리적, 과학적일 것이라는 그들의 주장에도 불구하고 세계 최고의 브랜드는 그다지 많이 갖고 있지 못합니다. 세계 4위의 유통업체 까르푸가 왜 우리나라 시장에서 10년 만에 사업을 접었을까요? 바로 32명의 프랑스인 점장 때문이었습니다. 한국 까르푸 32개 점포의 점장들은 전부 프랑스인이었습니다. 프랑스인들이 한국 소비자들의 마음을 읽었을 리 만무하고, 아니 오히려 읽을 마음조차 없었던 것 같습니다. 그들은 자신들의 방식이 가장 좋은 것이라 고집하고, 그 방식에서 조금이라도 벗어나면 절대 용납하지 않았던 것입니다.

컨설팅업체 베인앤컴퍼니Bain & Company의 데럴 릭비Rigby 유통 부문 글로벌 대표는 '현지화'의 중요성을 입이 마르도록 강조했습니다. 그는 '기본적으로 유통은 로컬 산업'이라고 했으며, 다음과 같은 진단을 내렸습니다.

"까르푸는 글로벌 스탠더드를 한국에 그대로 심었습니다. 예를 들어, 세계적으로 사용하는 까르푸의 진열대는 천장이 낮은 한국 매장에는 너무 높아 조명이 가려 점포가 어두워 보였죠. 하지만 글로벌 스탠더드를 강조하며 바꾸지 않았어요. 로컬 소비자 특성을 간과한 게 결정적 패인이었습니다."

결국 까르푸는 우리나라 시장에서 완전히 철수했고, 그 손해는 만만치 않았을 것입니다. 그러나 아마도 전적으로 책임을 진 사람은 없었을 겁니다. 왜냐하면 한국에 진출할 때 수많은 사람들이 검토하고,

방향 설정하고, 모두 동의한 전략과 전술로 한국 시장에 진입했을 것이고, 철수할 때도 똑같이 했을 테니까요.

우리나라의 대한항공이나 아시아나항공이 전 세계 1~2위의 최고 항공사에 선정될 때 프랑스에어는 최하위에 위치하는 것은 우연이 아닙니다. 내가 경험해본 그들의 낮은 서비스는 결코 나 혼자만의 생각이 아닌 그들의 서비스를 받아본 대다수 나의 지인들의 공통된 생각입니다. 그리고 프랑스 회사에서 근무했던 많은 사람들의 공통된 견해입니다.

재미있는 것은 프랑스인도 그런 프랑스 문화를 스스로 비판하고 있다는 것입니다. 물론 사적인 대화에서 만이지만.

15
스위스 용병

스위스 하면 어떤 것이 연상되나요? 일반적으로 스위스 하면 알프스 산맥의 아름다운 풍경과 세계에서 가장 고가인 명품시계, 그리고 비밀은행이 많이 떠오릅니다.

스위스의 경치는 이미 너무 유명하여 재론의 여지가 없습니다. 어린 시절 벽에 붙어 있는 달력의 대부분이 스위스의 설원이나 알프스 산맥 중턱에 그림같이 펼쳐져 있는 집들이었습니다.

내가 처음 스위스를 방문했을 때 눈앞에 펼쳐진 그 광경은 지금도 잊을 수가 없습니다. 물론 두 번째는 그 감흥이 반 이상 줄었지만…

스위스의 명품시계 또한 스위스 풍경 못지않게 그 명성이 대단합니다. 스위스 명품시계는 엔트리 모델이 최소 4~5백만원 하고, 최고가는 수억원을 호가합니다. 수많은 명품시계가 있지만 일반적으로 세계 4대 명품 브랜드는 1755년 스위스 제네바에서 탄생한 바쉐론 콘스탄틴Vacheron Constantin을 위시한 파텍 필립Patek Philippe, 브레게Breguet, 그리고 오데마 피게Audemars Piguet를 지칭합니다. 이밖에 내가 개인적으로 선호하는 위블로Hublot, 율리스 나르딘Ulysse Nardin, 해리 윈스턴Harry

Winston 등이 모두 스위스 브랜드입니다. 이들 중 꼭 하나 갖고 싶지만 눈에 드는 레벨은 최소 3천만원 이상을 호가하니 그저 로망만 갖고 있을 뿐입니다.

스위스 은행은 150년 넘게 계좌와 고객에 관한 비밀주의 원칙을 고수하고 있습니다. 프랑스의 루이 14세가 1685년 신교도의 자유를 보장하던 낭트 칙령을 폐지하자 많은 프랑스 신교도들이 스위스로 건너가 은행을 시작한 것이 현재 스위스 은행업의 뿌리가 되었습니다. 루이 14세는 프랑스 국경 확장을 위한 자금을 스위스 신교도에게 빌릴 수밖에 없었는데, 그가 자신의 신분을 감추고 자금을 빌린 것이 현재 스위스 은행 비밀주의의 배경이 되었습니다.

스위스의 풍경, 시계, 은행 못지않게 스위스에서 유명한 또 한 가지가 있습니다. 우리가 잘 몰랐지만 그것은 바로 스위스의 용병입니다. 흔히 용병이라 함은 어떤 사명감이나 충성심과는 관계없이 금전적인 보수만을 목적으로 고용된 병사를 의미합니다. 따라서 돈만 주면 그 어떤 일이라도 수행하는 비정함을 내포하고 있습니다. 용병으로 가장 유명한 것이 프랑스의 외인부대입니다. 이 외인부대는 1831년에 설립된 이후로 아직까지 존속하고 있는 프랑스 육군 소속의 외국인 지원병으로 구성된 정규부대입니다. 요즘은 프로 스포츠 경기에서 많은 스포츠 용병을 볼 수 있으며, 이들의 영향력은 어느 스포츠에서나 지대하다고 할 수 있습니다.

스위스의 루체른에 가면 〈빈사의 사자상〉이라는 조각상이 있습니다. 이는 힘이 빠져 죽어가는 사자의 모습을 조각한 것이고, 이 사자가 바로 우리가 잘 모르는 역사의 한 페이지를 장식한 스위스의 용병을 의미합니다. 프랑스 루이 16세와 왕비 마리 앙투아네트가 튀를리궁에서 시민혁명군에 포위되었을 때 궁전을 마지막까지 지킨 것은 프랑스 근위대가 아닌 스위스 용병이었습니다. 프랑스 근위대는 모두 도망갔지만 스위스 용병 700명은 남의 나라 왕과 왕비를 위해 용맹하게 싸우다 장렬하게 최후를 맞았습니다. 시민혁명군이 남의 나라 왕을 위해 헛되이 목숨을 버리지 말라고 퇴각할 수 있는 기회를 주었는데도 스위스 용병은 계약기간이 남았다는 이유로 그 제의를 거절했습니다. 당시 전사한 한 용병이 가족에게 보내려 했던 편지에는 이렇게 쓰여 있었습니다.

"우리가 신용을 잃으면 우리의 후손들이 영원히 용병을 할 수 없기에 우리는 죽을 때까지 죽음으로 계약을 지키기로 했다."

이는 오늘날까지 스위스 용병이 로마 교황의 경비를 담당하는 전통의 배경이 되었습니다.

젊은 용병들이 목숨 바쳐 싸운 몸값을 송금한 돈은 결코 헛되지 않았고, 스위스 용병의 신화는 위에서 언급한 스위스 비밀은행의 신화로 계속 이어졌습니다. 용병들의 피 묻은 돈을 관리하는 스위스 은행의 금고는 그야말로 목숨을 걸고 지켜야 하는 것으로 여겨졌고, 그 결과 스위스 은행은 안전과 신용의 대명사가 되어 이자는커녕 돈 보관료를 받아가면서 세계 부호들의 자금을 관리하는 존재가 되었습니다.

1930년대 나치 정권이 스위스 은행에 유대인에 대한 계좌의 정보공개를 요구했지만 스위스 정부는 이를 반대하고 오히려 비밀주의 원칙을 명문화했습니다.

루체른의 〈빈사의 사자상〉은 튀를리궁에서 스위스 용병이 몰살당하고 30년 뒤인 1821년에 스위스 국민들이 의리를 지킨 병사들의 뜻을 기리기 위해 설립했고, 사자상 위에는 라틴어로 "HELVETIORUM FIDEI AC VIRTUTI"라는 글자가 새겨져 있는데, 그 뜻은 "스위스 근위대의 충성심과 용맹성에 바칩니다"입니다.

요즘 기업체에서 모두 다 표방하는 고객제일주의 원칙을 스위스의 용병과 같이 한다면 세계 제일의 기업이 되는 것은 명약관화한 일일 것입니다. 그러나 점점 더 돈이 제일의 가치기준이 되어가는 현실에서 이런 용병을 찾는 일은 더욱 힘들어질 것 같습니다. 한국을 사랑한다 하면서도 일본 프로야구나 미국 메이저리그로 더 많은 돈을 좇아 떠나가는 한국 프로야구에서 성공한 용병들의 뒷모습이 씁쓸하기만 합니다.

16
세바사

MBC-TV 예능 프로그램 중에 '세바퀴'라는 프로가 있습니다. 처음에는 그냥 자전거 세 바퀴인 줄 알았는데 '세상을 바꾸는 퀴즈'의 약자이더군요.

인류 역사상 세상을 바꾼 많은 발견과 발명이 있었습니다. 최근 한 온라인 사이트에서 세상을 바꾼 10대 발명품을 선정했는데 전기, 백열전구, 냉장고, 바퀴, 자동차, 인쇄기, 라디오, 비행기, 전화, 컴퓨터가 채택되었습니다. 나는 개인적으로 백열전구와 냉장고 대신에 종이나 인터넷 또는 휴대폰이 선정되어야 하지 않나 생각합니다.

참 많은 발견과 발명이 인류의 삶을 어마어마하게 바꿔놓았습니다. 그러한 것들이 없었더라면 지금 인류의 삶은 어떠할지 궁금합니다.

이와 비슷하게 인류의 삶을 크거나 또는 작게 바꾸어 놓은 8가지 사과가 있습니다. 이를 '세바퀴'와 비슷하게 하면 '세바사'라고 할 수 있겠죠. 세상을 바꾼 사과인 세바사는 신학, 철학, 과학, 전설, 동화, 예술, 신화, 기술의 8가지 분야에 기존의 패러다임을 바꾸어 놓은 유명한 사과들입니다.

1. 이브의 사과(신학)

가장 원초적인 인류의 변화를 준 사과는 뭐니뭐니해도 이브의 사과입니다. 태초에 하나님이 아담과 이브를 창조한 후 에덴동산에 머물게 하고, 그 어떤 것을 먹어도 되나 선악과인 사과는 먹지 말라고 명했는데, 이 사과를 먹으면 아담과 이브도 하나님과 같은 능력을 갖게 된다는 뱀의 유혹에 빠져 사과를 먹게 되고, 그 후 인간은 선과 악, 욕망, 부끄럼 등을 알게 됩니다. 또한 인간이 원죄의 굴레에 빠지게 된 계기가 됩니다.

당초 뱀은 네 발이 있었는데 인간을 유혹한 죄로 하나님으로부터 평생 배를 땅에 깔고 살라는 벌을 받아 발이 없어지고 현재와 같은 모습으로 바뀌었답니다. 하여간 이브의 사과가 없었다면 우리는 어떤 삶을 살고 있을까요? 이브의 사과는 세상을 가장 원초적으로 바꾼 사과라 할 수 있겠습니다.

2. 뉴튼의 사과(과학)

뉴튼Isaac Newton은 1642년 영국의 작은 마을에서 태어났습니다. 뉴튼은 태어나기도 전에 아버지가 돌아가셨고, 어머니는 재혼하셔서 할머니의 손에서 자랐습니다. 의붓아버지도 뉴튼이 10살 때 죽어서 어머니는 유산을 받아 풍족하게 살았음에도 뉴튼의 학비를 아까워했고, 공부하는 것을 탐탁지 않아 했습니다. 하지만 외삼촌의 도움으로 뉴튼은 1661년 케임브리지 대학에 진학했고, 졸업 후 흑사병이 돌아 1665년 고향으로 돌아오게 됩니다. 그리고 1666년 마침내 과수원에서 사과가 떨어지는 것을 보고 만유인력 법칙을 깨닫게 됩니다.

1666년을 '기적의 해'라고 하는데 그는 중력의 법칙뿐 아니라 미적분을 만들어 냈고, 빛은 흰색이 아니라 여러 색으로 이루어진 것이라는 사실을 프리즘을 통해 증명했습니다. 이 모든 것이 기적의 해인 1666년에 그가 이룬 업적이며, 그는 당시 25살이었습니다. 뉴튼의 사과는 현대 물리학의 근간이 되었고, 세상을 바꾼 큰 사과가 되었습니다.

3. 윌리엄 텔의 사과(전설)

윌리엄 텔William Tell은 14세기 스위스의 전설로서, 당시 스위스가 오스트리아의 지배를 받고 있었는데 오스트리아 총독인 게슬러는 폭정으로 스위스인을 괴롭혔고, 특히 마을 어귀에 자신의 모자를 걸어 놓고 모든 스위스인들로 하여금 볼 때마다 인사를 하도록 했습니다. 그런데 윌리엄 텔이 깜빡 잊고 인사를 하지 않자 그의 아들 머리에 사과를 올려놓고 윌리엄 텔에게 쏴서 맞히면 살려주고 그렇지 않으면 죽이겠다고 협박했습니다.

활의 명인인 윌리엄 텔은 아들 머리 위에 있는 사과를 맞혔으나 총독은 약속을 어기고 윌리엄 텔을 체포하려 했습니다. 이에 윌리엄 텔은 탈출하여 총독을 활로 쏴 죽이는데 성공했고, 이에 맞춰 모든 스위스인이 들고일어나 총독의 성을 공격하여 오스트리아의 핍박에서 벗어나게 되었습니다.

윌리엄 텔의 사과는, 우리나라의 유관순 열사에게 3.1운동의 촉매제가 된 태극기처럼 스위스인에게 부당한 압제에 저항을 일으켜 세상을 바꾸게 한 사과가 되었습니다.

4. 백설 공주의 사과(동화)

〈백설 공주〉는 1812년 독일의 언어학자이자 작가인 그림 형제가 만든 동화집에 수록된 너무도 유명한 동화이며, 동시에 그 동화 속 주인공이기도 합니다. 그런데 백설 공주의 사과는 세상을 어떻게 바꾸었을까요?

이 동화는 1937년 월트 디즈니에 의해 세계 최초로 애니메이션으로 만들어졌습니다. 그 전에는 사람이 직접 연기하는 영화만 존재했으나 영화 〈백설 공주〉 이후 많은 애니메이션이 만들어지게 되었고, 현재는 영화의 아주 중요한 한 장르가 되었습니다. 백설 공주의 사과는 애니메이션의 효시가 되어 세상을 바꾼 사과가 되었습니다.

5. 스피노자의 사과(철학)

스피노자Baruch de Spinoza는 17세기 네덜란드의 철학자로, 유태인 상인의 아들로 태어나 자유주의사상 때문에 유태 교회에서 파문된 사람입니다. 대부분의 유태인은 유일신을 믿는 반면 그는 범신론자로서 모든 것은 신이 될 수 있다고 생각했습니다. 이것은 가톨릭의 신神 개념을 부정하는 것으로, 그의 명언인 "내일 지구가 멸망한다 하더라도 나는 오늘 한 그루의 사과나무를 심겠다"에서도 유일신에게 모든 것을 의존하는 대신 모든 것은 신이 될 수 있는 범신론적 개념에서 그는 사과도 신이 될 수 있다는 생각을 한 것입니다. 그는 자신의 신념을 버리지 않는 대신 종교계에서 파문되어 평생 유리세공 일을 하다 폐병으로 40대의 나이에 사망합니다. 스피노자의 사과는 17세기 무조건적인 유일신 사상에서 벗어나 자연주의, 인본주의를 일으킨 새로운 사상의 사과가 되었습니다.

6. 세잔의 사과(예술)

폴 세잔Paul Cezanne은 근대 회화의 아버지라 불리는 프랑스의 화가입니다. 그가 활동했던 1860년대는 전통적인 신고전주의나 낭만주의 화법을 따르지 않으면 작품전에 입선하지 못하던 때였습니다. 당시 낙선한 화가들끼리 모여 낙선전을 개최했는데, 세잔도 이때 처음으로 그의 작품을 전시할 수 있었습니다. 그의 그림은 다른 작품과 같이 화려하지 않고 매우 다른 양식의 어둡고 무거운 색채가 주를 이루었습니다. 또한 독특한 원근법을 사용해 한 화폭에 여러 방향으로 본 정물화를 많이 그렸습니다. 세잔의 사과 정물화가 그 대표적인 작품입니다. 세잔은 당시 사실주의에 입각한 그림이 대세를 이루고 있을 때 새로운 색채와 명암 원근법을 사용해 신인상주의의 화법을 표현했고, 그의 작품은 입체파에 영향을 미치게 했습니다. 세잔의 사과도 기존의 화풍에서 벗어나 근대회화의 근간이 되는 새로운 화풍을 만든 사과가 되었습니다.

7. 파리스의 사과(신화)

파리스는 그리스 신화에 나오는 트로이의 왕자입니다. 그러나 그는 태어날 때 어머니가 트로이를 불태우는 꿈을 꾸어 불길하다 하여 산에 버려졌으나 기적적으로 구출되어 양치기로 살게 되었습니다. 그 후 바다의 여신 테티스가 결혼할 때 모든 신이 초청되었으나 불화의 여신 엘리스만 제외되어 엘리스는 '세상에서 가장 아름다운 사람에게'

라는 문구와 사과를 결혼식장에 던지고 갔습니다. 이에 권력의 여신 헤라, 지혜와 전쟁의 여신 아테나, 미의 여신 아프로디테가 서로 자기가 가지려고 싸우나 제우스는 공정한 파리스에게 주인을 결정하도록 했습니다. 헤라는 권력을, 아테나는 지혜를, 아프로디테는 인간 중 가장 아름다운 여인을 주겠다고 하자 파리스는 아프로디테를 선정했습니다. 아프로디테는 스파르타의 왕비인 헬레네를 그에게 주었고, 파리스는 그녀를 데리고 고향인 트로이로 돌아갔습니다. 왕비를 빼앗긴 그리스인은 전쟁을 일으켰습니다. 이 전쟁이 그 유명한 트로이 목마를 탄생하게 한 트로이 전쟁입니다. 역사상 한 여인 때문에 대규모 전쟁이 일어난 일이 많이 있습니다. 파리스의 사과는 한 여인으로 인해 전쟁까지 일으키게 만든 사과가 되었습니다.

8. 스티브 잡스의 사과(기술)

IT 업계에서 서로 비견되는 두 인물은 빌 게이츠Bill Gates와 스티브 잡스Steve Jobs입니다. 사실 몇 년 전만 해도 IT 업계에서는 애플의 스티브 잡스보다는 마이크로소프트의 빌 게이츠가 더 유명했습니다. 하지만 최근 들어, 세계 제일의 부자이며 PC의 대명사이기도 한 빌 게이츠보다 스티브 잡스가 각광을 받게 된 이유는 무엇일까요? 그것은 스티브 잡스가 모바일 혁명이라고도 불리는 I 시리즈I-series의 모바일 문화를 창시했기 때문입니다. 단순한 MS-DOS, Windows 운영 체계라는 기술을 판 것이 아니라 수많은 사용자들이 직접 자신의 App을 올릴 수 있고, 전 세계 모든 사람들이 서로 공유할 수 있는 문화의 장을 만들었기 때문입니다. 이는 언제, 어디서든지 네트워크에 접속하여 정보를 공유하고, 컨텐츠를 생성하고 또 이를 즐길 수 있는 새로운 문화의 터전을 통해 혁신적인 새로운 패러다임을 창조한 것입니다. 아마도 인류 역사상 스티브 잡스의 애플은 가장 광범위하고도 가장 빠른 변화를 만든 사과일 것입니다.

지금도 세상은 변하고 있고, 그 속도는 점점 더 빨라지고 있습니다. 10년 뒤, 아니 1년 뒤의 우리의 세상은 어떻게 변해 있을지 알 수 없습니다. 이러한 변화의 소용돌이 속에서 우리는 어떻게 대처해야 할지 곰곰이 생각해봐야 할 것입니다

17
최후의 심판

전 세계에서 여행객이 가장 많이 찾는 도시는 파리이고, 나라는 이탈리아라고 합니다. 이탈리아에서 가장 유명한 관광지는 누가 뭐라 해도 로마의 바티칸 시국입니다. 세계에서 가장 작은 나라이자 가장 큰 영향력을 가진 바티칸 시국에 들어가는데 아침 일찍부터 줄을 섰어도 2~3시간은 기다렸던 기억이 납니다.

이곳의 시스티나 성당에는 이탈리아 출신의 천재화가이자 조각가인 미켈란젤로의 불후의 명작 천장벽화가 있습니다.

미켈란젤로는 교황 율리우스 2세로부터 시스티나 성당의 천장을 장식할 그림을 그리라는 명령을 받고 작업에 착수해 1508년부터 1512년까지 4년간 높이 20m, 길이 41.2m, 폭 13.2m의 천장에 천지창조를 중심으로 한 그림을 그렸습니다.

천장의 수평면은 9등분되었는데 〈천지창조〉를 테마로 하여 제단에서부터 〈빛의 창조〉 〈해 · 달 · 초목의 창조〉 〈땅과 물을 나누다〉 〈아담의 창조〉 〈이브의 창조〉 〈원죄와 낙원 추방〉 〈노아의 번제〉 〈노아의 홍수〉 〈술 취한 노아〉를 그렸습니다. 이 모든 작업은 조수 한 명 두지 않고 미켈란젤로 혼자서 4년간 누워서 기적적으로 완성했습니다. 그의 천재성과 불굴의 정신력을 볼 수 있는 명작입니다. 많은 사람들이 이 천장 자체가 원형으로 알고 있는데 사실 미켈란젤로가 사각형의 천장과 벽면이 마치 원형인 것 같이 보이게 그린 것입니다.

그 후 교황 바오로 3세의 시스티나 성당 안쪽 벽화를 그려 달라는 의뢰를 받아 6년간 작업을 하여 1541년에 〈최후의 심판Last judgment〉을 완성하게 됩니다.

그런데 이 명작에는 우리가 알지 못하는 야사野史가 있습니다. 그림을 보면 많은 사람들 가운데 있는 사람이 예수입니다. 일반적으로 다른 그림 속의 예수의 형상과는 다르게 매우 건장하게 묘사되어 있는데 이는 미켈란젤로가, 가장 완벽한 인간의 상체를 조각한 2000년 전의 토루소 조각을 그대로 인용한 것입니다. 또한 미켈란젤로는 그림 내에 있는 마리아를 제외한 예수를 포함하여 모든 사람을 나체로 그렸는데, 이 때문에 미켈란젤로는 곤경에 처해지고 후에 다른 화가가 지금과 같이 나체 위에 옷을 그려 넣었답니다.

원래 미켈란젤로는 시스티나 성당의 천장벽화를 그릴 때 워낙 고생해서 허리도 다치고 돈도 교황으로부터 많이 받지 못해 〈최후의 심판〉을 그리지 않으려 했는데 교황의 워낙 간곡한 요청으로 두 가지 조건을 걸고 그리기 시작했습니다. 그 첫 번째는 자기가 그리고 싶은 대로 그리는 것이고, 두 번째는 충분한 보수였습니다.

그림을 보면 오른쪽 아래 끝에 지옥으로 들어가는 문을 지키고 있는 사람이 있는데 귀는 당나귀 귀이고 온몸에 뱀이 휘감고 있습니다. 이 사람은 추기경으로서 미켈란젤로가 이 그림을 그리는데 불경스럽게도 예수를 포함하며 그 제자들 모두를 나체로 그리는 것을 보고 교황에게 미켈란젤로가 미쳐서 모든 사람을 나체로 그린다고 중지를 요구해서 미켈란젤로는 그리는 것을 중지하고 고향으로 돌아갑니다.

그러나 명작의 완성을 원한 교황이 다시 요청을 해서 미켈란젤로가 다시 그리면서 자신을 모략한 추기경을 지옥을 지키는 사람으로 묘사하면서 흉측한 형상으로 만들었습니다. 이 추기경은 영원히 자기가 흉측한 모습으로 후세에 전해질 것을 염려하여 제발 얼굴만은 안 보이게 그려 달라고 미켈란젤로를 설득해 달라고 교황에게 요청했습니다.

이 그림을 보면 제일 위 레벨은 하나님과 천사의 레벨이고, 그 다음은 예수를 포함한 마리아와 제자들의 성인 레벨, 그 다음은 천당과 지옥으로 보낼 사람을 결정하는 심판자 레벨, 마지막은 가장 하위 레벨로 지옥문의 문지기 레벨입니다. 그래서 교황은, 당신이 지옥문 앞에 있지 않고 그 위 레벨의 심판자 역할이면 그 위의 성인 레벨로 올려달라고 부탁하겠으나 가장 하위 단계에 있으므로 어쩔 수 없다라고 하여 영원히 흉측한 얼굴로 남게 되었습니다.

예수 오른쪽에 열쇠를 쥐고 있는 사람이 제1제자인 베드로입니다. 모든 그림에 열쇠를 가지고 있으면 그 사람은 반드시 베드로라고 생각하면 됩니다.

그런데 예수 좌우에 있는 사람은 베드로를 포함한 제자들인데 모두 인상이 어둡습니다. 이는 예수의 심판이 너무 가혹하다고 만류하는 모습입니다. 왼쪽의 마리아 역시 아들의 심판이 너무 가혹하여 차마 쳐다보지 못하고 고개를 돌린 모습입니다.

왼쪽 아래는 천당이고, 오른쪽 아래는 지옥으로 가는 사람입니다.

보다시피 천당 쪽은 사람이 적고, 지옥 쪽은 사람이 많습니다. 예나 지금이나 역시 천당 가기는 어렵다는 것을 말해주고 있습니다.

우리는 어떤 그림을 감상할 때 무심코 보는 경우가 많지만 그 내면에 수많은 사연과 의미가 내포되어 있는 것 같습니다. 또한 미켈란젤로와 같은 거장이 그림을 그린 대가의 돈이 적다고 불평했다고 하는 것이 그의 명성에 어울리지 않는 것 같습니다. 그러나 한편 거장도 하나의 사람이구나 하는 생각도 듭니다.

허긴 한 나라의 대통령이었던 사람이 16년 동안이나 1670억원이라는 어마어마한 추징금을 내지 않고 버티다 아들이 구속될 것 같으니 이제야 내겠다고 하고 있으니 미켈란젤로는 이에 비하면 훨씬 양반이지 않겠습니까? 모르긴 해도 추징금을 내고도 수천억원은 어디엔가 있지 않겠습니까? 과연 이 사람의 최후의 심판은 어떻게 될까요?

18
세계 4대 성인

세계 4대 성인이 누구냐는 물음에 혹자는 예수, 석가모니, 공자, 소크라테스라 하고, 혹자는 소크라테스 대신 이슬람교의 창시자 마호메트를 꼽고 있습니다. 종교적인 시각에 더 초점을 맞추면 기독교, 불교, 유교, 이슬람교를 대표하는 예수, 석가모니, 공자, 마호메트를 4대 성인이라 할 수 있고, 학문적인 시각에 초점을 맞추면 철학자이자 현인인 소크라테스가 마호메트 대신 4대 성인에 포함된다고 볼 수 있습니다. 어차피 하나의 정답을 고집할 수 없는 것이고, 분류하는 사람의 기준에 따라 바뀔 수 있는 것이지만 일반적으로 예수, 석가모니, 공자, 소크라테스를 세계 4대 성인이라 일컫는 것 같습니다. 내 개인적인 생각도 이 분류가 동양 사람 2명(석가모니, 공자) 서양 사람 2명(예수, 소크라테스)이니 공평해서 좋을 것 같습니다.

그러면 이 4대 성인 중에 누가 제일 먼저 이 세상에 태어났을까요? 별로 생각해보지 않았다가 막상 이 질문을 받게 되면 상당히 어렵습니다. 이들 중 가장 큰형님은 BC 624년에 태어난 석가모니입니다. 둘째 형님은 BC 551년에 태어난 공자입니다. 세 번째는 BC 469년에 태어난 소크라테스이고, 예수가 막내로서 BC 4년에 태어났습니다. 이처럼 이들은 태어난 해와 장소가 각기 다르지만 인류에게 많은 것을 남기고 갔고, 그들의 사상이나 가르침은 수천 년이 지난 지금에도 모든 인류의 가슴속에 남아 있습니다.

이미 많이 알려진 대로 석가모니는 고대 인도에서 왕자의 신분으로 태어났습니다. 무엇 하나 부족할 것 없었던 그가 왜 모든 것을 버리고 출가했을까요? 석가는 태어난 지 7일 만에 어머니를 잃게 되고 이모의 손에 양육이 됩니다. 어려서 어머니를 잃은 고통은 석가로 하여금 인간으로 태어난 이상 생로병사의 고통에서 벗어날 수 없다는 것을 깨닫게 하고, 이런 피할 수 없는 고통을 겪어야 하는 인간들에게 석가는 평안을 주고 싶어 했습니다.

석가는 29세에 출가를 하여 고행과 명상을 통해 깨달음을 얻고자 했으며, 드디어 보리수나무 아래서 무엇이 존재를 괴롭혀 왔으며 어떻게 그것을 극복할 것인가에 대한 대각大覺을 하게 됩니다. 그 때 그의 나이 35세였습니다. 그 후 그는 수많은 설법을 통해 중생을 구도했으며, 그의 자비사상은 2천5백년이 지난 지금에도 환한 등불이 되어 온 세상을 비춰주고 있습니다.

공자는 중국 노나라 때 사람으로 공자의 아버지 숙량흘은 일흔 살이 넘은 나이에 첫째 부인과 둘째 부인이 있는 상태에서 건강한 아들을 얻고자 안씨 성을 가진 사람의 딸과 혼인을 원해 16세밖에 되지 않은 안징재는 아버지의 명에 따라 숙량흘과 정상적인 혼인관계가 아닌 상태에서 공자를 낳았습니다. 공자는 3살 때 아버지를 여의고, 17살 때 어머니를 여의어 아주 불우한 어린 시절을 보냈습니다.

공자가 활동한 시기는 춘추전국시대로 여러 나라들이 서로 공격하여 많은 사람이 죽어가던 아주 혼란한 시대였습니다. 이 시기에 공자는 중국 고대로부터 내려오던 전통문화와 사상을 계승하여 새롭게 인仁의 사상으로 체계화했습니다. 그는 이 인본주의뿐만 아니라 예禮와 학습을 중요시했습니다. 논어의 제일 첫장에 나오는 "배우고 때로 익히면 즐겁지 아니한가?"에서 배움은 바로 예를 의미합니다.

공자의 이런 유교사상은 그의 당대 생애에서는 성공하지 못했습니다. 그는 그가 추구했던 이상적인 정치를 실현할 기회를 갖지 못했고, 자신의 가르침을 계승할 애제자도 요절했기 때문입니다. 그러나 그의 사후 2천 년 동안 중국은 물론 그 주변국들이 공자와 유교를 국가 이념으로 채택했기 때문에 그의 사상과 이념은 아직도 면면히 지속되고 있습니다.

"너 자신을 알라"라는 명언으로 유명한 소크라테스는 BC 5세기경의 고대 그리스 철학자입니다. 재미있는 것은 그렇게도 유명한 소크라테스가 남긴 저작이 하나도 없다는 것입니다. 그래서 그의 사상이나 철학을 이해하려면 그의 생각을 다른 사람의 저작 속에서 찾아야 한다는 것입니다.

그의 제자 플라톤의 저작에 의하면 그는 확정된 진리를 단순히 전해주는 것이 아니라 대화를 하는 사람에게 질문을 던져 그들로 하여금 스스로 무지를 깨닫게 하여 철학의 참뜻에 다가가게 하고 이런 대화와 토론을 통하여 깨달음을 이끌어내었습니다. 이를 "산파술"이라고 합니다.

당시 주류를 이루던 소피스트들은 "나는 모든 것을 안다"라는 태도로 논쟁을 이끌었지만, 소크라테스는 스스로 무지한 체하면서 상대방에게 질문하고 그 대답을 받아 다시 질문하는 방법을 되풀이하여 상대방이 얼마나 무지한지 깨닫고 진리를 자각하게 하는 방법을 사용했습니다. 소크라테스가 무지를 가장했기 때문에 이를 소크라테스의 아이러니라고 합니다. 그는 "나는 아는 것이 없다라는 것을 안다"라는 말로 그리스에서 가장 현명하다고 자처했습니다.

이런 그의 방식에 사람들이 열광하자 신을 부정하고 젊은이를 타락시킨다는 이유로 소크라테스는 아테네 정부로부터 고소를 당하고 그의 사상을 포기하든지 독약을 마시든지에 대한 선택의 기로에 서자 그는 "악법도 법이다"라는 명언을 남기고 독이 든 잔을 받아 죽음을 선택했습니다.

그런데 "너 자신을 알라"는 고대 그리스 델포이의 아폴론 신전 기둥에 새겨져 있는 말이고, "악법도 법이다"라는 말도 소크라테스가 한 말이 아니라 고대 로마의 볍률 격언이라고 합니다. 하여튼 악처와 악법과 "배부른 돼지보다 불행한 소크라테스가 되겠다"로 유명한 소크라테스의 사상과 철학 역시 2천 년이 넘는 세월 동안 인류에게 큰 가르침이 되고 있습니다.

네 번째 성인 예수에 대해서는 더 이상 말이나 설명이 필요 없는 위대한 성인입니다. 그의 생애에 대해서는 굳이 기독교인이 아니라 해도 수많은 영화나 소설을 통하여 너무도 자세히 우리는 알고 있습니다. 전 세계를 통틀어 역사상 최고의 베스트셀러이자 동시에 스테디셀러는 단연코 〈성경〉입니다. 미국은 90% 이상의 가구와 최소 네 명 중 한 명은 〈성경〉을 보유하고 있고, 해마다 2,500만권 이상의 〈성경〉

이 판매되고 있다고 합니다.

그의 가르침은 한마디로 사랑입니다. 원수까지도 사랑하라는 큰 사랑입니다. 또한 사랑을 베푸는데 있어서 요란하거나 소리를 내서도 안 되며, 눈에 띄거나 거짓으로 해서도 안 된다고 했습니다. “오른손이 하는 일을 왼손이 모르게 하라” 하면서 자선을 받는 사람이 자신에게 자선을 베푸는 사람이 누군지 모르게 사랑을 베풀라고 했습니다. 예수는 처음에는 이스라엘의 구세주였지만, 2천 년의 세월이 지난 지금 전 세계 10억 명 이상 인류의 구원자가 되어 그들에게 사랑과 희망을 갖게 하고 있습니다.

석가의 자비나 공자의 인仁, 소크라테스의 진리 그리고 예수의 박애사상은 어찌 보면 모두 한 가지로 귀결되는 것 같습니다. 그것은 인간이 가질 수 있는 최고의 가치, 바로 사랑 아닐까요?

19
중국 4대 미인

예로부터 중국인의 과장법은 매우 엄청나다고 할 수 있습니다. 한때 TV 코미디 프로 '개그 콘서트'에서 강성범이 "우리 연변에서는…" 하면서 시작하는 개그는 과장의 절정을 보여주었습니다.

많은 중국식 과장법 중 중국의 미녀들을 일컫는 수사는 중국식 과장법의 극치를 보이는 듯합니다. 중국 역사상의 4대 미녀를 일컬어 침어沈魚, 낙안落雁, 폐월閉月, 수화羞花라고 합니다. 침어의 주인공은 춘추시대 월나라의 서시, 낙안은 한나라의 왕소군, 폐월은 후한의 초선, 수화는 너무도 유명한 당나라의 양귀비입니다.

침어沈魚는 서시의 미모에 물고기가 헤엄치는 것도 잊고 가라앉았다 하여 붙여진 수사입니다. 낙안落雁은 왕소군의 미모에 기러기가 날갯짓하는 것도 잊어 떨어졌다 해서 유래되었습니다. 폐월閉月은 초선의 아름다움에 달이 부끄러워 구름 사이로 숨었다 하여 붙여진 수사입니다. 수화羞花는 양귀비의 아름다움에 꽃이 부끄러워 고개를 숙였다 해서 유래되었습니다. 참으로 절묘하고도 과장스런 수식어가 아닐 수 없습니다.

이 4대 미인에 끼지 못한 제5의 미녀는 한나라 성황제의 부인인 조비연입니다. 그런데 조비연이 4대 미인에 끼지 못한 이유가 재미있습니다. 조비연이 너무 날씬해서 오히려 4대 미인에 끼지 못했답니다. 이름에서 알 수 있듯이 비연飛燕은 '나는 제비'라는 뜻입니다(본명은 조의주).

한번은 황제가 호수에서 선상연을 개최했는데 춤을 추던 조비연이 강풍에 물로 떨어질 뻔했고, 황제가 발목을 잡아 들어올렸는데 황제의 손바닥에서 계속 춤을 춰서 '비연작장중무飛燕作掌中舞'라는 고사성어의 주인공이 되었습니다. 이 또한 중국식 과장이 아닐 수 없습니다.

당시 중국의 미의 기준은 날씬함보다는 풍만함에 더 가치를 두어 비연은 임풍양류형으로 날씬한 미인의 대명사로, 양귀비는 부귀모란형으로 풍만한 미인의 대명사로 분류되어 양귀비를 중국 최고의 미인으로 치고 있습니다. 현대식 미인의 기준으로 보면 조비연이 더 미인으로 간주되지 않았을까 하는 생각도 듭니다.

그러나 침어沈魚, 낙안落雁, 폐월閉月, 수화羞花, 비연飛燕이라는 최상의 수식어를 가진 미녀들의 일생은 미인박명이라고 순탄한 사람은 없는 것 같습니다.

서시는 오나라에 패망한 월왕 구천의 충신인 범려에 의해 스카우트(?) 되어 미인계의 일환으로 오왕 부차에게 바쳐져 부차를 미색에 빠뜨려 오나라를 멸망하게 만든 후 양심의 가책을 느껴 자살한 것으로 알려지고, 왕소군은 한나라 원제의 후궁으로 들어갔으나 후궁의 수가 수천에 이르러 원제는 화공 모연수에게 모든 후궁의 초상화를 그려 바치게 했습니다. 집안이 가난한 왕소군은 모연수에게 뇌물을 주지 않아 모연수가 왕소군을 추악하게 그려 황제에게 간택받지 못하고 오랑캐에게 팔려 가게 되었는데 그 때 원제가 왕소군이 절세의 미인임을 알았으나 어쩔 수 없이 오랑캐에게 보내고 모연수만 참수했다는 일화가 전해지고, 초선은 〈삼국지〉에 나오는 유명한 여인으로 나라를 망하게 할 미모라고 해서 경국지색이라는 명칭을 얻었으나 동탁과 여포 사이에서 미인계로 사용되어 불행한 최후를 맞았고, 양귀비는 당나라 현종의 후궁이 되어 황비 못지않은 권력을 누렸으나 안녹산의 난 때 스스로 자결했고, 조비연 또한 성황제의 총애를 받았으나 황제가 죽은 뒤 탄핵을 받아 평민으로 전락하여 걸식하다가 자살로 생을 마감했다 합니다.

요즘 중국은 한류 및 K-Pop 영향으로 그들의 스타보다는 한국의 탤런트나 가수를 더 좋아합니다. 누가 신4대 미인이 될 수 있을까요? 송혜교, 김태희, 소녀시대?

아직 이에 대한 언급은 없는 것 같습니다. 여하튼 중국의 4대 미인의 일생에서 보듯이 외적인 아름다움보다는 내적인 아름다움이 더 중요하지 않을까 싶습니다.

최근 세계 그 어떤 미인보다도 더 인기 있고 영향력 있는 아주 못생긴 사람이 있으니 그는 바로 〈강남 스타일〉의 싸이입니다.

개성이 미모보다 훨씬 더 중요한 세상이 되었습니다. 여러분도 희망을 가지시길….

20
삼맥경화三脈硬化

세상사 모든 일에는 흐름이 중요합니다. 이 흐름이 막히면 반드시 탈이 나게 마련이지요. 인간이 세상을 살아가는 데는 삼맥三脈이 있는데 이 중 하나라도 막히게 되면 그 사람은 행복한 인생을 영위할 수가 없습니다.

그 중 첫 번째는 동맥입니다. 동맥에는 관상동맥, 대동맥, 말초동맥 등이 있는데 이 동맥 혈관 내벽에 콜레스테롤이 쌓이면서 점차 혈관을 좁게 하여 혈관이 막히게 되면 이것이 바로 동맥경화입니다.

심장으로 가는 동맥이 경화되면 협심증, 심근경색, 뇌로 가는 동맥이 경화되면 뇌졸중입니다. 둘 다 모두 급사를 일으키는 원인이 되므로 매우 주의를 기울여야 합니다. 원인은 고지혈증, 고혈압, 당뇨, 흡연, 운동 부족 등 이미 우리가 잘 알고 있는 것들입니다.

아이러니하게 전산화가 가장 안 되어 있는 부서가 어느 부서인지 아세요? 바로 IT 부서입니다. 그러면 가장 술 많이 먹고 담배 많이 피고 운동 안 하는 회사는 어디일까요? 아마 우리와 같은 보험회사 직원이 톱 랭킹 안에 들 거라고 생각합니다. 정작 표준미달체 걸러 내려고 언더라이팅 하면서 우리 몸은 언더라이팅 하지 않습니다.

인간이 평생 먹을 수 있는 술과 피울 수 있는 담배의 양은 사람마다 그 한계치가 정해져 있답니다. 본인의 한계치를 잘 계산해서 오래 살려면 피고 마시는 기간을 잘 조절해야 합니다. 문제는 본인의 한계치를 스스로 깨닫기 어렵다는 것입니다. 그 한계를 모르면 동맥경화가 되어 심각한 상황을 초래할 수도 있습니다. TV 코미디 프로그램 '개그콘서트'의 소고기 할아버지처럼 "돈 벌면 뭐하겠노? 소고기 사묵겠지. 소고기 사묵으면 뭐하겠노? 열심히 일하겠제. 열심히 일하면 뭐하겠노? 돈 벌겠제. 돈 벌면 뭐하겠노? 소고기 사묵겠제. 소고기… 계속 먹으면 뭐하겠노? 동맥경화 걸리겠제"입니다. 우리 모두 동맥경화에 걸리지 않도록 주의해야겠습니다.

두 번째 중요한 맥은 인맥人脈입니다. 어떤 한 사람이 7번의 인간관계를 거치면 전 세계 60억 인구와 모두 관계가 설정된다고 합니다. 모든 사람은 혈연, 지연, 학연 등 수많은 관계를 가지고 있습니다. 탤런트 정준호의 휴대폰에는 3천 명의 인명이 기록되어 있답니다. 여러분의 휴대폰에는 몇 명이나 저장되어 있나요? 그 수가 중요한 것은 아닙니다. 그들과 어떻게 소통하고 관계를 유지하느냐 하는 것이 중요한 것입니다.

2012년 대선 때 '통즉불통 불통즉통通卽不痛 不通卽痛 – 통하면 아프지 않고 안 통하면 아프다'라는 〈동의보감〉의 구절이 인용되어 사용되었습니다. 여기서 통하지 않는 것이 바로 인맥경화입니다.

동맥경화에 걸리면 건강과 생명을 잃듯이 인맥경화에 걸리면 친구도, 가족도, 사랑도 다 잃게 됩니다. 부모와 자식형제 간, 친구 및 직원 간 속마음이 다르다면 물과 기름처럼 대화는 겉돌게 됩니다. 어색한 만남과 겉도는 대화는 소통이 아니라 단절을 잉태하게 됩니다. 이는 인맥경화의 시작입니다. 이런 상태가 계속되면 심각한 인맥경화가 오게 되어 내 주변에는 아무도 남게 되지 않고, 설령 남게 되더라도 그들은 어떤 목적을 위하여 남게 되는 사람들일 것입니다. "내 생각과 당신의 이해 사이에 열 가지 가능성이 있기에 우리의 의사소통에는 어려움이 있다. 그래도 우리는 시도를 해야 한다"는 베르나르 베르베르의 소설 〈개미〉에 나오는 말처럼, 동맥경화의 징후가 발견되면 약을 먹듯이 인맥경화의 증상을 느끼면 우리는 더욱 진정한 마음으로 소통을 시작해야 합니다. 그렇지 않으면 당신의 주위에는 더 이상 소중한 사람들이 남아 있지 않게 되기 때문입니다.

마지막으로, 세 번째 중요한 맥은 돈맥입니다. 돈은 돌라고 있다고 하는데 돈이 돌지 않으면 국제, 국가, 가정, 개인 경제에 심각한 상황을 초래합니다. 이렇게 돈이 돌지 않는 것을 돈맥경화라고 합니다. 우리는 이미 1990년대 말에 IMF, 2000년대 말에는 글로벌 금융위기로 심각한 돈맥경화를 경험했습니다.

돈맥경화는 돈이 많고 적음을 말하는 것이 아닙니다. 돈의 흐름이 막히는 것입니다. 기업도 돈은 많으나 유동성이 막히면 흑자부도가 나기도 합니다. 개인적으로도 그렇습니다. 실제 IMF 때 빌려준 돈을 받지 못해 다른 부채를 해결할 수 없어 엄청난 경제적 고통을 당했고, 어떤 사람은 이를 견디다 못해 스스로 목숨을 끊은 안타까운 일도 주변에서 보았습니다. 집에 돈이 묶여 하우스 푸어가 생기고, 자녀 사교육비 때문에 허덕이는 에듀 푸어, 높은 결혼 비용에 고통 받는 웨딩 푸어, 하루가 멀다 하고 올라가는 전셋값 때문에 힘든 렌트 푸어, 은퇴 후 생활고에 시달리는 실버 푸어, 인구감소의 주요 요인인 아이 키우는데 돈이 많이 들어 베이비 푸어 등 수많은 푸어 신조어를 낳는 것도 다 이 돈맥경화 때문입니다. 아마 여러분도 이들 여러 가지 푸어 중 한 가지씩은 가지고 있을 것입니다.

돈은 많이 있으면 좋을 것입니다. 그러나 많은 돈이 행복을 가져다주는 것만은 아닙니다. 어떻게 잘 쓰고 잘 돌게 하느냐 하는 것이 중요합니다. 국가적으로나 가정적, 개인적으로 돈맥경화에 걸리지 않도록 잘 관리해야 할 것입니다. 평소 피를 잘 돌게 하여 동맥경화에 걸리지 않도록, 소통이 잘 되게 하여 인맥경화에 걸리지 않도록, 돈이 잘 돌게 하여 돈맥경화에 걸리지 않도록 여러분 모두 삼맥관리를 잘해서 보다 행복한 미래인생을 영위하시기 바랍니다.

21
넘버 쓰리

영화배우 송강호를 지금의 스타로 만든 영화가 〈넘버 쓰리〉가 아닐까 합니다. 어설프고 무식한 조폭으로 등장해 "배신이야! 배신!" 이 대사 한마디를 빅 히트시키며 조각 같은 외모가 아니더라도 스타가 될 수 있다는 가능성을 열어준 배우였습니다.

여기서 '넘버 쓰리' 숫자 3은 우리 민족과 아주 밀접한 관계가 있고, 한국인이 가장 좋아하는 숫자도 3이 아닐까 생각합니다. 이러한 배경에는 우리 민족은 형성기부터 "3"이라는 숫자를 매우 중요시했고, 그러한 DNA가 지금까지 이어져 내려오지 않나 생각됩니다. 환인–환웅–단군 3대로 이어지는 삼신三神 체계에서부터 우리의 생활 속에는 단순한 숫자 3의 의미를 넘어 그 의미가 크고 깊게 자리잡고 있습니다.

모든 물질은 3가지 상태 즉 고체/기체/액체로 구성되고, 생명의 3가지 필수 요소 물/공기/흙과 함께 살아가며, 모든 것은 생성/존재/소멸의 3단계를 거쳐 시작/중간/끝이라는 3가지로 분류되고 진행됩니다. 이처럼 우리의 삶 속에 3이 어떤 숫자보다 더 친숙하게 느껴지는 것은 바로 오랜 역사와 문화 속에서 무의식적으로 각인된 생활의 흔적이라고 생각됩니다.

좀 더 구체적인 예를 들어보면 화장실에 노크할 때 우리는 대부분 똑똑똑 세 번 두드립니다. 또 어떤 일을 할 때 삼박자가 맞아야 좋아하고, 빨강/노랑/파랑으로 구성되는 삼원색, 해/달/별을 상징하는 삼광, 육군/해군/공군으로 나뉘어 나라를 지키는 삼군, 입법/행정/사법의 삼권 분립, 인재를 등용할 때 자주 쓰는 삼고초려, 사대부의 기본이 되는 삼강오륜, 삼복더위, 삼한사온, 삼일장, 삼배일보 등 열거하기 어려울 정도로 많습니다.

우리의 국토를 상징해 삼천리 금수강산이라 하고, 아이를 원할 때는 삼신 할머니에게 빌고, 고스톱을 칠 때 쓰리고를 부르고, 청단/홍단을 하려면 세 가지를 먹어야 하고, 하루 세끼 밥을 먹고, 하루 세 번 반성하라는 일일삼성, 독서 삼매경, 장수의 상징인 삼천갑자 동방삭, 이를 닦을 때도 하루 세 번 삼 분 이상 닦으라고 교육받았고, 내기를 하더라도 가위/바위/보나 묵/찌/빠를 합니다. 또한 무엇을 하더라도 삼세번을 외칩니다. 세 사람이 걸어갈 때 반드시 스승이 될 만한 사람이 있다는 "삼인행 필유아사三人行 必有我師"의 고사성어 등 숫자 3에 관한 것들이 알게 모르게 우리의 정신과 생활양식에 깊게 배어 있습니다.

역사적으로도 한때 삼팔선으로 국토가 분단되었으며, 일제 강점기 때 삼일운동이 일어난 것 등이 숫자 3과 관련이 있습니다. 학자들 간에 의견이 분분하지만 구약성경에 나오는 힘의 상징인 삼손이 이러한 우리 민족의 숫자 3에 영향을 받아 삼손이라고 명명했다는 아주 근거 없는 학설도 있습니다.

이제 새해가 밝았습니다. 흔히 새해에는 새로운 결심을 하게 됩니다.

여러분은 어떤 새로운 결심을 했나요? 아무리 3이 우리에게 좋은 숫자라고는 하지만 절대 작심삼일이 되지는 말아야겠습니다.

22
세대 차이

10여 년 전의 일이지만, 2002년 대선 당시 20대 대학생이던 조카와 50대 매형이 어느 대통령 후보를 지지하느냐에 대한 대화를 나누다가 부자지간이 원수지간으로 바뀔 뻔한 적이 있었습니다.

당시 매형은 자신의 관점에서 아무것도 모르는 철부지 20대 아들이 노무현 후보를 지지하는 것에 대해 비분강개를 했고, 조카는 고루한 사고방식에 젖어 세칭 젊은이의 눈으로 볼 때 보수꼴통의 수장인 이회창 후보를 아버지가 맹목적으로 지지함은 물론 이유여하를 막론하고 자신에게도 이회창 후보를 찍으라고 강요하던 아버지에 결연히 맞서다 정말로 심각한 사태가 일어날 뻔했습니다.

누나와 나의 중재로 더 이상 그 주제로 대화를 하지 않기로 결정했지만, 각기 그들의 머릿속에는 절대 상대방의 생각은 수긍할 수 없고, 그들의 얼굴에는 서로가 답답하다는 표정이 또렷했습니다.

그로부터 다시 10년이 흘러, 이제 60대가 된 매형과 어느덧 30대가 되어 한 가정의 가장이 된 조카는 지난 2012년 추석에 2라운드를 시작했습니다. 사람이란 정말 쉽게 바뀔 수 없는지, 아니 바뀌려고 하지 않는 건지 예의 매형은 이번에 박근혜 후보가 대통령이 안 되면 나라가 정말 큰일난다고 했고, 풀장에서 수영을 잘하면 바다에서도 수영을 잘할 수 있다는 안철수 후보의 논리에 거의 분노에 가까운 감정을 표출했고, 이번에도 구태의연한 정치 행태를 벗어나지 못하면 이 나라는 퇴보할 것이라는 조카는 안철수 후보 지지를 결코 양보하지 않았습니다.

10년 전의 전례가 있어서인지, 각각 10년씩 더 어른(?)이 되어서인지 상대방의 사고방식에 대해 10년 전처럼 인신공격을 하지는 않았지만 자신의 생각을 바꿀 생각은 추호도 없다는 단호한 표정이 역력했습니다.

요즘은 차 세 대를 가진 집과 차 한 대도 없는 집을 가리켜 '세 대 차이'라고 하지만 정치, 경제, 사회, 문화 등에 걸쳐 세대 간 차이는 아직 많이 있는 것 같습니다. 아날로그 방식에 익숙한 기성세대와 디지털에 익숙한 신진세대는 각각 그들이 살아온 방식과 시대적 환경, 문화적 배경이 다르니 어찌 보면 이는 당연한 것이 아닐까 싶습니다.

차범근 전 축구대표팀 감독도 아들 차두리 선수와 비슷한 경험이 있는 것 같습니다. 한 마디로 차범근 감독에게 축구는 전투였는데, 아들 차두리 선수에게는 행복한 생활이었답니다.

차범근 감독은 10년간의 독일 분데스리가 생활 중 선발로 못 나온 게 딱 두 번 있었고, 중간에 교체돼 나온 게 한 번 있었는데, 그는 그 때 하늘이 무너지고 땅이 꺼지는 줄 알았답니다. 그가 얼마나 심하게 낙담을 했으면 감독이 그 다음 경기 전에 그를 불러 이렇게 말했답니다.

“다음부터 너를 빼려면 미리 말해줄 테니까 아무 걱정하지 말고 뛰어라!”

그러나 아들 차두리 선수에게 축구는 자신을 행복하게 해주는 생활이랍니다. 축구를 하는 것만으로도 너무나 좋은…. 그가 2006년 독일 월드컵 최종 엔트리에서 탈락하고 MBC-TV에서 해설자로 나섰을 때 그의 답변을 보면 아주 공감이 갑니다.

당시 함께 방송을 하던 김성주 캐스터가 “2002년 한국과 미국의 경기에서도 한국이 0대1로 리드 당하는 상황에서 전반을 마쳤지 않습니까? 당시에도 하프타임 때 히딩크 감독의 특별지시가 있었을 텐데, 차두리 선수 어땠습니까?”라고 질문을 던졌고, 이에 차두리는 “당시 저는 후보여서 정확한 상황을 모르겠습니다. 후보 선수는 밖에서 몸을 풀어야 했기 때문에 라커룸에 들어가지 못했습니다. 그래서 무슨 말을 했는지 모릅니다. 죄송합니다. 그럼 다시 경기 보시죠”라고 담담하게 답했던 기억이 납니다.

아마 차범근 선수와 우리 매형이, 그리고 차두리 선수와 내 조카가 거의 비슷한 나이일 것 같습니다. 치열하게 살아온 1950년대생과 즐기면서 살아본 1980년대생 사이에는 서로가 경험해보지 못한 그들만의 사고방식과 문화방식이 엄연히 존재하기에 세대 차이는 당연히 존재할 것입니다.

중요한 것은 차범근 선수와 같이 남의 방식을 이해하려고 노력하는 것이 아닐까 합니다. 그러나 솔직히 그것이 쉽지 않습니다. 나도 30년 차이가 나는 딸아이의 생활방식, 사고방식이 정말로 마음에 안 드는 것이 많습니다. 아니 도저히 상식적으로 이해가 안 가는 것이 너무 많습니다. 나 자신이 스스로 굉장히 합리적이고, 객관적이고, 신사고를 가진 사람이라고 자부하는데 그런 나의 가치 척도에 벗어나는 딸아이의 사고와 행동은 아직 이해가 가지 않습니다. 그러나 딸아이 또한 같은 생각을 하고 있겠지요?

나는 쉰 살이 넘은 나이에도 나와 다른 것은 '틀린' 것이라는 생각을 아직 바꾸지 못하고 있는 것 같습니다. 그러나 한 가지 바뀐 것은 마음에 들진 않지만 더 이상 바꾸라고 강요하지는 않습니다. 사실 이것도, 바꾸라고 해도 바꾸지도 않을 것이며 강요하다 보면 싸움만 나게 되고 나만 스트레스 받기 때문입니다.

언젠가 괜히 딸에게 멋있게 보이려고 "힘들지? 그래도 피할 수 없으면 즐겨!"라고 말했더니 "아냐, 아빠! 즐길 수 없으면 피하면 돼!"라고 말하는 것 아닙니까. 멘붕('멘탈 붕괴'의 줄임말로 황당한 상황에 접하고 난 후의 당황스러움을 나타낸 표현)의 첫 경험이었습니다.

23
개방

어느덧 2014년 갑오년의 한 해가 저물고 있습니다. 정확히 120년 전인 1894년 갑오년에 갑오개혁이 일어나 동방의 조그만 나라에 드디어 서구의 문물과 제도가 도입되었습니다. 개화파에 의해 수천 년간 굳게 닫혀 있던 한반도 땅이 드디어 개방이 되는 순간이었습니다. 상투를 없애는 단발령이 시행되고, 지금 우리가 사용하는 태양력이 도입되고, 공사公私 노비제도가 타파되며, 조혼제도가 없어지고, 청상과부도 재가를 할 수 있게 되었습니다. 또한 죄인에 대한 고문과 연좌제가 폐지되고, 계급제도 타파를 통한 문벌을 초월한 인재등용도 이루어졌습니다.

이 자체만 보면 유럽의 르네상스, 종교개혁, 산업혁명, 프랑스 혁명과도 견줄 수 있는 조선의 획기적인 근대화 혁명이라고 말할 수 있지만, 이 모든 것이 우리의 의지라기보다는 일본이 조선을 지배하기 위한 초석의 결과이기에 그 의미가 퇴색되어 진정한 의미의 개혁이라고 볼 수 없습니다.

1970년대 말, 지금은 모두 사라진 비디오테이프를 보기 위한 홈 비디오 규약에는 소니의 베타 방식과 마쓰시타의 VHS 방식 간에 치열한 표준화 전쟁이 있었습니다. 소니의 베타 방식은 월등한 기술력으로 여러 가지 면에서 VHS 방식을 압도함에도 불구하고 폐쇄적인 정책으로 기술 공유를 하지 않았고, 확인되지 않은 사실이지만 베타 방식으로는 포르노를 시청할 수 없어 이를 지원하는 VHS 방식이 표준이 되었다는 설이 있습니다. 여하간 낮은 기술력으로도 개방정책을 쓴 VHS 방식이 베타 방식을 누르고 홈 비디오 규약 표준이 된 일화는 그 당시 꽤 유명했습니다.

1998년 김대중 대통령은 일본 방문 이후 일본의 대중문화에 대한 개방을 지시했습니다. 그 당시 음성적으로 일본의 만화, 영화, 게임 등이 보급되었지만 전면적으로 개방한다면 우리나라의 문화산업에 미치는 영향은 엄청나다고 예상했습니다. 경쟁력이 약한 한국의 문화산업은 다 망할 것이라는 사실뿐만 아니라 역사의식이 약한 우리의 청소년들에게 일본문화의 침공으로 인하여 제2의 일본문화 식민지가 될 것이라고 우려했습니다. 닌텐도의 게임, 원피스와 같은 만화, 도라에몽, 드래곤 볼과 같은 애니메이션의 습격으로 한국의 문화산업은 쇠퇴일로를 걸을 것으로 예상했지만 지금의 상황은 어떻습니까?

2002년 〈겨울연가〉를 필두로 한류의 일본 침공이 시작되었습니다. 대부분의 일본 주부들은 〈겨울연가〉를 10회 이상 시청했고, 주인공 배용준을 욘사마로 칭송한 사실은 모두가 아는 일입니다. 그 후로도 보아, 동방신기, 슈퍼주니어 등 한국 아이돌의 일본 정복, 최근 걸 그룹들의 일본 오리콘 차트 1위는 더 이상 신기한 일이 아닌 일상적인 일이 되어버렸습니다. 한국 드라마를 원어로 시청하기 위해 한국말 배우기 열풍이 불어 오히려 요즘은 반대로 혐한류嫌韓流가 일어날 정도가 되어버렸습니다.

그러나 우리나라에서는 더 이상 일본 노래, 일본 드라마, 일본 영화가 들어설 자리가 없어졌습니다. 2012년 한미 FTA가 공식적으로 발효되었습니다. 그리고 최근 중국과의 FTA를 체결함으로써 세계 3대 경제 블록인 미국, EU, 중국과 모두 FTA를 체결함으로써 한국의 경제 지도를 확장했습니다. 기대와 우려가 상존하는 경제개방입니다. 개방은 경쟁을 의미합니다.

우리 민족은 반만 년 동안 수많은 침공을 받으면서도 꿋꿋하게 역사를 이어가는 강한 승리의 DNA를 가진 민족입니다. 개방과 경쟁을 두려워하지 말고 오히려 이를 즐기고 승리하는 습관을 가져야 하겠습니다.

김연아가 은퇴할 때 '아사다 마오가 없었다면 김연아도 없었을 것이다'라고 말했습니다. 진정한 승리는 나 홀로 하는 게임에서의 승자가 아니라 선의의 경쟁을 통한 승자가 아닐까요?

어제 수능시험을 마친 모든 수험생들도 경쟁의 끝이 아닌 새로운 경쟁의 시작이 될 것입니다. 이제야 비로소 새로운 인생의 레이스가 시작되었으니까요.

24

로망

은퇴 후 전원주택에서 여유로운 삶을 사는 것은 대부분의 한국 남성들이 갖고 있는 로망입니다. 수백만원하는 샤넬 백은 또한 대부분의 한국 여성들의 로망입니다. 여기서 우리는 그저 로망이라는 단어를 쓰고 있고, 그 의미를 대충 알고 있습니다. 그러면 로망은 과연 무슨 뜻이고, 어디에서 온 단어일까요? 아마 오래된 꿈이나 갈망의 대상이란 뜻일 겁니다. 그러면 로망은 과연 한국말일까요?

우리는 '로망'이라는 단어가 프랑스어나 영어에서 왔다고 생각합니다. 프랑스어 로망roman은 중세의 소설 장르를 뜻합니다. 사전을 찾아보면 '12~13세기 중세 유럽에서 발생한 통속소설. 애정담, 무용담을 중심으로 하면서 전기적傳奇的이고 공상적인 요소가 많은 것이 특징'이란 설명이 나옵니다. 그렇다면 우리가 쓰는 로망은 불어의 로망은 아닐 것 같습니다.

영어 로맨스romance의 사전적 의미는 연애, 소설 등입니다. 그렇다면 이 영어 로맨스도 우리가 사용하는 로망과는 거리가 멉니다. 그러면 과연 로망은 어디서 온 말일까요?

일본어 사전에서 로망ロマン이란 표제어를 찾아보면 '일본어의 독자 용법'이란 설명과 함께 '꿈이나 공상을 불러일으키는 것'이란 뜻풀이를 해놓았습니다. 아마 이것은 프랑스어 로망이 독일로 건너가 낭만주의romantic의 어원이 됐고, 마찬가지로 영미권에서 달콤한 연애로 변신하고, 일본에선 오래된 꿈이나 공상의 대상으로 변신한 것이 아닌가 합니다.

이 일본어가 한국에서 2000년대 중반부터 '입말'로 유행하기 시작하여 그때부터 인구에 회자된 것으로 추측됩니다. 이렇듯 한국인들은 물 건너온 말을 걸러내지 않고 우리말로 바꿔쓰면 미묘한 뉘앙스가 살아나지 않는다면서 그대로 쓰는 경우가 많습니다.

그런데 이 시기는 일본의 '로망 포르노'라는 성인 에로 영화 장르가 한국에 보급된 시점입니다. 1970년대에 일본을 풍미한 이 에로 영화 장르는 공상으로만 가능했던 남성의 성적 판타지를 영상으로 실현시켜 준다는 뜻이 담겨 있었습니다. 만일 로망의 어원이 이런 경로가 맞는다면 우리가 로망 운운하는 것은 매우 민망한 일이 될 것입니다. 하여튼 전문가가 아니기에 뭐라 말하기는 쉽지 않습니다.

여하간 나의 로망도 몇 가지가 있습니다. 내 남은 인생에서 얼마나 그것을 갖거나 이룰 수 있을지 모르겠지만 만일 갖거나 하지 못하더라도 로망으로 간직하는 것도 나쁜 것은 아니겠지요. 말 그대로 로망이니까.

여러분의 로망은 무엇입니까?

25
별명

프로야구 한화 이글스의 4번 타자 김태균 선수는 별명이 너무 많아 별명 자체가 별명이 되어 '김별명'이라는 별명을 갖고 있습니다. 그 외에도 한화의 테이블 세터가 진루를 하지 못해 4번 타자가 2회에 항상 선두타자로 나온다고 해서 김선두, 도루하다 넘어지면 김꽈당 등 어떤 일이 생길 때마다 별명이 하나씩 늘고 있습니다. 이렇듯 별명은 어느 인물이나 국가 등을 재미있게 표현하는 하나의 애칭입니다.

요즘 월드컵이 한창인데 영원한 우승후보 브라질의 별명은 삼바축구입니다. 그 외에도 무적함대 스페인, 전차군단 독일, 오렌지 군단 네덜란드, 아주리 군단 이탈리아, 아트 사커 프랑스, 불굴의 사자 카메룬 등 각 나라마다 아주 친숙한 별명이 붙어 있고, 대한민국은 당연히 붉은 악마이지요.

그러나 일반적으로 별명은 사람이나 국가가 잘할 때는 애칭이 되지만 못할 때는 비아냥의 수단이 됩니다. 스페인이 이번 브라질 월드컵 조별 예선에서 탈락하자 무너진 무적함대가 되었고, 예전에 독일 축구가 쇠약해졌을 때는 녹슨 전차군단 또는 늙은 전차군단으로 불렸습니다. 마찬가지로 오렌지 군단은 낑깡군단으로, 풀려버린 빗장 수비 아주리 군단으로 일순간에 전락합니다. 이기고 있으면 시간을 끌기 위해 누워서 일어나지 않기로 유명한 이란은 침대 축구로 이번 월드컵에서도 예의 그 명성(?)을 발휘했습니다. 불굴의 사자 카메룬은 팔꿈치로 상대방을 쳐서 퇴장 당하고 같은 편끼리 싸우는 황당한 상황을 연출해 불굴이 아닌 불구의 사자가 되었습니다.

유명한 사람들의 별명도 이채롭습니다. 세계 최대 갑부 중의 하나인 워렌 버핏의 별명은 오마하의 현인입니다. 오마하는 워렌 버핏의 고향으로 그의 투자전략이나 사회적 기부활동을 보면 현인이란 소리를 들어도 마땅할 것입니다. 역사상 가장 위대한 리더 중 하나로 꼽히는 GE 회장 잭 웰치는 재임 시절 너무 많은 직원을 해고해 중성자탄 잭이라는 별명을 가지고 있습니다. 한때 세계 복싱계를 지배했던 마이클 타이슨은 핵주먹으로 유명했는데 홀리필드와 경기에서 그의 귀를 물어뜯는 희대의 사건을 벌여 핵 이빨이란 별명을 추가했습니다. 축구의 황제는 펠레, 농구의 황제는 마이클 조던, 골프의 황제는 타이거 우즈, 사이클의 황제 렌스 암스트롱, 자동차경주 F1의 황제는 미하엘 슈마허 등 많은 운동경기의 황제가 있습니다.

한때 BB, CC, FF, MM이라는 애칭을 가진 당대의 섹스 심볼로 유명한 여배우들이 있었습니다. BB는 브리지트 바르도Brigitte Bardot라는 프랑스 여배우로서 1970년대 이후 은퇴하여 동물애호가로 활동하고 있으며, 우리나라의 개고기문화를 비판하며 한국제품 불매운동을 한 것으로 유명합니다. CC는 클라우디아 카르디날레Claudia Cardinale라는 이탈리아의 여배우로서 우리에게는 그다지 알려지지 않았지만 화면 연기에 지장을 주지 않는 여배우 중 첫째로 꼽히던 배우였습니다. FF는 파라 파셋Farrah Fawcett으로서 1970년대 유명한 TV 영화 〈미녀 삼총사〉에 출연해 엄청난 인기를 누리던 배우였습니다. 그녀는 〈6백만 불의 사나이〉로 유명한 리 메이저스Lee Majors와 결혼해 세기의 스타 커플로 각광받았으나 팝의 황제 마이클 잭슨이 죽은 다음날 62세의 젊은 나이로 사망했습니다. 마지막으로 MM은 섹스 심볼로 너무나 유명했던 마릴린 먼로Marilyn Monroe입니다. 케네디 대통령과 염문설로 유명한 그녀는 금발의 육체파 여배우로서 당대에 뭇 남성의 사랑을 듬뿍 받았던 배우였고, 지하철 환풍기 위에서 치마가 올라가는 장면은 지금도 최고로 섹시한 장면 중 하나로 꼽히고 있습니다.

나는 살아오면서 그다지 확실한 별명을 가져보진 않았던 것 같습니다. 단지 컨설팅 비즈니스할 때 한 번 물면 놓지 않고 반드시 성사시켰다고 해서 독사, 젊었을 때 한창 시스템 개발했을 때는 키보드 위의 마술사, 아르바이트로 노래 불렀을 때는 노래하는 음유시인, 중년이 된 요즘은 보험업계의 로버트 레드포드, CIO 메시지를 보내는 지금은 여러 주제를 다루다보니 움직이는 지식백과사전 정도. 믿거나 말거나 남들이 그렇게 부르네요.

여러분은 어떤 별명을 가지고 있습니까?

26
멀티 플레이어 vs 5툴 플레이어

Multi player vs 5tool player

박지성 선수의 별명은 산소 탱크, 두 개의 심장을 가진 사나이, 또는 세 개의 폐를 가진 선수입니다. 그만큼 활동량이 많다는 것이고, 실제로 박지성 선수는 전성기 때는 90분간 11km 이상 그라운드를 누볐습니다. 그래서 이름 없는 영웅Unsung hero이라는 애칭을 갖기도 했습니다.

사실 박지성 선수는 그다지 특색 있는 선수는 아닙니다. 화려한 스트라이커도 아니고, 뛰어난 미드필더도 아니고, 폭발력 있는 윙어도 아니고, 그렇다고 든든한 수비수는 더욱 아닙니다. 그렇지만 그는 축구의 어떠한 자리에 배치해도 성공적으로 임무를 완수합니다. 그런 그를 우리는 멀티 플레이어Multi player라고 불렀습니다.

요즘 메이저리그에선 두 한국인 선수가 화제입니다. 대한민국 대표 선수로 메이저리그에 새로 입성한 류현진 선수는 입단 첫해 현재 13승을 달성하고 가끔은 타격에도 재능을 보여 곧잘 타점을 올리곤 합니다. 류현진 선수도 박지성 선수와 같이 멀티 플레이어임이 틀림없습니다. 선동렬 전 감독은 류현진 선수를 야구 IQ로 따지면 200에 해당하는 천재라고 했습니다.

또 한 명의 한국인 스타는 추추트레인의 추신수 선수입니다. 그에게는 멀티 플레이어도 부족해 5툴 플레이어5tool player라고 부릅니다. 소위 5툴은 타격Hitting, 장타력Power, 주루Running, 수비Fielding 그리고 송구 능력Throwing을 일컫습니다.

추신수 선수는 이미 호타준족의 상징인 20-20클럽 즉 홈런 20개, 도루 20개 이상을 2번이나 달성했고, 이번 시즌도 곧 달성하리라 생각됩니다. 일반적으로 스피드가 있는 선수는 파워가 약한 편인데 추신수 선수는 둘 다 겸비한 선수이고 정확성도 높아 3할에 가까운 타격 솜씨와 좌익수, 중견수 모두를 커버할 수 있는 수비 능력과 강한 어깨와 자로 잰 듯한 송구 능력으로 홈에 들어오는 주자를 자주 아웃시키고 있습니다. 즉 야구에 관한 한 5가지 주요 능력을 모두 갖춘 5툴 플레이어라고 할 수 있습니다. 추신수 선수가 홈런을 칠 때마다 그네에 앉은 할아버지가 "넘어간다 너-어엄어 간다 숨 넘어간다"라고 외치는 어느 광고가 생각나 웃음짓게 됩니다.

그러면 우리와 같은 일반 직장인은 어떤 능력을 갖추어야 5툴 가이5tool guy가 될 수 있을까요? 각자의 업무지식, 기안 능력, 프레젠테이션 능력, 추진력, 협상 능력, 영업력, 외국어 구사능력, 관리 능력, 리더십, 대인관계 등이 되지 않을까요? 각각의 회사 업종, 맡은 업무, 경력 등에 따라 필요한 5툴은 조금씩 다르겠지요.

그러나 축구가 되었든 야구가 되었든 가장 기본적인 것들이 없으면 멀티 플레이어나 5툴 플레이어가 절대로 될 수 없습니다. 즉, 체력과 개인의 노력, 힘든 역경을 극복할 수 있는 강인한 정신력 그리고 성실함 등이 될 것입니다. 박찬호 선수, 박지성 선수, 류현진 선수, 추신수 선수 모두 쉽게 성공한 것이 아니라는 것을 우리 모두 알고 있습니다. 마이너리그에서 긴 시간 동안 시련을 이겨내고 메이저리그에서 큰 성공을 거두었듯이, 평발의 핸디캡을 극복하고 각고의 노력 끝에 맨체스터 유나이티드에서 주전으로 활약했듯이 우리들도 기본적인 베이스를 먼저 구축하고 그 위에 자신만의 5툴을 하나하나 쌓아야만 할 것입니다.

언젠가 이승엽 선수가 한 얘기가 가슴에 와닿습니다.

"진정한 노력은 결코 배신하지 않는다. 평범한 노력은 노력이 아니다."

27
응답하라 1982

바야흐로 프로야구의 계절이 돌아왔습니다. 겨우내 화려한 비상을 꿈꾸며 훈련에 열중했던 각 프로야구단이 모두 우승을 꿈꾸며 일제히 기지개를 폈습니다. 이제 10구단인 KT까지 가세하여 명실공히 최고의 프로 스포츠가 된 한국 프로야구는 33년 전인 1982년에 출범했습니다. 연간 동원 관중 700만 명을 상회하고, 이제는 남자보다는 여자가 더 즐겨보는 프로야구의 태동은 그리 순수하지는 않았습니다.

1979년 10.26사태로 박정희 대통령이 서거한 후 전두환, 노태우, 정호용 등 육사 출신 하나회가 중심이 된 신군부는 집권을 위해 그 해 12.12사태로 계엄사령관인 정승화 장군을 체포 구금하고 12월 21일 최규하를 10대 대통령으로 취임시켰으나 모든 권력은 신군부가 장악했습니다.

1980년 4월 사북탄광 노동자 파업 , 5월 전국 대학생 대규모 시위에 따른 광주사태로 정국은 걷잡을 수 없는 소용돌이에 휘말렸고, 신군부는 비상 계엄령 선포 및 계엄군 광주 투입 및 진압으로 이듬해 1981년 3월 3일 전두환이 대통령으로 취임하면서 제5공화국이 정식으로 출범했습니다.

20대 초반의 대학생으로서 나는 이 역사의 현장을 생생히 겪고 그 변화 과정을 때로는 의식하며 때로는 감지하지 못하며 보낸 것 같습니다. 당시는 '뚜전'이란 단어가 유행했는데 이는 9시 뉴스의 시작을 알리는 3초 전 시보소리 뚜뚜뚜가 끝나면 바로 '전두환 대통령 각하는…'으로 시작하는 앵커의 멘트를 비꼬아 뚜전이라고 했습니다. 실제로 대머리나 주걱턱이라는 말을 함부로 쓸 수 없었고, 하숙집에서 5공을 비판하는 대화를 하다가 쥐도 새도 모르게 사라진 학생들도 허다했습니다. 지금의 젊은 세대는 감히 상상할 수도 없던 그런 시대였지요.

하여튼 5공화국도 군부 쿠데타로 집권한 정권이기에 시위는 끝이 없었고, 사회적 갈등은 최고조에 달했습니다. 이에 5공화국 정권은 국민의 관심을 정치에서 멀어지게 하기 위해 소위 3S 정책을 시작했습니다. 3S는 Sports, Sex, Screen의 약자로 대표적인 우민정책입니다.

신군부의 Sex 정책은 1982년에 야간 통행금지를 37년 만에 해제시켜 국민으로 하여금 음주문화를 활성화시키고 이로 인하여 성매매 업소가 늘어났으며 포르노 테이프를 대중적으로 보급할 수 있는 환경을 만들었습니다. Screen에 대한 정책은 1980년에 컬러 TV 방송을 시작했으며, 더불어 VTR을 전국적으로 보급시켜 포르노 테이프와 시너지 효과를 이루게 했습니다. 지금은 찾기 힘든 비디오 대여 가게가 이때부터 활황을 이루었습니다.

Sports 정책은 1981년에 86아시안게임, 88올림픽게임을 유치했으며, 1982년 프로야구 출범, 1983년 프로축구, 프로씨름, 농구대잔치를 각각 출범시켰습니다. 당시 이만기 선수의 우승 후 모래를 흩뿌리는 세러머니도, 이만수 선수의 홈런 후 두 손을 치켜 올리는 제스처도 3S 정책이 없었다면 좀 더 늦게 보거나 아니면 보지 못했을 수도 있었을 것입니다.

지금 인기를 끌고 있는 많은 프로 스포츠가 30여 년 전 전혀 관계없는 이유로 생겨났다는 것을 보면 참으로 아이러니지만 이제는 아무도 그런 태동의 역사에 대해 관심도 없고, 기억에도 없습니다.

모든 구기 종목은 정해진 라인을 벗어나면 아웃이 됩니다. 배구의 스파이크가 엔드 라인을 벗어나면 점수를 잃고, 축구도 농구도 사이드 라인을 벗어나면 상대방에게 공격권을 넘겨주고, 야구도 라인 밖으로 벗어나면 파울이 됩니다. 테니스나 탁구의 스매싱도 마찬가지입니다. 그런데 단 한 가지 예외가 있습니다. 그것이 무엇인지 아시나요? 그것은 바로 야구의 홈런입니다. 야구의 홈런은 정해진 담장을 넘으면 말 그대로 홈런입니다. 그어진 한계를 탈피하여 넘겨버리면 점수가 인정되는 아마도 구기 종목에서의 유일한 예외일 것입니다. 그렇기에 홈런은 더욱 짜릿하고 쉽게 나올 수 없는 것이 아닐까요?

여러분도 여러분의 한계를 깨뜨리고 저 멀리 그어져 있는 담장을 넘길 수 있는 인생의 홈런을 터뜨리기 바랍니다.

28
멋쟁이

류현진 선수가 소속된 미국 프로야구 LA다저스에 클레이튼 커쇼 Clayton Kershaw라는 27살 된 젊은 선수가 있습니다. 그는 2014시즌 미국 프로야구 내셔널리그에서 최고투수에게 주는 사이영상과 MVP를 동시에 석권하는 영광을 누렸습니다. 시즌 전적 21승 3패, 평균자책점 1.77, 한 번의 노히트 노런, 2번의 완봉, 6번의 완투로 다승, 승률, 평균자책점, 이닝당 출루 허용률에서 1위를 했습니다. 그의 몸값은 7년간 2억1500만 달러로 매년 3000만 달러, 우리 돈으로 300억원 이상의 연봉을 받습니다.

그는 어린 나이에 어울리지 않게 미국 사회에서 존경 받는 사람으로 알려져 있습니다. 그의 실력이나 어마어마하게 받는 연봉 때문이 아니라 그의 인간성 때문입니다. 그는 '커쇼의 도전'이라는 자선단체를 운영하면서 많은 자선사업과, 2010년 결혼 후 신혼여행을 다녀온 아프리카 잠비아의 곤경에 처한 아이들을 위한 고아원 설립에 애를 쓰고 있고, 사우스랜드 노숙자 가족을 위해 집과 물품 지원을 하고 있습니다.

이러한 선행의 결과로 커쇼는 2012년 24살의 젊은 나이에 MLB 사무국에서 그 해 사회에 가장 큰 공헌을 한 사람에게 주는 로베르토 클레멘테상을 수상했습니다.

커쇼의 사이영상과 MVP 수상 소감을 〈LA타임스〉가 전하면서 '당신이 커쇼를 존경해야 하는 또 하나의 이유'라고 제목을 붙였습니다. 수상 소감을 위해 연단에 오른 커쇼는 주변의 모든 사람을 언급하며 감사 인사를 전했습니다.

그 중 커쇼가 제일 처음 언급한 것은 구단주가 아니라 현장에서 조용히 일하는 구단 직원들이었습니다. 커쇼는 "우리가 야구에 전념할 수 있도록 보이지 않는 곳에서 노력해 주시는 여러분들 덕분입니다"라고 말했습니다. 커쇼는 이어 코칭스태프에게 감사를 건넸습니다. 이번에도 돈 매팅리 감독의 순서가 제일 먼저가 아니라, 커쇼는 체력 담당 코치와 전력분석 담당 비디오 분석관에게 먼저 감사했습니다. 릭 허니컷 투수 코치에 대해 "당신 말고는 누구도 투수 코치로 원하지 않아요"라고 말했습니다.

매팅리 감독과 벤치 코치인 팀 월락에 대해서는 "제가 웨이트 트레이닝을 위해 웨이트 룸에 가면 언제나 먼저 '올드 보이 훈련'을 마치고 나오는 두 분을 볼 수 있었습니다. 성실하신 분들"이라고 감사의 소개를 했습니다. 커쇼는 캐치볼 파트너인 댄 하렌에게 감사를 표한 뒤 모든 구원 투수들에게도 "여러분이 없었다면 이 상도 없었습니다"라며 감사했습니다.

커쇼는 류현진을 비롯해 잭 그레인키, 조시 베켓 등 자신의 뒤를 잇는 선발 투수들에게도 감사를 전했습니다. "서로 모두 달라서 고맙다"

는 뜻이었습니다. 실제로 지난 시즌 LA다저스 마운드를 이끌었던 선발 투수들은 모두 개성과 특징이 있어서 상대 팀이 적응하기가 쉽지 않았습니다. 류현진과 커쇼는 같은 왼손 투수이지만 스타일이 크게 다른 투수입니다.

커쇼는 포수 A.J. 엘리스에 대해 "내 공을 받아줄 사람은 당신 말고는 없다"고 했고, 후안 유리베에 대해 "나를 웃게 해줘서 고마워요. 당신은 클럽하우스에서 가장 중요한 사람"이라고 말했습니다. 야시엘 푸이그에 대해서는 "내가 야구하면서 한 번도 볼 수 없었던 장면을 외야에서 자주 보여줘서 고맙다"면서 농담했고, "물론 푸이그는 내가 본 최고의 재능을 가진 선수"라고 덧붙였습니다.

커쇼는 프런트에 대해서도 감사 인사를 했습니다. 커쇼는 "내가 다저스 유니폼을 입을 기회를 얻었다는 것에 대해 한 번도 당연한 일이라고 생각해본 적 없습니다. 모두 여러분 덕분입니다"라고 말했습니다.

커쇼는 수상 소감 마지막에 결국 눈물을 흘렸습니다. 그는 간신히 눈물을 멈춘 뒤 "죄송합니다. 제가 이제 아빠가 됐거든요"라며 아내 엘렌에 대해 "이 모든 것을 이룰 수 있게, 가치 있게 만들어준 사람"이라고 찬사를 보냈습니다. 커쇼는 시상식 하루 전날에 딸을 얻었습니다.

커쇼의 마지막 한 마디는 천적 세인트루이스 팀에 대한 감사였습니다. "마지막 감사 인사는 세인트루이스입니다. 덕분에 세상 모든 일이 내 뜻대로 이뤄지지 않는다는 겸손함을 깨닫게 됐다"고 말했습니다. 사실 커쇼는 정규 리그에서는 엄청난 성적을 거두었지만 세인트루이스를 상대로 한 포스트 시즌에서는 패전 투수의 멍에를 썼습니다.

메이저리그에서 돈과 명예, 실력을 모두 갖춘 선수가 인격과 진실함, 겸손, 위트까지 겸비했습니다. 참으로 멋있는 젊은 친구입니다.

29
골프

나는 새벽형 인간이라 보통 4시면 눈을 뜨고, 늦어도 5시 전에는 일어납니다. 나의 가족들도 그렇고, 대부분의 사람들은 이 시간대에는 아주 깊은 잠을 자고 있는 시간입니다. 그래서 나는 이 시간대를 아주 좋아합니다. 남들이 다 자고 있는 이 시간에 온전히 나만의 시간을 갖는 것 같은 기분도 들고, 남들보다 빠르게 하루를 준비하는 것 같은 생각도 들고, 하여튼 나는 이 새벽 시간대가 아주 좋습니다. 그래서 나는 이 시간대를 나의 매직 타임Magic Time이라고 부릅니다. 그리고 나는 이 시간을 대충 40년 넘게 즐기고 있습니다.

나의 지인들은 도대체 매일 같이 그 시간에 무얼 하냐고 내게 묻습니다. 대부분 그들은 내가 운동을 할 것이라고 생각합니다. 그런데 아무리 생각해도 나는 지난 40년간 그 시간에 운동을 했던 기억이 별로 없습니다. 매일 맞이했던 그 시간들을 나는 과연 무엇을 했나 곰곰이 생각해보니 참 이상하게도 딱히 특별한 활동을 한 것이 별로 없는 것 같습니다. 학창시절 시험기간에는 보통 그 시간대에 시험준비를 했던 것 같고, 그 외에는 조간신문을 읽었던 기억밖에 없습니다.

그 오랜 세월 동안 매일 남들보다 2~3시간 먼저 일어나 무엇을 하고 보냈는지 잘 모르겠으니 정말 나 스스로 신기한 일입니다. 요즘에는 인터넷 TV가 있어 바둑도 보고, 뉴스도 보고, 특히 우리와 시간대가 반대인 미국이나 유럽 쪽의 스포츠 생방송 중계를 아주 즐겨 보고 있습니다.

미국 메이저 리그의 류현진, 추신수 선수의 야구 경기를 즐겨보고, 영국 프리미어 리그의 기성용 선수의 축구 경기도 아주 잘 보고 있습니다. 특히 요즘 한국 낭자들이 석권하고 있는 LPGA 투어는 거의 매주 경기를 하기 때문에 그녀들의 활약상을 새벽에 혼자 구경하는 재미는 참으로 쏠쏠합니다. 그리고 절반 이상은 우리나라 선수나 한국계 선수들이 우승을 하기 때문에 응원하는 재미 또한 정말 좋습니다.

오늘도 4시에 일어나 LPGA US 오픈 1라운드를 예의 감상했습니다. 예상대로 최나연, 박인비 선수를 비롯한 많은 한국 선수들이 TV 화면 리더보드 상단에 많은 태극기를 꽂아 놓아 기분 좋은 하루를 시작하게 해주었습니다.

지금은 우리나라 선수가 LPGA를 지배하고 있지만, 1998년 박세리 선수가 미국 LPGA에 데뷔하기 전까지는 미국의 프로 골프 무대는 우리나라 선수에게는 그저 선망의 대상이었을 뿐이었습니다. IMF로 온 국민이 좌절의 나날을 보내던 그 시절 21살의 어린 소녀 박세리는 LPGA에 데뷔해 그 해 메이저대회 2승을 포함하여 시즌 4승을 거두어 온 국민을 환호하게 만든 기억은 지금도 생생합니다.

특히 US 오픈은 당시 4대 메이저 대회 중에서도 가장 오랜 역사를 지녔고, 미국에서 가장 권위 있는 대회로 이 대회에서 이틀에 걸친 연장 승부에서 박세리의 연못 속에서의 맨발 투혼 샷으로 인한 역전 우승은 모든 스포츠 역사를 통틀어 가장 극적인 장면 중 하나로 손꼽히고 있습니다. 그리고 이 장면은 지금도 애국가 영상 배경에 주 단골 메뉴 중 하나로 사용되고 있습니다.

그 후 박세리의 성공은 대한민국에 골프 광풍을 불러 일으켰고, 이때 박세리를 보고 골프를 시작한 박세리 키드들이 지금 LPGA를 석권하고 있습니다. 또한 귀족 스포츠, 사치 스포츠로 비난 받던 골프가 그 동안 많이 대중화되어 많은 사람들이 골프를 즐기고 있지만 아직도 고위 공직자들이 안 좋은 시기에 골프를 치다가 구설수에 오른 일들이 또한 비일비재합니다. 이렇듯 골프는 아직 부르주아와 프롤레타리아 사이에서, 상류사회와 평민사회 사이에서, 사치 취미와 일반 취미 사이에서 공존하는 동전의 양면성을 가지고 있다 할 수 있습니다.

하여튼 골프를 그리 잘 치지 못하는 나도 가끔은 가족이나 친한 사람들과 어울려 파란 자연 속에서 18홀을 돌고 나면 잘 쳤든 못 쳤든 즐거운 시간을 보냈다고 느끼는 것을 보면 골프가 정말 많이 대중화되긴 된 것 같습니다.

흔히 골프를 어른들의 놀이라고 합니다. 일단 골프를 치려면 어느 정도의 돈과 시간과 노력이 없으면 즐길 수가 없기 때문이고, 동반자들과 더불어 오랜 시간 동안 같이 운동하면서 새로운 관계도 맺기 때문입니다. 경제력이 부족한 세대들은 쉽게 시작하거나 즐길 수 없는 스포츠임에는 틀림이 없는 것 같습니다.

몇 해 전 어느 골프 모임에서 골프가 끝나고 만찬자리에서 가장 연세가 많으신 참석자의 골프 철학이 나름 상당한 의미가 있었습니다.

그 분은 일흔 살이 다 되신 연세에도 거의 매주 골프를 즐기는데, 그가 골프를 좋아하는 이유는 GOLF의 네 글자 안에 다 들어 있다고 합니다.

첫 번째 G는 Green의 약자로 녹색의 자연 속에서 즐기니까 좋고, 두 번째 O는 Oxygen의 약자로 도시의 찌든 공기에서 벗어나 맑은 산소를 마시니까 좋고, 세 번째 L은 Light의 약자로 답답한 실내에서의 인공조명이 아닌 파란 하늘에서 내리쬐는 햇볕을 받아 좋고, 마지막의 F는 Friend의 약자로 아주 좋은 사람들과 같이해서 좋다는 GOLF 철학이었습니다. 정말 딱 맞는 말인 것 같습니다. 그래서 모두들 골프라면 새벽잠 설치는 것을 마다하고 치러 가는가 봅니다.

내일 새벽에도 아마 나는 4시에 일어날 것입니다. 오늘 비가 와서 중단된 US 오픈 1라운드 잔여 경기와 2라운드를 그 시간에 볼 수 있다는 생각을 하니 즐겁습니다. 내일 경기가 끝날 때쯤 박인비 선수나 최나연 선수가 리더보드 최상단에 있는 상상을 하니 더욱 즐겁습니다. 그렇게 나는 또 하루의 나만의 새벽 매직 타임을 즐기겠지요.

30
골프와 장수

바야흐로 곧 100세 시대가 도래할 것 같습니다. 2014년 현재 한국인 평균수명이 남자 78세, 여자 83세이니 과학과 의학의 발달로 진짜 평균수명이 100세가 될 날도 멀지 않은 것 같습니다.

몇 년 전에 스웨덴의 카롤린스카 연구소에서 재미있는 연구결과를 발표했습니다. 골프 치는 사람이 안 치는 사람보다 평균 5년 정도 더 오래 산다는 것입니다. 골프 인구 30만 명을 대상으로 한 연구라니 꽤 믿을 만한 결과입니다. 게다가 골프 잘 치는 그룹에 속한 사람들이 다른 그룹에 비해 건강 상태도 더 좋다고 하니 나 같은 '백돌이'는 싱글 한 번 못해보는 것도 서러운데 그들보다 건강도 안 좋다고 하니 괜히 화가 납니다. 그러나 평균 4km 정도 걷기를 수반하는 골프가 건강에 좋은 것은 당연한 것이고, 골프를 잘 치려면 더욱 운동을 열심히 했을 테니 더 건강한 것이 당연하지 않을까 싶습니다.

살아있는 골프전설 아놀드 파머Arnold Palmer(86세)를 비롯하여, 게리 플레이어Gary Player(80세), 잭 니클라우스Jack Nicklaus(75세) 등 모두 70세를 넘긴 나이에도 아직 골프를 치며 건강하게 사는 것을 보면 연구결과가 맞는 것 같습니다.

자신의 나이나 그 이하의 골프 스코어를 기록하는 사람을 에이지 쇼터Age-shooter라고 하는데 파 72에서 프로 선수들이 아무리 잘 쳐도 60대 타수를 기록하니 에이지 쇼터가 되려면 최소한 70대 나이는 되어야 하지 않을까 합니다. 나 같은 90대 후반이나 100돌이는 진짜 100살이 되어야 에이지 쇼터가 될 텐데 그 때까지 살 수는 있는지, 살아도 걸을 수는 있는지, 걸어도 골프 칠 수는 있는지 의문입니다. 다시 말해 불가능하다는 얘기겠죠?

그러면 지금 골프를 잘 치는 사람은 다 오래 살 수 있을까요? 당연히 아니겠죠. 어떤 운동이든 꾸준히 하는 게 중요할 것입니다. 그리고 육체적인 것도 중요하지만 마음가짐이 더 중요할 것입니다.

최근 뉴스 전문 채널인 CNN에 1967년 브리티시 오픈에서 우승한 아르헨티나의 골프 영웅 로베르토 드빈센조가 나왔습니다. 91세의 나이에도 드라이버 샷을 200야드 이상 날려 보냈습니다. 50대인 나하고 비슷한 거리인 것 같습니다. 그에 관한 일화가 있습니다. 젊은 시절 그는 우승하고 나서 집에 가려고 주차장에 갔을 때 어느 한 여자를 만났습니다. 그 여자는 매우 슬픈 표정으로 자기 아이가 죽어가고 있다고 말했습니다. 그는 그 소리를 듣고 주저하지 않고 우승상금 전액을 그녀에게 주었습니다.

하지만 며칠 후 골프협회 직원이 그를 찾아와 전에 돈을 준 여자는 결혼을 하지도 않았고 원래 아픈 아이도 없었다고 말했습니다. 그는 사기를 당했던 것입니다. 그런 일을 당하면 누구라도 분통을 터트려야 맞지만 드빈센조는 달랐습니다. "그럼 지금 죽어가는 아이가 없다는 말인가요? 이거야말로 최근에 내가 들은 얘기 중 제일 좋은 소식이네요"라고 말했답니다.

건강한 삶을 살게 하는 힘은 운동보다 오히려 마음일 수 있겠습니다. 아마 내가 그런 일을 당했다면 온갖 화라는 화는 다 내고 스스로 자책하고 그랬을 텐데… 이래저래 나는 에이지 쇼터도, 90살 넘게 장수하기도 힘들 것 같습니다.

이제부터라도 오래 살기 위해 드빈센조 같은 여유로운 마음을 더 갖도록 노력해야겠습니다.

31
악어의 눈물

지난해 대한민국은 두 명의 리더 때문에 뜨거운 화제가 된 적이 있습니다. 한 명은 민족의 영원한 성웅 이순신 장군이고, 다른 한 명은 방한한 프란치스코 교황입니다.

이순신 장군의 명량대첩을 영화화한 〈명량〉은 개봉 18일 만에 기존의 최대관객 동원을 기록한 〈아바타〉를 누르고 1500만 명을 넘어섰습니다. 우리나라 인구를 5천만 명으로 보고 영화 관람 가능 인구를 3~4천만 명으로 볼 때 이들의 40~50%가 이 영화를 관람한 것이니 실로 엄청난 숫자입니다.

이 영화가 이렇게 센세이션을 일으킨 이유는 영화 자체가 주는 엄청난 스케일의 전투장면과 이순신을 연기한 최민식을 비롯한 많은 연기자들의 호연도 있지만, 세월호 사건이나 최근 일어난 군 구타 살해 및 자살 사건 등으로 뒤숭숭한 사회환경 하에서 대한민국을 이끌어가는 뚜렷한 리더의 부재 때문에 이순신 장군의 무한 긍정 마인드와 뛰어난 리더십을 그리워하는 우리들의 마음이 투영된 것이라 생각됩니다.

또 한 명의 리더인 프란치스코 교황은 대한민국에 신선한 감동을 선물하고 돌아갔습니다. 프란치스코 교황은 266대 교황으로 공식 교황명인 프란치스코는 역대 265명의 교황이 아무도 사용하지 않은 명칭입니다. 프란치스코 교황이 이 명칭을 선정했을 때 주위에서는 놀라움과 걱정을 표명했다 합니다. 그 이유는 청빈, 겸손, 소박함의 대명사인 아시시 성의 프란치스코 성인을 따르겠다는 의지를 표명한 것인데, 교황의 신분으로서 이를 실천하기는 매우 어렵기 때문입니다.

그러나 프란치스코 교황은 알다시피 교황이 된 이후에도 성직자들의 공식 숙소인 산마르타에서 기거하며 식사도 공동식당에서 성직자들이 불편해 할까봐 혼자 벽을 바라보며 식사하며 그 청빈함을 몸소 실천하며 지낸다 합니다. 이번 방한에도 전용기가 아닌 전세기를 사용하고, 의전차량도 우리나라에서 가장 작은 소형차 소울을 이용했으며, 대전을 향할 때도 KTX를 사용한 일화는 우리에게 잔잔한 감동을 주고 있습니다.

이번 방한시 그에게 주어진 유일한 특권은 비행기 내 좌석 좌우에 아무도 타지 않고 혼자 타고 왔다는 것뿐이었습니다. 그의 삶이 또 다른 한국의 유명한(?) 종교지도자 유병언 전 세모그룹 회장의 삶과 묘하게 대비되는 것은 어떤 일일까요?

악어는 먹이를 먹을 때 눈물을 흘리는데, 이는 슬퍼서 눈물을 흘리는 것이 아니라 눈물샘의 신경과 입을 움직이는 신경이 같아서 먹이를 삼키기 좋게 수분을 보충시켜 주기 위함인데, 마치 자기가 잡아먹는 먹이가 불쌍해 슬퍼서 우는 것 같은 위선을 보여줍니다. 이렇듯 선거에서 이긴 정치가가 패배한 정적을 위해 위선적인 눈물을 흘리거나 강자가 약자 앞에서 거짓으로 동정의 눈물을 흘리는 것을 '악어의 눈물'이라고 합니다. 우리는 이런 많은 악어의 눈물을 보아왔습니다.

위대한 리더 이순신 장군과 프란치스코 교황이 흘린 참되고 순수한 눈물과 억대 도박을 하다 들키거나, 학력 위조가 드러났거나, 마약 복용을 하다 적발되거나, 성희롱 사건에 연루된 많은 유명 연예인, 정치가, 고위 공직자가 잠시 처한 어려운 현실을 피하고자 기자회견장에서 흘린 위선의 악어의 눈물은 참 많이 비교가 됩니다. 그런데 한 가지 확실한 것은 악어의 눈물을 흘린 그들은 몇 년 후 반드시 아무 일도 없던 것처럼 돌아온다는 사실입니다.

32
권주勸酒

이 세상에 술이 없다면 어떻게 될까요? 재미가 없을까요? 사회가 건전해질까요? 그런데 우리는 왜 술을 먹게 되나요? 누가 그 술을 권하게 하나요?

현진건玄鎭健의 〈술 권하는 사회〉라는 단편소설을 보면 새벽 2시에 몸을 가누지 못할 정도로 취해 들어온 남편에게 아내가 "누가 이렇게 술을 권했는가?" 물었을 때, 남편은 "이 사회라는 것이 내게 술을 권했다오!"라고 푸념했습니다. 여기서 사회를 다른 것으로 바꾸면 수많은 것들이 우리로 하여금 술을 마시게 합니다.

구한말 국어학자 권덕규權悳奎의 술 사랑은 더합니다. 묵은 집을 팔고 미처 새 집을 사기도 전에 나날이 마시는 술 때문에 집값이 야금야금 줄어들게 되었고, 이윽고 집 살 돈을 마지막으로 털어 술을 마시고 난 날 저녁, 거나해진 그는 먼저 살던 집 앞에 와 삿대질을 하며 호령했습니다.

"이놈, 이제까지는 내가 네 속에서 살아왔지만 이제부터는 네가 내 뱃속에 들어 있겠다!"

중국 당나라의 시인 백거이白居易의 〈권주가〉를 소개합니다.

勸君一杯君莫辭(권군일배군막사)

勸君兩杯君莫疑(권군양배군막의)

勸君三杯君始知(권군삼배군시지)

面上今日老昨日(면상금일노작일)

心中醉時勝醒時(심중취시승성시)

그대에게 권하는 한 잔의 술 사양 말게

그대에게 권하는 두 번째 잔도 머뭇거리지 말게나

세 번째 잔을 권하면 그대도 비로소 알게 될 거네

얼굴이 어제보다 더 늙었으니

취했을 때가 깨었을 때보다 더 편한 것을.

당나라의 또 다른 시인 우무릉于武陵은 〈권주勸酒〉라는 시에서 다음과 같이 술을 권합니다.

勸君金屈卮(권군금굴치)

滿酌不須辭(만작불수사)

花發多風雨(화발다풍우)

人生足離別(인생족이별)

그대에게 이 금굴 잔의 술을 권하노니

잔이 넘친다 해서 사양 말게나
꽃 필 때 비바람이 많은 법이고
인생살이에는 이별이 많다네.

소설가 현진건은 암울한 사회가 술을 권하고, 국어학자 권덕규는 그저 술 자체가 술을 권하고, 시인 백거이는 세월 때문에 술 삼 배를 권하고, 시인 우무릉은 이별이 아쉬워 술을 권합니다. 슬퍼서 한 잔, 기뻐서 한 잔, 무료해서 한 잔, 억울해서 한 잔, 만남으로 한 잔, 이별로 한 잔….

여러분은 무엇이 그대들에게 술을 권합니까?

33
살구꽃 마을杏花村

한때 한시漢詩에 심취한 적이 있었습니다. 문자의 교묘한 나열 속에 함축된 의미가 그렇게 멋이 있을 수가 없었습니다. 자연을 노래하고, 인생을 노래하고, 충신의 기개를 노래하고…

井中月(정중월)

山僧貪月色(산승탐월색)

併汲一瓶中(병급일병중)

到寺方應覺(도사방응각)

瓶傾月亦空(병경월역공)

산에 사는 중이 달빛을 탐해서

물 긷는 병에다 달까지 길어 왔네

절에 도착하면 당연히 알게 되겠지

물 쏟으면 달도 없어지는 것을.

달은 하늘에도 있고, 병 속의 물에도 있고, 사랑하는 연인의 눈 속에도 있겠지요. 그러나 그것을 인지하는 마음이 없으면 달은 어디에도 없습니다.

가끔 밤하늘을 보며 달을 찾을 수 있는 여유로운 마음을 가져 보길 바랍니다.

山中問答(산중문답)

問余何事棲碧山(문여하사서벽산)

笑而不答心自閑(소이부답심자한)

桃花流水杳然去(도화유수묘연거)

別有天地非人間(별유천지비인간)

왜 이 푸른 산에 사느냐 스스로 물었지

웃기만 하고 대답하지 않았으나 마음이 너무 편안하다네

복숭아꽃 아득히 물에 떠내려가는 곳

여기는 별천지라 인간 세상이 아니라네.

이 시는 이백의 〈산중문답山中問答〉으로 개인적으로 가장 좋아하는 시입니다. 행방이 묘연해진다의 묘연杳然과 별천지別天地라는 말은 이 시에서 유래된 단어이기도 합니다.

대부분의 남자의 로망은 이런 시골에서 인생의 마지막을 영위하는 것입니다. 나 또한 해가 뉘엿뉘엿 저무는 풍경을 바라보며, 멍석을 깔고 직접 재배한 야채와 더불어 탁배기 한잔 하면서 맞는 저녁 무렵을 자주 상상하곤 합니다.

그러나 문제는 대부분의 여자들은 절대 이 생활을 찬성하지 않는다는 것이지요. 앞으로 5년 후가 될지, 10년 후가 될지 아내와 한 바탕 전쟁을 치러야 하는 어젠다agenda가 되지 않을까 싶습니다.

淸明(청명)

淸明時節雨紛紛(청명시절우분분)

路上行人欲斷魂(로상행인욕단혼)

借問酒家何處在(차문주가하처재)

牧童遙指杏花村(목동요지행화촌)

청명절 빗방울 자욱이 날리는데

길 가는 나그네 넋이 끊어질 듯이

묻노니 주막은 어디에 있는고

목동이 아스라이 살구꽃 마을을 가리키네.

올해는 거의 모든 주말에 비가 많이 내렸고, 오늘도 비가 내리고 있습니다. 내게 있어 이상하게도 비와 눈물과 술은 동시에 연상되곤 합니다. 술 먹을 당위성을 부여하기에는 "오늘 비 오잖아!" 하는 말보다 더 좋은 핑계거리를 찾기가 힘듭니다.

오늘도 어김없이 비가 오고 있습니다. 시에서 목동이 가리키는 살구꽃 마을杏花村을 잠깐 들렀다갈 친구를 찾아봐야 할 것 같습니다.

제3부

세상을 살아가는 작은 지혜

우리는 더 많은 돈, 승진, 명예를 갖기 위해 노력해야 합니다. 그래야 발전이 있지요. 그러나 거기에 절대기준을 두지 맙시다. 가끔은 한 번씩 쉬었다 가고, 조금 늦게 가고, 조금 덜 갖고 그렇게 살아도 본인이 행복해질 수 있는 길은 많이 있기 때문입니다. 가끔 소주 한잔 하면서 내 얘기를 들어주는 친구, 직장 동료가 있으면 이는 매우 큰 행복입니다. 퇴근 후 나를 반겨주는 가족은 매우 큰 선물입니다. 연말정산 후 돌려받는 몇 십만원도 매우 큰 기쁨입니다. 그 돈으로 소년소녀 가장에게 기부하면 매우 큰 위안입니다. 우리 모두 우리의 즐거운 인생을 스스로 만들고 깨달을 수 있도록 합시다.

1
쌍기역(ㄲ)의 성공조건

예전에 어느 그룹의 신입사원 면접시험에 '쌍기역'으로 시작하는 외자를 아는 대로 말하고, 그것을 성공의 조건과 결부시켜 설명하라는 문제가 주어져 화제가 된 적이 있었습니다. 제한된 시간에 초긴장 상태에서, 그것도 면접관 앞에서 이를 발표하기란 쉽지 않습니다. 정답은 무엇이며, 몇 개나 될까요? 내가 아는 한 대충 7가지 정도 될 것 같습니다. "끼" "깡" "끈" "꿈" "꾀" "꼴" "꾼"이 그들입니다.

끼는 재능Talent을 의미하며 선천적인 것뿐만 아니라 후천적 노력에 의해서 개발된 재능을 포함합니다. 예전에는 공부만 잘해도 성공할 수 있었던 시절이 있었으나 요즘은 끼가 없으면 성공하기가 쉽지 않은 세상입니다.

깡은 근성Spirit입니다. 불굴의 근성이 없으면 어느 분야에서든 성공하기가 쉽지 않습니다. 조금 해보다가 안 되면 포기하고 다른 것을 해보다 또 포기하면 성공과는 거리가 멀 것입니다.

끈은 대인관계Network입니다. 인간은 혼자서는 성공하기가 쉽지 않습니다. 좋은 휴먼 네트워크Human network가 없으면 더욱 힘든 것이 요즘 사회입니다. 예전에 끈은 세칭 "빽"이라는 용어로 빽 없으면 출세하지 못한다는 말이 있었지만, 요즘의 끈은 이러한 부정적인 의미보다는 스스로 다양한 커뮤니티를 통한 인적 네트워크 구축이라는 긍정적인 의미가 더욱 클 것입니다.

꿈은 희망vision입니다. 비전이 없는 삶은 말 그대로 희망이 없는 삶입니다. 비전을 설정하고 그것을 이루기 위해 정진한다면 그 꿈은 반드시 이루어질 것입니다.

꾀는 지혜Wisdom를 의미하며, 지혜는 지식이 많음을 뜻하지 않습니다. 우리는 똑똑하나 현명하지 못한 사람을 많이 보아왔습니다. 아무리 똑똑해도 지혜롭지 못한 사람은 주변에 사람을 잃어 결국 실패할 확률이 매우 높습니다.

꼴은 외양Appearance입니다. 외양은 비싼 옷과 치장을 해서 되는 것이 아닙니다. 품격을 갖출 때 외양이 좋습니다. 오히려 인격이 안 된 사람이 명품으로만 치장했을 때 꼴값 하고 있다는 비아냥만 받게 됩니다. 사람이 명품이어야지 옷이나 장신구만 명품이어서는 안 될 것입니다.

마지막으로, 꾼은 전문가Expert를 말합니다. 꾼은 어떤 일을 잘할 뿐만 아니라 그것을 즐기는 사람입니다. 이야기 잘하고 즐기는 사람을 이야기꾼, 춤을 잘 추고 좋아하는 사람을 춤꾼이라고 합니다.

요즘은 어떤 일에 미쳐야 그 분야에서 최고가 될 수 있습니다. 그 일에 미치려면 그 일을 좋아하지 않고서는 미칠 수가 없는 것은 당연한 일입니다. YG 엔터테인먼트 양현석 대표는 대학을 가지 못하고 공고를 졸업했습니다. 연예인의 "끼"를 가지고 태어나 "깡"으로 그 오랜 연습생 시절을 버티고 서태지와 아이들의 춤"꾼"으로 데뷔했습니다. 팀 해체 후 그는 연예기획사 대표의 "꿈"을 꾸고 세계적 히트곡 〈강남스타일〉의 프로듀싱과 세계적 명품기업 루이비통과 제휴하는 등 다양한 "꾀"와 연예계 선후배 동료 간의 끈끈한 "끈"으로 YG를 성공시켜 2000억원 이상의 재산을 소유하고 있으며, 불우한 청소년을 위한 YG 재단을 설립하여 개인재산 10억원을 기부하는 모범의 "꼴"을 보이고 있습니다. 그는 진정 7가지 쌍기역 성공조건을 모두 갖춘 대표적인 인물입니다.

여러분은 몇 가지 쌍기역의 성공조건을 가지고 있습니까? 최소한 우리가 하는 일에 꾼은 되어야 하지 않을까요?

2
철학

철학이란 무엇일까요? 나는 아주 오래 전부터 철학이 학문인지 종교인지, 아니면 또 다른 무엇인지 궁금해 했습니다. 그런데 아직도 그 실체를 알지 못합니다.

경영학은 기업의 경영에 대한 학문이고, 경제학이라고 하면 경제 현상에 관해서 연구하는 학문이고, 물리학이라고 하면 물리 현상에 관해서 연구하는 학문이듯이 이름만 들어도 그것이 무엇을 연구하는 학문인지 대략은 짐작할 수 있습니다. 그런데 철학의 경우는 그 이름만 듣고는 그 내용을 이해할 수 없습니다. 한자로 哲學은 밝은 학문이고, 영어 Philosophy란 말은 원래 그리스어의 필로소피아philosophia에서 유래하는데 필로philo는 '사랑하다' '좋아하다'라는 뜻의 접두사이고, 소피아sophia는 '지혜'라는 뜻이니 필로소피아는 지혜를 사랑하는 학문을 말합니다.

그래도 뭔가 뚜렷하지가 않습니다. 그것은 아마 이 학문의 대상이 결코 일정하지 않다는 것을 말해주기도 하는 것이 아닌가 싶습니다. 이는 지구 인구가 70억 명이라면 70억 가지의 사유, 70억 가지의 철학이 존재한다고 해도 무방할 것 같습니다.

이렇듯 철학이라는 개념 자체가 갖는 포괄성과 다의성 때문에 철학 앞에는 관념론적 철학, 경험론적 철학, 실존 철학, 과학 철학 내지 언어 철학, 종교 철학 등 각 철학의 주제와 특징에 따른 수식어가 항상 붙어 있고, 또 지역적으로는 서양철학 · 동양철학 및 한국철학이라는 명칭이 함께 쓰이기도 합니다. 심지어는 개똥철학도 철학이고, 인간의 운세를 보는 점집도 철학관이라 부르니 철학은 한마디로 정의하기는 불가능한 학문임에는 틀림없습니다.

인류 최초로 본인을 철학자로 지칭한 사람은 피타고라스의 정리로 유명한 피타고라스로 전해지고, 명사형으로서 철학이라는 용어는 그 유명한 소크라테스에 의해 처음으로 쓰여진 것으로 알려져 있습니다.

우리에게 낯익은 철학자는 소크라테스를 비롯하여 아리스토텔레스, 플라톤, 키케로, 아우구스티누스 등의 고대 그리스 철학자들과 몽테뉴, 데카르트, 파스칼, 니체, 몽테스키외, 루소, 칸트, 사르트르 등 예전 세계사 수업시간에 공부했던 많은 중세, 근대 시대의 철학자들이 있습니다.

철학은 다양하고 매우 어렵지만, 소크라테스의 "너 자신을 알라" "악법도 법이다" 아리스토텔레스의 "인간은 사회적 동물이다" "친구란 두 개의 신체에 깃든 하나의 영혼이다" "불행은 진정한 친구가 아닌 사람을 가려준다" "많은 벗을 가진 사람은 진정한 한 명의 벗을 가질 수 없다" 파스칼의 "습관은 제2의 천성으로 제1의 천성을 파괴한다" "인간은 생각하는 갈대다" 니체의 "신은 죽었다" 루소의 "인내는 쓰다 그러나 그 열매는 달다" 데카르트의 "나는 생각한다 고로 존재한다” 무어의 “인생의 어려움은 선택하는데 있다” 스피노자의 “ 나는 내일 지구가 멸망한다 하더라도 오늘 한 그루의 사과나무를 심겠다” 프로타고라스의 “인간은 만물의 척도다” 괴테의 “눈물 젖은 빵을 먹어 보지 않은 사람은 인생의 참맛을 알 수 없다” 베이컨의 “아는 것이 힘이다”처럼 유명한 철학자들이 말한 명언들은 지금도 금과옥조로 인류에게 설파되고 있습니다.

얼마 전 태국에서 열린 행사를 마치고 방문했던 레스토랑에 걸려 있던 키케로Cicero(BC 106~BC 43)의 문구가 흥미롭습니다.

Cicero's Philosophy(키케로의 철학)

1. The poor: work & work(가난한 사람: 일만 한다)
2. The rich: exploit the poor(부자: 가난한 사람을 착취한다)
3. The soldier: protects both(군인: 둘을 보호한다)
4. The taxpayer: pay for all three(납세자: 셋을 위해 납부한다)
5. The wanderer: rests for all four(방랑자: 넷을 위해 쉰다)
6. The drunk: drinks for all five(술 취한 사람: 다섯을 위해 술 마신다)
7. The banker: robs all six(은행가: 여섯 모두 등친다)
8. The lawyer: misleads all seven(변호사: 일곱을 모두 속인다)
9. The doctor: kills all eight(의사: 여덟 모두 죽인다)
10. The undertaker: buries all nine(장의사: 아홉 모두 묻는다)
11. The politician: lives happily on the account of all ten(정치가: 열 모두 때문에 행복하게 산다)

대학 1학년 때 철학에 대해 궁금하여 교양 선택과목으로 철학을 선택했는데, 그 첫 시간에 만난 교수님이 이채롭습니다. 갈색 바바리코트에 슈베르트 머리를 하고 가슴에 빨간 장미를 꽂고 들어와서 던진 첫 질문이 "여러분은 철학이 무엇이라고 생각하십니까?"였습니다. 그리고는 "철학은 바로 이 빨간 장미입니다"라고 했습니다. 하지만 나는 아직도 그 의미를 알지 못합니다.

여러분은 어떤 철학을 가지고 있습니까?

3
법칙

우리는 중고등학교 때 배운 '질량보존의 법칙'이라는 용어에 매우 익숙합니다. 이는 질량 불변의 법칙이라고도 하는데, 1774년 프랑스 화학자 라부아지에Antoine Laurent de Lavoisier에 의해서 발견된 것으로 화학반응의 전후에서 원물질을 구성하는 성분은 모두 생성물질을 구성하는 성분으로 변할 뿐이며, 물질이 소멸하거나 또는 무에서 물질이 생기지 않는다는 것입니다.

이와 비슷하게 '에너지 보존의 법칙'이 있는데 에너지는 발생하거나 소멸하는 일 없이 열, 전기, 자기, 빛, 역학적 에너지 등 서로 형태만 바뀌고 총량은 일정하다는 법칙입니다. 예를 들면, 음식이 몸에 들어가면 열 에너지로 바뀌고, 이것이 몸을 움직이게 하는 역학적 에너지로 변하듯이 모든 종류의 에너지가 서로 변환 가능하며 전체 에너지의 양은 보존된다는 주장입니다.

이렇게 물리학적인 보존, 불변 또는 총량의 법칙뿐 아니라 생활 속에서도 이와 유사한 많은 법칙이 존재하고 있습니다. 그 첫 번째는 원판 불변 또는 원판 보존의 법칙입니다. 어떤 남자가 아름다운 여자와 결혼해서 아이를 낳았는데 그 아이가 아주 못생겼다면 이 현상은 돌연변이거나 바로 원판 불변의 법칙입니다. 아내가 의학적 도움으로 원판을 변경했다손 치더라도 그 아이에게 원판이 그대로 보존된다는 법칙입니다. 요즘 우리나라에는 일란성 쌍둥이나 이란성 쌍둥이보다 '의란성 쌍둥이(성형외과 의사가 만들어낸 엇비슷한 외모의 사람들이라는 뜻)'가 훨씬 더 많은 상황에서 아직 결혼하지 않은 총각은 반드시 알아두어야 할 법칙입니다.

두 번째는 지랄 총량의 법칙입니다. 지랄은 마구 법석을 떨며 분별없이 하는 행동을 속되게 표현하는 말로 지랄 총량의 법칙은 사람이 살면서 평생 할 지랄의 총량이 정해져 있다는 법칙입니다. 어떤 사람은 그 지랄을 사춘기에 다 떨고, 어떤 사람은 나중에 늦바람이 나 뒤늦게 떨기도 하지만 어쨌든 죽기 전에 반드시 그 양을 다 쓰게 되어 있습니다. 요즘은 지랄의 극치가 중2에 이르는 중2병이 유행하여 사회적 문제로 대두되면서 지랄 총량의 법칙이 더욱 주목받고 있고, 지랄 총량의 법칙에 의거 중2 때 소진하지 않으면 나중에 엉뚱한 방향으로 분출될 수 있다는 논리를 제공함으로써 그나마 중2 자녀를 가진 학부모에게 위로가 되고 있답니다.

세 번째는 술-담배 총량의 법칙입니다. 인생에 있어서 각자가 소비할 수 있는 술-담배의 양이 정해져 있다는 법칙입니다. 정말 의미 있는 법칙인 것 같습니다. 어떤 사람이 술 10병, 담배 10갑만 피울 수 있도록 총량이 정해져 있는데 이를 어기고 술 11병, 담배 11갑을 소비한다면 어떻게 되겠습니까? 결국 마실 수 없고 피울 수 없는 상황, 즉 죽음이 도래하겠지요. 젊은 시절 이미 9병의 술과 9갑의 담배를 소진했다면 이 사람은 남은 인생 동안 1병의 술과 1갑의 담배를 잘 조절해서 마시고 피워야 할 것입니다. 우리는 이 총량의 절대 원칙을 어기고 과음, 과연했다가 자신에게 주어진 인생의 기간을 채우지 못한 사람을 많이 보아왔습니다. 코미디언 이주일의 "여러분 금연하세요"라는 마지막 절규가 가슴에 와닿습니다.

마지막은, 행복-불행 총량의 법칙입니다. 인생이란 행복과 불행의 연속입니다. 100% 행복한 사람과 100% 불행한 사람은 없을 것입니다. '신은 인간에게 감내할 수 있는 만큼의 고통을 준다'라는 말이 있듯이 불행만 영원히 지속되는 경우는 없고, 또한 영원한 행복만을 가지고 있는 사람도 없습니다.

미국의 투자회사 르네상스 테크놀로지의 제임스 사이몬스 회장은 젊었을 때 "천-사이몬스 정리"라는 그의 이름이 붙은 미분기하학의 중요한 정리를 증명한 촉망 받는 유명한 수학자였지만, 40대 초반에 버클리 대학의 수학교수직을 그만두고 월가로 가서 뛰어난 투자자로 거듭나 수조원대의 거부가 되었습니다. 그러나 60대에 두 아들을 잃는 비극을 당했습니다. 수조원대의 부자가 되는 행복과 두 아들을 잃는 불행을 겪은 그는 수학자답게 아들을 잃은 고통을 "3층 고통 극복법"으로 극복했답니다.

1. 인간은 한 순간에 한 가지 생각밖에 못한다 - 수학 연구에 다시 몰두함으로써 아들을 잃은 생각을 일어나지 않게 했습니다.
2. 모든 생각은 시간이 지남에 따라 강도가 약해진다 - 수학 연구가 뇌의 대부분을 점령하여 자식 생각이 줄어들고, 시간이 지남에 따라 고통의 강도가 줄어들게 되었습니다.

3. 행복은 떠오르는 행복의 총량과 떠오르는 불행의 총량 간의 비율로 결정된다 – 고통스러운 생각의 총량을 감소시키고 행복한 생각의 총량을 증가시켜 불행을 극복했습니다.

세월호 사건으로 가족을 잃은 유가족들도 이젠 그 고통에서 벗어났으면 좋겠습니다.

4
문과 vs 이과

지금은 대학을 가려면 수능시험을 치러야 하지만 내가 대학을 가려고 한 1970년대는 예비고사라는 제도가 있었습니다. 예비고사는 내가 지원하려는 대학이 위치한 지역의 커트라인을 통과하기 위한 시험제도입니다.

대부분 지방에 있는 고등학생은 서울/경기 지역과 자신의 고향 지역을 선택하지요. 그 지역의 커트라인을 통과하면 그 지역에 있는 대학교에 응시할 수 있고 본고사를 치러 합격 여부를 결정짓습니다. 예비고사의 역할은 거기까지이고, 대학 합격의 당락은 순전히 본고사 결과로만 결정이 됩니다.

나는 당시 이과理科였는데 — 사실 적성이 무엇인지, 향후 진로는 어떻게 할 건지에 대한 아무런 생각 없이 그저 이과 쪽이 취직이 잘 된다는 소리에 이과를 선택했습니다 — 워낙 수학/과학 과목을 싫어해서 내가 왜 이과를 선택했는지 고민했고, 급기야는 예비고사 일주일 전에 선생님께 예비고사를 문과로 전향해서 시험을 보겠다고 얘기했다가 혼만 된통 나고 그냥 이과 쪽으로 시험을 봤던 기억이 납니다.

참으로 미련했고, 지금의 학부모의 치맛바람을 감안하면 도저히 있을 수 없는 일이었습니다.

사람이 노력하면 된다고 하지만 기본적으로 타고난 적성은 어쩔 수가 없는 모양입니다. 국어, 영어 등 어학계통은 그렇게 재미가 있었는데 수학, 물리, 화학은 왜 그리도 싫었던지…. 하여튼 운이 좋아 예비고사 수학/과학 과목에서 아주 만족할 만한 점수를 받았습니다.

그 후 어쩔 수 없이 공대를 갔어도 수학, 물리 등 교양필수 과목은 도대체 이해가 안 되어 통째로 외워서 시험을 보았습니다. 그래도 어떻게든 학점은 잘 받아 장학금을 탔으니 참으로 미련하게 공부하던 시절이었습니다. 아마 그때 이과를 택해 컴퓨터 공학을 전공하지 않고, 문과를 택해 다른 것을 전공했다면 지금 무엇이 되어 있을까 하는 궁금증도 많이 있습니다. 허긴 요즘도 '수포자(수학 포기 학생)'라는 말이 유행이랍니다. 내가 지금 수험생이라면 백퍼(백 퍼센트의 약자) 여기에 해당될 것 같습니다. 하여튼 인간은 문과, 이과 성향 중 어느 한 쪽을 더 타고나는 것 같습니다.

여러분은 ±을 보면 무엇이 생각납니까? '흙토'라고 대답하면 문과 성향, '플러스-마이너스'라고 대답하면 이과 성향입니다. 염소하면 떠오르는 것은? 동물이면 문과 성향, 원소기호 Cl이면 이과 성향입니다. 정의를 영어로 말해 보세요. Justice는 문과 성향, Definition은 이과 성향입니다.

아래 표는 여러 가지 문과/이과 성향을 분류한 것입니다. 여러분은 어디에 더 많이 해당 되는지 테스트 해보세요.

항목	문과	이과
土	흙토	플러스-마이너스
염소	동물	Cl
정의	Justice	Definition
5!	오!	5팩토리알
LiFe	인생	리튬/철
Probability	가능성	확률
Equation	균등화	방정식
Frequency	자주	주파수
눈이 녹으면?	봄이 온다	물이 된다
이육사	시인	264
Differentiation	차별화	미분
Function	기능	함수

어느 음식점에 들어가서 다음과 같은 메뉴판이 붙어 있으면 어떻게 해야 할까요?

생맥주 1,000cc = 3! X 30원

골뱅이 = 8000 COS 1/3 Π 원

마른안주 = 5000 $\log_2 16$원

가격 환산이 안 되면 조용히 나와야겠죠?

지금 밖에는 비가 흩날립니다. 내리는 비를 보면 아프로디테스 차일드Aphrodite's Child의 "Rain and tears" 음률이 떠오르거나, 카트린느

드뇌브Catherine Deneuve의 〈셸부르의 우산〉의 영상이 떠오릅니까? 아니면 평소 40분 걸리는 퇴근시간이 비가 오니까 30%의 추가시간을 계산하면 52분 정도 걸리겠으니 평소보다 10분 정도 빨리 나가야겠다는 계산이 떠오릅니까?

5
인수분해와 방정식

나는 이과理科 출신이지만 학창시절에 수학을 정말로 싫어했습니다. 도대체 일상생활에 아무런 도움도 안 되고, 몰라도 살아가는데 전혀 지장이 되지 않는 수학을 왜 공부해야 하는지 도저히 이해가 되지 않았습니다. 얼마나 수학이 싫었던지 당시 수학 교과서에 "수우우우학" "수학" "쏰"이라 낙서했던 것이 기억납니다.

나는 덧셈, 뺄셈, 구구단의 세칭 산수만 할 수 있으면 전혀 인생에 아무런 문제가 없다는 확고한 신념이 있었습니다. 아마 여러분들 중에도 학창시절에 나의 신념에 동의하는 사람이 무척 많았다고 나는 확신합니다. 도대체 이차방정식, 삼차방정식, 미분, 적분이 일상생활에 적용되는 사례를 본 적이 없었고, 사실 지금까지 살아오면서 이런 나의 신념은 크게 틀리지 않았습니다.

물론 우리 아이들에게는 이런 나의 신념을 밝힌 적은 단연코 한 번도 없었고, 수학이야말로 성장기에 있어서 논리적 사고를 키워주는 아주 중요하고도 필요한 학문이라는 것을 강조했습니다. 당연히 대학 가는데 절대 실패해서는 안 될 주요과목이기 때문이지요.

사실 이런 수학보다 산수는 인생에 있어서 매우 중요합니다. 그런데 요즘은 나이가 들다보니 구구단이 많이 헛갈리는 것이 문제이고, 또 가끔 걱정이 됩니다. 물론 수학도 일부 유용하게 사용한 적이 당연히 있습니다. 그 중 인수분해나 단순한 방정식은 업무분석을 하거나 컨설팅할 때 매우 유용하게 사용했습니다. 물론 인수분해나 방정식이 정식 수학공식은 아니고, 업무나 시스템 분석 설계시에 톱다운 접근 Top down approach 했을 때에 많이 사용한 것들입니다.

요즘 이와 비슷한 재미있는 인수분해와 방정식이 있어 소개합니다.

집 = ㅈ + ㅣ + ㅂ

빚 = ㅂ + ㅣ + ㅈ

집 − 빚 = (ㅈ+ㅣ+ㅂ) − (ㅂ+ㅣ+ㅈ) = ㅈ+ㅣ+ㅂ−ㅂ−ㅣ−ㅈ = 0

따라서 집 − 빚 = 0

집에서 빚을 빼면 남는 게 없는 현실입니다.

Life + Love = Happy

Life − Love = Sad

두 식을 더하면 2 Life = Happy + Sad

따라서 Life = (Happy + Sad) / 2 = 1/2 Happy + 1/2 Sad

결국 인생은 절반의 행복과 절반의 슬픔으로 구성된 것입니다.

삶은 수학공식처럼 한 가지 답만이 있는 것은 아니지요. 개개인의 삶과 인생이 각자의 답일 것입니다. 물론 개개인의 생각에 따라 그것이 정답이 될지, 오답이 될지는 각자의 몫이 아닐까요?

여러분만의 인수분해와 방정식을 사용하여 여러분만의 인생 공식을 만들어 가길 바랍니다.

6
커리어 하이

예전에 국사 시험에 자주 출제된 시험문제 중 하나는 삼국시대의 각각 전성기는 언제였는지였습니다. 신라는 진흥왕, 고구려는 광개토왕/장수왕, 백제는 근초고왕 시대가 각각의 전성기였습니다.

2013년에 미국 프로야구 추신수 선수는 신시내티에서 21홈런, 54타점, 타율 0.285, 출루율 0.423으로 커리어 하이를 찍고 무려 7년간 1억3천만 달러를 받고 텍사스로 이적했습니다. 이처럼 요즘 야구에서는 개인 통산 최고 기록을 의미하는 커리어 하이가 유행입니다.

이렇듯 국가나 기업이나 개인이나 태동기-전성기-쇠퇴기를 겪게 되는 것이 자연의 섭리입니다. 반만년의 역사를 가진 우리 민족은 고조선시대-삼국시대-통일신라시대-후삼국시대-고려시대-조선시대를 거쳐 지금의 대한민국에 이르렀는데, 아마도 지금의 대한민국이 한민족의 전성기, 즉 커리어 하이가 아닐까 생각됩니다.

경제적으로는 1950년대 6.25전쟁 직후 50달러였던 1인당 국민소득은 2만5천 달러로 500배 증가했고, 소니의 워크맨에 열광했던 전 세계 사람들은 이제 삼성 갤럭시를 사기 위해 새벽부터 줄을 서고, 뉴욕

한복판을 질주하는 현대차를 보는 것은 더 이상 낯선 일이 아닙니다.

문화적으로는 한류의 영향으로 한국 드라마가 일본, 중국, 동남아를 넘어 전 세계로 퍼져 나갔고, K-pop은 이미 세계 주류 음악 장르 중 하나가 되었습니다. 급기야 싸이의 〈강남 스타일〉은 유튜브에서 20억 뷰를 넘어섰습니다. 한국 드라마로 시작한 한류 1.0시대는 K-pop으로 한류 2.0시대를 넘어 이제는 태권도, 김치, 아리랑과 같은 전통문화를 알리는 한류 3.0시대를 맞이하고 있습니다.

스포츠에서 또한 우리 민족은 올림픽에서 거의 매번 톱 10에 드는 성적을 올리고, 3박으로 칭송되는 박찬호, 박세리, 박지성은 각각 메이저리그, LPGA, 프리미어리그를 지배했고, 동양인으로서는 불가능하다는 수영에서는 박태환이, 피겨스케이팅에서는 김연아가 세계를 석권했습니다. 2002년에는 월드컵 4강이라는 전무후무한 역사를 썼습니다. 명실공히 한민족의 전성기라 해도 되지 않겠습니까?

그러면 우리네 같은 평범한 소시민, 직장인의 커리어 하이는 언제일까요?

골프 칠 때 아주 좋은 샷이 나오면 "오잘공"이라고 칭찬해줍니다. '오늘 제일 잘 맞은 공'이라는 뜻이지요. 즉 오늘 골프 경기의 커리어 하이가 되겠죠. 그러면 아직 경기가 끝나지 않았다면 앞으로 남은 홀에서는 이것보다 잘 치는 샷이 없다는 얘기가 됩니다. 그래서 요즘은 "지잘공"이라고 합니다. '지금까지 제일 잘 맞은 공'이라는 뜻입니다. 지금까지 커리어 하이이고, 앞으로 더 높은 커리어 하이를 기대한다는 의미입니다.

그런데 커리어 하이를 찍고 바로 커리어 로우가 되면 "먹튀"의 오명을 씁니다. 박찬호 선수가 LA다저스에서 커리어 하이를 하고 텍사스로 이적하자마자 최악의 성적을 내 역대 메이저리그 최고 먹튀 중 하나로 손꼽히고 있습니다.

여러분은 가정에서, 회사에서, 여러분의 인생에서 지금 커리어 하이를 이루고 있습니까?

민족의 5천년 역사 중 커리어 하이를 하고 있는 대한민국에서 여러분 개인적으로도 커리어 하이를 이루길 바랍니다. 그것도 "인잘커: 인생에서 제일 잘 나간 커리어"가 아닌 "지잘커: 지금까지 제일 잘 나가는 커리어"를!

7
연봉

해마다 연초가 되면 13월의 보너스 또는 13월의 악몽으로 대변되는 연말정산을 하게 됩니다. 연말정산은 재벌이나 엄청난 고소득자는 큰 관심이 없겠지만 우리네 소시민에게는 큰 관심사가 아닐 수 없습니다.

연말정산을 하다 보면 자연히 지난해 자신의 소득이 집계되어 본인의 연봉이 계산됩니다. 그러면 자신의 연봉이 비슷한 동년배 그룹에서 높은지 낮은지 궁금해집니다. 한때는 1억원이라는 돈이 꿈의 억대 연봉이라고 해서 성공의 척도로 제시되었습니다.

내가 대졸 신입사원이었던 1986년에 월급이 36만원, 보너스가 500~550% 정도였으니 연봉 기준으로 대충 630만원 정도했던 것 같습니다. 당시는 다른 대기업에 입사한 대학 동창들과 누가 월급 몇 만원이 더 많은가에 자존심과 프라이드를 내세웠던 기억이 납니다. 1990년대 초반까지만 해도 억대 연봉은 그야말로 꿈의 연봉이었습니다. 우리나라 프로야구의 최초의 억대 연봉자는 국보급 투수 선동렬입니다. 그는 1993년에 국내 프로야구 선수 중에 최초로 연봉 1억원이 되었습니다. 물론 그 전 1985년에 장명부, 1986년에 김일융과 같은 투수가 1억원 이상의 연봉을 받았지만, 그들은 일본 프로야구 출신 재일동포라는 특수성이 감안된 연봉이었습니다. 하여튼 1990년대까지만 해도 억대 연봉은 최상위 고소득자였습니다.

2013년 기준 우리나라의 총 근로소득자는 1,636만 명입니다. 이 중 연봉 1억원 이상은 과연 상위 몇 %에 들 수 있을까요? 1990년대 초반이었다면 무조건 상위 0.01% 안에 들었을 것입니다. 그러나 현재 연봉 1억원은 더 이상 최상위 수준의 소득자가 아닙니다. 42만1,313명이 연봉 1억원 이상자이며, 이는 상위 2.88%에 해당됩니다. 물론 이 금액도 적은 금액이 아니지만 더 이상 상위 1%의 소득자가 아닙니다. 상위 1% 내에 들자면 2013년 기준 연봉 2억5천만원 이상이 되어야 하고, 상위 0.1%가 되려면 4억원 이상, 슈퍼 리치인 상위 0.01%가 되려면 연봉 10억원이 넘어야 합니다. 따라서 이제는 꿈의 연봉을 받으려면 최소한 10억원의 연봉 수령자가 되어야 할 것 같습니다.

여러분은 상위 몇 %의 연봉자입니까? 너무 낮다구요? 너무 낙담하지 마십시오. 2015년 인상된 급여 기준으로 대한민국에서 가장 높으신 대통령의 연봉은 2억504만원으로 상위 1.5%, 국무총리는 1억5,896만원, 부총리 및 감사원장은 1억2,026만원, 장관급은 1억1,689만원, 차관급은 1억1,352만원 정도로 상위 3% 수준입니다.

군인들의 연봉은 어떨까요? 4성 장군인 대장은 1억2,843만원, 중장은 1억2,174만원, 소장은 1억771만원, 준장은 9,807만원입니다. 준장의 경우 군대의 꽃인 별을 달아도 채 1억원이 안 되네요. 물론 공무원연금이나 군인연금은 우리들의 착한 국민연금과는 차원이 다르지만….

근로소득자의 세계를 벗어나 소위 연예 스타, 스포츠 스타가 즐비한 자유소득자의 세계는 다른 세상입니다. 4대 프로 스포츠에서 각각 최고 연봉자는 프로야구 김태균 선수 15억원, 프로축구 이동국 선수 11억1,400만원, 프로농구 문태종 선수 6억8천만원, 프로배구 한선수 선수 5억원입니다. 프로축구 평균 선수 연봉은 1억6,300만원, 프로야구는 1억638만원 입니다. 참으로 억 소리 나는 금액입니다.

하지만 이 정도는 약과입니다. 최근에 갓 스물이 된 프로골퍼 김효주 선수는 인센티브를 제외한 순연봉만 13억원입니다. 우승시 받는 상금과 인센티브를 합치면 연 30억원은 족히 될 것 같습니다. 이런 딸 하나 있으면 소원이 없겠습니다.

이런 스포츠 스타도 연예계 스타 앞에 서면 기가 죽습니다. '유느님'이라 칭송 받는 MC계의 정상 유재석의 경우 KBS-TV 〈해피 투게더〉 출연만으로 약 4억3천만원의 수입을 올립니다. 타 방송사의 〈무한도전〉, 〈런닝맨〉 등을 감안하면 방송사 출연료 수입만 15억원 정도이고, CF당 광고수입은 6억원 정도로 1년에 서너 개만 출연해도 24억원 정도, 기타 행사 출연 등을 감안하면 연간 40~50억원의 수입은 가볍게 올릴 것으로 예상됩니다.

〈별에서 온 그대〉로 대박을 친 전지현과 김수현은 한 술 더 떠서 각각 200억원, 300억원의 수입을 올린 것으로 알려졌습니다. 이들은 말 그대로 1인 기업 수준입니다.

이쯤 되니 대통령이나 장차관, 장성급에는 주눅이 들지 않았어도 김효주, 유재석, 전지현, 김수현 앞에서는 그야말로 초라해지지 않을 수 없습니다.

그러나 인생 돈이 전부는 아니지 않습니까? 오늘도 어깨 펴고 열심히 살아봅시다.

연봉 20%를 쉽게 올릴 수 있는 한 가지 방법은 있습니다. 그것은 매일 아침 출근할 때 부부 간에 키스하는 것입니다. 가정문화원 이사장을 지낸 두상달 박사의 저서 〈아침 키스가 연봉을 높인다〉에 의하면 매일 아침 남편이나 아내가 출근할 때 서로 가벼운 포옹이나 볼키스를 하는 사람의 평균 연봉이 그렇지 않은 사람보다 약 20% 높다고 합니다. 아직 하지 않는 사람이 있다면 여러분도 바로 시작해보시기 바랍니다.

그나저나 금년에 연말정산 세법이 바뀌어서 환급은커녕 얼마나 토해내야 할지 모르겠습니다.

8
행복한 삶

오늘 뉴스에 삼성전자에 관련된 두 가지 아이러니한 기사가 났습니다.

"삼성전자 1조원대 성과급 지급" vs "삼성전자 부사장 자살"

정말 상반된 기사가 아닐 수 없습니다.

어려운 국제 경제 상황 하에서 삼성전자는 최대의 실적을 거두었고, 이에 따른 성과급으로 대충 연봉의 50%나 되는 돈을 직원들에게 지급하기로 결정했습니다. 삼성전자 직원이 부러우면서도 한편으로는 같은 시대에 같은 봉급생활자로서 그들의 고생한 것에 대한 대가에 대해 축하를 보내고 싶습니다.

한편 그러한 삼성전자 내에서 부사장의 높은 직책에 있는 사람이 공교롭게도 투신자살을 했다고 합니다. 서울대와 스탠포드대를 졸업하고, 반도체 사업의 핵심 인력으로 2006년 삼성전자 최고의 엔지니어에게 수여하는 삼성 펠로우 멤버에 가입한 최고의 인재, 최고의 직장인이 무엇이 부족하고, 무엇이 괴로워 자살까지 했을까 하는 생각이 듭니다.

모르긴 해도 삼성전자 부사장에다 펠로우 멤버라면 경제적인 면, 명예 어느 하나 부족하지 않았으리라 봅니다. 하지만 그는 최근에 사업부 보직 변경에 따른 업무 부담을 호소했다 합니다. 그것이 자살의 원인이라면 그냥 사표내고 그 동안 번 돈으로 편히 살면 되지 않나 하는 단순한 생각을 하게 됩니다. 물론 당사자로서는 그렇게 하지 않으면 안 되는 무슨 사연이 있었겠지요. 다만 동시대를 살아가는, 가족을 부양하고 직장을 다니는 한 명의 동류자(나와는 수준의 차이가 매우 크지만)로서 안타깝기 그지없습니다.

여기서 우리는 우리가 생각하는 일반적인 가치기준이 절대적이 아니라는 것을 다시 한 번 되새겨볼 수 있습니다. 최고의 대학, 최고의 직장, 최고의 연봉, 최고의 명예… 꼭 이것들만이 행복의 절대조건이 아니라는 것입니다. 여러분도 현실이 불만족스럽다고 느낀다면 행복을 느낄 수 없습니다. 항상 나보다 돈을 더 버는 사람, 더 높은 직위의 사람, 더 많이 배운 사람은 존재하기 때문입니다.

예전에 TV에서 자주 봤던 휴대폰 광고의 카피가 문득 생각납니다.

"가끔은 잠시 꺼두셔도 좋을 것 같습니다."

당연히 우리는 더 많은 돈, 승진, 명예를 갖기 위해 노력해야 합니다. 그래야 발전이 있지요. 그러나 거기에 절대기준을 두지 맙시다. 가끔은 한 번씩 쉬었다 가고, 조금 늦게 가고, 조금 덜 갖고 그렇게 살아도 본인이 행복해질 수 있는 길은 많이 있기 때문입니다.

가끔 소주 한잔 하면서 내 애기를 들어주는 친구, 직장 동료가 있으면 이는 매우 큰 행복입니다. 퇴근 후 나를 반겨주는 가족은 매우 큰 선물입니다. 연말정산 후 돌려받는 몇 십만 원도 매우 큰 기쁨입니다.

그 돈으로 소년소녀 가장에게 기부하면 매우 큰 위안입니다.

우리 모두 우리의 즐거운 인생을 스스로 만들고 깨달을 수 있도록 합시다.

창 밖의 눈이 비로 바뀌는 순간입니다.

9화

몇 년 전 중부고속도로에서 5중 충돌 교통사고가 있었습니다. 앞차가 천천히 간다고 뒤차가 상향등을 계속 켜대자, 갓길에서 대기하면서 뒤차를 먼저 보낸 후 다시 따라가 추월해 고의로 급정거하여 시비붙으려는 순간, 뒤에 따라오던 차 3대가 연쇄 추돌한 사건이었습니다. 정작 시비가 붙은 운전자 두 사람은 큰 상처를 입지 않았으나 뒤에 따라오던 운전자들이 많이 다쳤고, 특히 5번째 트럭 운전자는 사망했습니다.

아주 사소한 시비가 불러일으킨 비극이었습니다. 특히 사망한 트럭 운전자는 아무 잘못도 없이 억울하게 목숨을 잃게 된 사건이었습니다. 이런 경우 사고를 유발한 고의 급정거한 운전자는 어떠한 처벌을 받게 될까요?

고속도로에서 고의 급정거하여 사고가 일어난 첫 번째 유형이라 판례가 없어 재판부의 판결에 매우 관심이 갔던 사건입니다. 일반적으로 고의로 사고를 내지 않는 경우 과실치사상의 처벌을 받게 되는데, 이번 사건의 경우 교통방해치사상, 폭력행위 등 처벌법상 집단 · 흉기 등 협박, 의무보험 미가입, 도로교통법 위반 등 4가지 혐의로 30대 피고에게 징역 3년6개월의 중형이 선고되었습니다.

2013년 5월 인천에서는 지난 3년간 층간 소음으로 다투어오던 70대 집주인이 세입자의 집에 불을 질러 세입자의 딸과 남자 친구가 사망한 데다 세입자에게 도끼를 휘둘러 상해를 입힌 혐의로 집주인은 징역 20년을 선고받았습니다. 이와 비슷하게 8월에는 층간 소음 문제로 윗집에 불을 지르고 탈출하려는 피해자들에게 흉기를 휘두른 40대에게 살인미수죄로 징역 7년이 구형되었습니다.

이 모두가 화火를 참지 못해 일어난 비극이고, 사람까지 죽이려 할 정도로 화를 나게 한 동기는 참으로 사소하여 어처구니가 없습니다. 30대의 젊은이나 40대의 중년이나 70대의 노인도 화를 참지 못해 일을 저질러 남은 인생의 수년에서 수십 년을 감옥에서 지내게 되었으니 순간의 화를 참지 못해 치러야 할 대가치고는 막대합니다.

예로부터 '참을 인忍자 세 번이면 살인도 면한다'고 했는데 정말 맞는 말입니다. 요즘 같이 복잡하고 각박한 현대사회에서는 원천적으로 모든 인간들은 화를 가슴에 품고 있고, 그것을 쉽게 밖으로 분출하는 것 같습니다. 그래서 묻지마 범죄가 갈수록 늘어나나 봅니다.

그러면 어떻게 이 화를 다스려야 하고, 참아야 할까요?

베트남의 틱낫한Thich Nhat Hanh 스님은 〈화〉라는 책에서 화가 풀리면 인생이 풀린다고 했습니다.

"화는 모든 불행의 근원이다. 화를 안고 사는 것은 독을 품고 사는 것과 마찬가지다. 화는 나와 타인과의 관계를 고통스럽게 하며, 인생의 많은 문을 닫히게 한다. 따라서 화를 다스릴 때 우리는 미움, 시기,

절망과 같은 감정에서 자유로워지며, 타인과의 사이에 얽혀 있는 모든 매듭을 풀고 진정한 행복을 얻을 수 있다"라고 했습니다.

어느 연구결과를 보면 화를 잘 내는 사람은 해고당하기 쉬우며, 스스로 직장을 그만두기 쉽고, 화를 심하게 내는 사람은 그렇지 않은 사람에 비해 흡연할 확률이 65퍼센트 높으며, 텍사스 대학교의 연구에 따르면 화를 적절하게 표현하지 못하는 여학생일수록 비만인 경향이 있고, 화를 지나치게 낼수록 뇌졸중 발병 확률이 약 2배 높다고 합니다. 행복해지려면, 건강해지려면 화를 내지 말아야겠습니다.

우리들 나름대로의 화를 다스리는 각각의 노하우를 만드는 지혜가 필요할 것 같습니다.

10
2인자

한때 "1등만 기억하는 더러운 세상"이라는 유행어를 히트시킨 TV 코미디 프로 '개그 콘서트'의 한 코너가 있었습니다. 사실 1등이 존재한다는 것은 2등, 3등도 존재한다는 것인데 1등만 스포트라이트를 받는 것은 불공평하지만 이는 엄연한 현실입니다.

2등은 나보다 잘한 사람은 딱 한 명이고, 수많은 사람은 나보다 못한 것인데 2등의 만족도는 오히려 3등보다 못하다는 연구결과가 있어 흥미롭습니다.

올림픽 시상식 때 대부분의 은메달리스트는 울먹이는데 동메달리스트는 매우 기뻐하는 모습을 보이고 있습니다. 이는 여러 가지 원인 분석이 있지만 은메달리스트는 금메달을 딸 수도 있었는데 못 땄기에 슬퍼하고, 동메달리스트는 노메달이 될 뻔했는데 동메달을 따서 기뻐한다는 설과, 은메달리스트는 마지막 경기를 진 데 비해 동메달리스트는 마지막 경기를 이겼기 때문이라는 분석이 있습니다. 나름 일리 있는 이야기 같습니다.

이렇듯 2인자는 '일인지하 만인지상一人之下 萬人之上'의 높은 위치임에도 불구하고 1인자의 그림자에 가려 불행한 인생을 보낸 사람이 많이 있습니다.

역사상 가장 위대한 천재 작곡가 모차르트와 동시대에 태어난 죄로 평생 2인자의 삶을 산 빈 궁정극장의 수석악장 안토니오 살리에르Antonio Salieri의 삶을 우리는 영화 〈아마데우스〉를 통해 보았습니다. 베토벤이 그를 위해 피아노와 바이올린을 위한 3곡의 소나타를 헌정할 정도로 재능 있었던 그가 1인자 모차르트에 대한 시기와 질투심으로 정신병원에 갇히는 비운의 주인공이 되었습니다.

최초로 달 착륙에 성공해 달 표면을 거닐고 있는 아폴로 11호의 우주인 사진의 주인공은 인류 역사상 첫 번째로 달에 발을 디딘 암스트롱이 아니라 두 번째로 달 표면에 발을 디딘 조종사 올드린입니다. 단 하나의 카메라가 선장인 암스트롱의 가슴에 부착되어 있었기 때문에 암스트롱이 아닌 올드린이 사진의 주인공입니다. 그러나 대부분 우리는 사진 속의 주인공이 인류 최초로 달에 발을 디딘 선장 암스트롱으로 알고 있으며, 착륙선 조종사 올드린과 사령선 조종사 콜린스의 이름조차 잘 기억하지 못합니다.

그리고 수많은 종목에서의 올림픽 은메달리스트들. 특히 여자 피겨에서는 쉽게 하지 못하는 트리플 악셀의 고난도 기술을 가지고 있으면서도 한국의 김연아 선수를 넘지 못해 1인자의 꿈을 접어야 했던 아사다 마오의 눈물을 보았습니다.

반면에 치열한 1인자의 위치를 고수하기보다는 스스로 2인자를 자처하며 No.1보다는 No.2를 지향하는 철저한 2등 전략으로 장수하는 사람이나 기업들도 많이 있습니다. 영원한 2인자 개그맨 박명수는 국민 MC 유재석의 옆에서 2인자를 표방하며 제8의 전성기를 맞으며 오랜 세월 동안 인기를 유지하고 있습니다.

김종필 전 자민련 총재는 박정희 전 대통령과 함께 5.16 군사 쿠데타의 주역이었으며, 권력의 핵심인 중앙정보부장을 역임했고, 그 후 30년 세월 속에서 국무총리 및 국무총리서리 3번을 하면서 영원한 2인자의 삶을 보냈습니다. 자의든 타의든 1인자를 탐냈더라면 그 오랜 세월 동안 정계에서 살아남지 못했을 것입니다.

지난해 인기리에 방영된 사극 〈정도전〉은 2인자 리더십의 정수를 보여주었습니다. 이성계를 도와 조선 개국의 1등 공신인 정도전은 무장이었던 이성계가 왕이 되기 위해서는 성리학자인 그의 사상과 덕이 반드시 필요했습니다. 두 사람의 관계는 1인자와 2인자의 상하관계라기보다는 때로는 2인자가 1인자를 이끄는 역 리더십의 모습이 보일 만큼 수평적이었습니다. 물론 이를 이해하고 오히려 조선의 설계를 부탁한 1인자 이성계의 포용심이 없었더라면 정도전의 2인자 리더십은 존재할 수 없었겠지만….

미국의 가장 유명한 대통령 중 하나로 꼽히는 루스벨트 대통령도 그의 오른팔이자 내각의 2인자인 루이 하우Louis M. Howe의 헌신이 없었다면 루스벨트는 미국의 역사에 없었을 것입니다. 한나라를 세운 유방도 전략가인 장량, 군사인 한신, 행정가인 소하라는 걸출한 2인자들이 없었다면 항우에게 승리하지 못했을 것입니다.

기업에 있어서도 1등 기업을 벤치마킹 하면서 패스트 팔로워fast-follower의 2등 전략을 구사하는 기업이 많이 있습니다. 그러면서 어느 순간에 1등을 따라 잡고 스스로 퍼스트 무버first-mover의 1등 기업이 되기도 합니다. 그러나 그 순간부터 뒤에 수많은 또 다른 패스트 팔로워가 따라붙기 시작합니다. 노키아를 따라 잡은 삼성이 애플과 어깨를 나란히 한 순간 중국의 샤오미가 어느새 등 뒤에 성큼 다가와 있습니다.

1인자가 되어 승자의 기쁨을 맛보면서 치열한 경쟁과 도전을 이겨낼 것인가, 2인자가 되어 1인자의 뒤를 적당히 좇으면서 다소 여유롭고 한가한 삶을 살 것인가는 전적으로 본인의 선택에 달려 있지 않을까요?

"뱀 머리가 될 것인가? 용 꼬리가 될 것인가?"

여러분은 어떤 선택을 하겠습니까? 중요한 사실은 영원한 1등도, 영원한 2등도 없다는 것입니다.

11
XX Ship

현대를 살아감에 있어서 우리는 많은 덕목을 가져야 합니다. 특히 가정에서든 학교에서든 군대에서든 사회에서든 특정한 조직생활을 영위할 때 몇 가지 덕목을 갖추게 되면 남보다 훨씬 유리한 위치에 설 수 있습니다. 우연히 영어의 접미사 '–ship'으로 끝나는 영어 단어 몇 가지를 기억해내니 이것들만 가져도 우리는 아주 훌륭한 사람이 될 것 같은 생각이 듭니다.

그 첫 번째는 리더십Leadership입니다.

많은 사람들이 리더십 이야기를 하고, 리더의 조건이나 리더와 매니저의 차이 등 리더십에 대한 많은 책들과 강연이 있습니다. 기업체의 리더십을 이야기할 때는 GE의 잭 웰치 회장이나 삼성의 이건희 회장, 애플의 스티브 잡스는 빠지지 않습니다. 국가의 리더십에는 링컨 대통령, 루스벨트 대통령, 영국의 대처 수상 등 많은 국가의 리더가 있습니다. 전쟁의 리더십에는 알렉산더 대왕, 이순신 장군, 맥아더 장군 등 역사상 수많은 영웅들도 있습니다. 스포츠에서는 한때 히딩크의 리더십이 각광을 받았었습니다.

리더가 되려면 어떻게 해야 할까요? 정답은 정해져 있지 않습니다. 아래의 리더와 매니저의 대비표를 보면 참고가 될 듯합니다.

주제	리더	매니저
본질	변화	안정
초점	사람을 리딩하는 것	일을 관리하는 것
갖기	follower	부하
기간	장기	단기
추구	비전	목표
접근방식	방향 설정	구체적 계획
의사결정	가능하게 한다	만든다
권력	개인적 카리스마	공식적 권한
호소	심장	머리
에너지	열정	통제
문화	형성	제정
동적	능동적	수동적
스타일	변신	업무
신념	판다	말한다
교환	일에 대한 흥미	일을 위한 보상
선호	노력	행동
원하기	성취감	결과
위험	taking	Minimize
갈등	사용	회피
규정	파괴	제정
방향	새로운 길	존재하는 길
진실	추구	수립

관심	What is right	Being right
신용	주기	받기
비난	받기	주기

두 번째는 팔로워십Followership입니다.

기러기는 리더를 중심으로 V자 형을 그리며 4만㎞나 되는 머나먼 여행길을 나섭니다. 맨 앞에서 날아가는 리더의 날갯짓은 기류에 양력을 만들어줘 뒤따르는 동료 기러기들이 혼자 날 때보다 약 70% 정도 쉽게 날 수 있게 도와줍니다. 이들은 먼 길을 날아가는 동안 끊임없이 울음소리를 냅니다. 그 울음소리는 앞에서 거센 바람을 헤치며 힘들게 날아가는 리더들에게 보내는 응원의 소리입니다.

그리스의 철학자 아리스토텔레스는 "남을 따르는 법을 알지 못하는 사람은 좋은 지도자가 될 수 없다"라고 했습니다. 좋은 팔로워follower(추종자)가 좋은 리더가 된다는 뜻입니다. 나쁜 리더는 과거에 나쁜 팔로워였다는 얘기도 됩니다. 기러기 떼를 이끄는 리더와 그를 따르는 팔로워의 역할이 조화를 이룰 때 좋은 리더십과 팔로워십을 만드는 것입니다. 즉 리더십의 또 다른 얼굴이 팔로워십입니다.

세 번째는 스포츠맨십Sportsmanship/젠틀맨십Gentlemanship입니다.

승리가 주 목적인 스포츠에서 공정하지 못한 방법으로 승리를 얻었다면 그 승리는 가치가 없는 것은 당연합니다. 스포츠맨이 지녀야 하는 바람직한 정신자세, 에티켓, 매너 등이 스포츠맨십의 기본덕목입니다. 이는 기사도/신사도 정신과도 일맥상통합니다.

1984년 LA올림픽 유도 결승에서 이집트 유도선수 라슈완의 스포츠맨십은 매우 감동적입니다. 경기 전 라슈완의 코치는 "부상당한 야마시타의 왼발을 집중적으로 공략하라"고 지시했습니다. 그러나 라슈완은 코치의 지시를 무시하고 단 한 차례도 야마시타의 하체를 건드리지 않고 시종일관 상체만 공략한 끝에 야마시타에게 누르기 한 판으로 패했습니다. 시상식 장면은 더욱 아름다웠습니다. 라슈완은 절뚝거리며 시상대에 오르지 못하는 야마시타를 시상대 맨 꼭대기로 부축해주며 진정한 스포츠맨십이 무엇인지를 세계에 보여줬습니다.

라슈완은 경기가 끝난 뒤 이렇게 말했습니다.

"야마시타의 왼발에 충격을 주기만 한다면 쉽게 이길 수 있다고 생각했습니다. 그러나 그렇게 하고 싶은 마음은 추호도 없었습니다. 똑같은 조건에서 싸워 이겨야 올림픽 금메달리스트의 진정한 자격이 있다고 믿었기 때문입니다"

금메달을 딴 일본의 유도영웅 야마시타보다 은메달을 딴 라슈완이 더욱 칭송받은 일화입니다.

네 번째는 쇼맨십showmanship입니다.

쇼맨십은 남에게 보여주기 위한 가식적인 행동으로 치부되기도 하지만 요즘과 같은 자기 PR 시대에는 필요한 하나의 덕목이라 생각됩니다. 특히 호감을 불러일으키는 준비된 쇼맨십은 관객이나 고객에게 상당히 중요합니다. 그들은 어설픈 아마추어에게서 감동을 느끼지 않습니다. 완벽한 기술은 물론이고 공연이나 프레젠테이션, 운동경기 중 발생하는 모든 상황에 대비하고 준비하며 그들을 몰입시킬 수 있는 쇼맨십이 필요합니다.

마지막으로, 비슷한 개념의 멤버십Membership/시티즌십Citizenship/파트너십Partnership/프렌드십Friendship입니다.

친구 간의 프렌드십이나 특정 단체의 멤버십, 기업 간의 파트너십 그리고 시민 간의 시티즌십은 어떤 공동체 의식을 가지고 그 규칙이나 신의를 지키는 것으로 이는 아주 중요한 덕목입니다.

우리가 일제 강점기 때 보여주었던 물산장려운동, 국채보상운동, IMF 때의 금모으기운동, 2002년 월드컵 때의 붉은악마 응원은 아주 좋은 시티즌십/멤버십이라 할 수 있습니다. 백이숙제伯夷叔齊의 우의나 관포지교管鮑之交의 우정은 수천 년이 지난 지금에도 감동적인 프렌드십/파트너십의 사례로 남아있습니다.

우리가 더욱 훌륭해지려면 그 밖에 또 어떤 XX ship이 있을까요?

12
CXO

X는 모든 문자를 대변하는 문자로 메타문자Meta character라고 합니다. 즉 CXO에서 X 대신에 E가 들어가면 CEO로서 대표이사를 지칭하지요. 기업의 임원 중에서 특정 부문의 head를 지칭하는 것으로 CXO를 사용합니다. 굳이 번역하자면 최고 XX책임자라고 할 수 있습니다.

우리나라에서는 언제부터 CXO가 사용되었는지 정확히 알 수는 없지만 내가 직장생활을 시작한 1980년대에는 사용되지 않았습니다. 그러다가 1990년대 들어서 기업의 기능이 갈수록 복잡해지면서 사장 혼자서 모든 의사결정을 할 수 없어 담당 임원제를 시작하면서 CXO라는 용어가 생기기 시작한 것으로 생각합니다. 특히 그 당시 IT는 워낙 전문적인 집단이라 사장은 CIOChief Information Officer(최고 정보책임자) 직제를 만들어 IT라는 블랙박스Black box를 CIO에게 일임하면서 효시가 되지 않았나 싶습니다. 그러나 요즘은 IT가 일반화 되면서 CIO는 최고 정보책임자보다는 최고 투자책임자Chief Investment Officer로 더 알려지고 있습니다. 따라서 C-레벨이라 하면 기업체의 어느 특정 분야의 최고책임자라고 인식하면 될 것 같습니다.

현재 일반적으로 통용되는 기업체의 C-레벨을 보면

CAOChief Administration Officer(최고 관리책임자), COOChief Operation Officer(최고 운영책임자), CTOOChief Technology & Operation Officer(최고 기술운영책임자) - 모두 거의 같은 의미로 사용됩니다. 우리 회사는 나와 같은 역할입니다.

CCOChief Customer Officer(최고 고객책임자)

CDOChief Distribution Officer(최고 영업책임자) - 모든 영업 채널을 망라하는 역할입니다.

CEOChief Executive Officer(대표이사)

CFOChief Finance Officer(최고 재무책임자)

CGOChief Green Officer(최고 환경책임자) - 최근 대두되는 C-레벨로서 환경이 중요시 되면서 생긴 역할입니다.

CHO, CHROChief Human resource Officer(최고 인사책임자)

CIOChief Information Officer, Chief Investment Officer(최고 정보책임자, 최고 투자책임자)

CISOChief Information Security Officer(최고 정보보안책임자)

CKOChief Knowledge Officer(최고 지식책임자)

CLOChief Logistics Officer(최고 물류책임자)

CMOChief Marketing Officer(최고 마케팅책임자)

CPOChief Procurement Officer(최고 구매책임자)

CROChief Risk Officer(최고 위험책임자)

CSOChief Strategy Officer(최고 전략책임자)

CTOChief Technology Officer(최고 기술책임자)

피라미드의 조직구조 속에서 수많은 직원이 C-레벨을 달기 위해 노력하고 있습니다. 물론 개개인의 비전에 따라서 꼭 CXO가 자신의 최종 목표가 아닐 수도 있습니다. 그리고 그것이 최상의 로드맵이라고 볼 수 없습니다.

그러나 직장생활을 오래하는 것이 목표인 사람은 C-레벨이 매력적인 타겟 중 하나인 것은 틀림없겠지요.

여러분은 어떤 CXO가 되고 싶습니까? 이 길에 뜻이 있는 사람은 5년 뒤, 10년 뒤에 모두 원하는 C-레벨을 갖길 바랍니다.

그런데 이 C-레벨보다, 심지어 CXO 중 최고인 CEO보다 더 막강한 S-레벨이 있다는 것을 아십니까? 그것은 SOO입니다.

SOO는 바로 오너의 아들Son Of Owner입니다. 결코 노력한다고 되는 자리가 아니지요. 이것이 안 되는 것은 부모를 탓할 수밖에 없습니다. 이재용이 부럽고, 정의선이 부럽고, 정용진이 부러운 것은 그들은 SOO이기 때문입니다.

13

신뢰와 존경 Trust & respect

요즘 많은 기업들이 자신의 경영이념을 실천하고 기업문화를 고취하기 위해 XX way를 표방하고 있습니다. 삼성 Way, LG way, 신한 Way….

사실 이런 Way의 원조는 HP Way입니다. HP는 휴렛Hewlett과 패커드Packard의 약자로 HP의 창업자인 빌 휴렛Bill Hewlett과 데이비드 패커드David Packard의 이니셜을 따 만든 회사입니다. 스탠포드 대학 동문인 휴렛과 팩커드는 1939년 캘리포니아 팔로알토의 한 창고에서 음향발진기를 만드는 회사를 창업하기로 하고, 회사 이름은 동전 던지기를 해서 이긴 사람의 이름을 앞에 놓기로 했는데 팩커드가 이겼지만 양보하여 팩커드 휴렛이 아닌 휴렛 팩커드로 결정해서 지금의 HP가 되었습니다.

HP는 지금의 실리콘 밸리에 안착한 기업의 시조로 꼽히고, 세계 벤처기업 1호로 불리고 있습니다. HP는 미국 기업이지만 그 경영 형태나 기업문화는 일반적인 미국 기업문화와는 많이 다릅니다. 인본주의를 바탕으로 하여 사람을 귀하게 여기고, 오픈 스페이스 정책으로 회장을 비롯한 모든 임원들이 개인 사무실이 없이 공용 공간을 사용하고 있습니다. 창고에서 회사가 태동되었다고 해서 '창고의 규칙Rules of Garage'이라는 회사의 원칙과 이념을 정해 아직까지 그 맥과 기업문화를 이어가려고 노력하고 있습니다.

이러한 회사의 여러 원칙과 문화를 이루기 위해 만든 지침이 HP Way입니다. 이 HP Way는 HP 직원에게는 거의 성경과 같은 수준으로 여겨지고, 이것을 어떤 주입식 교육 훈련에 의해서가 아닌 자연적으로 직원의 사고와 행동에 젖어들게 하는 것이 HP Way의 가장 큰 가치라고 할 수 있습니다. 그 중에서 제1 덕목이 '신뢰와 존경Trust & Respect'입니다. 직원 좌우 상하 계층 간 서로 믿고 존중하는 것이 가장 큰 가치였고, 이는 구호로만 외치는 것이 아니라 창업자로부터 면면히 내려온 전통과 가치로 실제 직원의 행동양식에 배어들어 있습니다. 이에 의거하여 모든 제도나 원칙, 복리후생도 구성되었습니다.

한때 많은 기업들이 HP way를 벤치마킹 하려고 노력했고, 그 결과로 지금의 XX Way가 등장했다고 봐도 큰 무리가 없을 것 같습니다. 세월이 흘러 사회환경의 변화로 인해, 또 다른 기업을 인수 합병하여 다른 기업문화가 합쳐짐에 따라 아직도 그 고유가치와 문화를 유지하고 있는지는 모르겠지만 그 당시의 HP Way, 신뢰와 존경Trust & Respect 이념은 나에게 아주 소중하고도 가치 있는 경험이었고, 지금도 아니 영원히 내 가슴 속에 남아 있을 것 같습니다.

14
TGIF

한때는 모든 직장인들이 토요일도 근무를 했었습니다. 하루의 절반만 근무했기 때문에 반공일半空日이라고도 했습니다. 하루에 반만 근무하고 다음날이 휴일이기 때문에 대부분의 한국 사람들이 가장 좋아하는 요일이 토요일이었습니다.

그러나 미국에서는 이미 토요일이 휴일이 된 지 오래 전이고, 금요일 근무만 끝나면 2일 연속 쉬기 때문에 금요일을 가장 좋아합니다. 그래서 TGIF라는 말이 아주 유명합니다. 이는 Thanks God! It's Friday!의 약자로 금요일이 돌아옴을 기뻐하는 의미입니다. 이를 인용한 TGI Fridays라는 유명한 패밀리 레스토랑도 있습니다.

그런데 요즘은 TGIF가 이 전통적인 의미보다는 다른 의미로 사용되고 있습니다. 인터넷. 모바일 혁명이 일어남에 따라 트위터Twitter, 구글Google, 아이폰IPhone, 페이스북Facebook을 지칭하는 용어가 되어 버렸습니다.

트위터는 작은 새가 지저귄다는 뜻의 Tweet에서 유래된 것으로 140자 이내의 트윗이란 한 편의 글 단위를 전송할 수 있습니다. 2006

년부터 서비스를 시작했고, 수많은 팔로워를 가질 수 있습니다. 수십만 명 이상의 팔로워를 가진 영향력 있는 트위터 사용자는 사회 연결망Social network이라는 가상사회, 가상공간에서 나이와 성별과 국경, 인종을 초월하여 새로운 형태의 어마어마한 권력을 가질 수 있게 되었습니다.

구글은 세계 최대의 검색 엔진 사이트로서 구글의 이름은 10^{100}을 뜻하는 구골을 잘못 표기한 것에서 유래되었습니다. 매우 큰 유한수를 의미하는 이 단어는 '엄청난 규모의 검색 엔진을 만들겠다'는 설립자들의 목표와 맞아떨어졌으나 구골이라는 도메인이 이미 선점되어 있어 구글로 바뀌었다고 합니다. 1998년에 설립되어 2006년에는 세계 최대 동영상 사이트 유튜브를 인수했고, 2011년에는 한때 세계 최대의 휴대전화 회사였던 모토롤라도 인수하여 문어발식 확장을 하고 있습니다. 구글의 사훈은 "Don't be evil: 악해지지 말자"입니다. 그들의 철학은 '악해지지 않고도 돈을 벌 수 있고, 정장을 입지 않고도 진지해질 수 있으며, 일은 도전적이어야 하고, 도전은 재미있어야 한다'입니다. 악해지지 않는지는 모르겠지만 돈을 정말 많이 버는 기업임에는 틀림없습니다.

페이스북은 또 다른 사회 연결망 서비스social network service로서 하버드 대학교 학생이었던 마크 저커버그Mark Zuckerberg가 2학년 때인 2003년에 페이스메시라는 이름으로 서비스를 시작했고, 2004년에 더 페이스북이라는 이름으로 본격적인 서비스를 시작해서 2014년 6월 기준 전 세계 13억2천만 명 이상의 활동 사용자가 이용 중인 세계 최대의 SNS가 되었습니다. 사실 이런 비즈니스 모델은 우리나라의 아이러브스쿨이 먼저였는데, 아이러브스쿨이 페이스북 같이 되지 못해 많이 아쉽습니다.

IPhone, IPad, IPot으로 상징되는 애플은 이젠 명실공히 세계 최대, 최고의 회사입니다. 이미 고인이 되었지만 애플 창업자 스티브 잡스는 조각난 사과 심볼과 더불어 혁신의 아이콘이 되었습니다. 그러나 스티브 잡스의 사망 이후 애플도 더 이상의 혁신을 보이지 못하고 삼성과 중국 모바일 업체의 거센 도전에 직면해 있습니다.

여기서 재미있는 것은 사람의 이름이 운명과 연관이 있다는 것입니다. 스티브 잡스는 이름에 Jobs가 있어서 죽도록 일만Jobs 하다 일찍 사망했고, 한때 IT 업계 최고봉이었던 MS의 빌 게이츠는 회사는 예전의 명성에 미치지 못하지만 창업자 빌 게이츠는 Bill(돈)이 들어오는 문Gates으로 아직도 세계 1위의 갑부자리를 지키고 있다는 것입니다.

이들 TGIF의 회사 가치는 어느 정도일까요? 매일 매일의 주식시황에 따라 각사의 시가총액이 시시각각 변하지만 애플이 약 500조원으로 가장 크고, 구글이 400조원 정도, 페이스북이 160조원, 트위터가 20조원 정도입니다. 대부분 회사의 연혁이 2000년을 전후해서 설립되어 이제 채 20년도 안 된 회사가, 그것도 큰 자본 없이 시작하여 아이디어와 혁신만으로 수십, 수백조원의 회사가 되었습니다.

마크 저커버그가 21살의 나이로 페이스북을 설립한 2003년에 나는 이미 글로벌 IT 회사의 임원이 되었는데, 12년이 지난 지금 160조원 회사의 수장이 된 그와의 차이가 아주 조금(?) 나네요. 그리고 그렇게 그가 부럽지만은 않습니다. 나는 나대로의 지나온 인생이 자랑스럽고, 그리고 앞으로 남은 인생 또한 즐겁고 행복할 거라고 믿기 때문입니다.

내일은 한글날입니다, 또 휴일이네요. TGIF가 아니라 TGIH입니다. Thank God! It's Hangeulnal. Thank God! It's Holiday.

이 또한 기쁘지 아니합니까?

15

IT는 중요하지 않다 IT doesn't matter

현대사회를 살아감에 있어 IT가 없다면 우리는 어떤 삶을 살아갈까요? 1960년대만 해도 IT라는 개념 자체도 없었고, 1970년대 초중반에 전자계산기가 등장할 때까지만 해도 주산으로 모든 계산을 했습니다. 1980년대에 들어서야 EDPSElectronic Data Processing System라는 용어가 등장하여 서서히 정보화사회로 전이가 시작되었습니다. 1990년대에 이르러서는 네트워크의 발달과 대용량 처리 컴퓨터 시스템의 비약적 발전으로 모든 업무가 전산화되고 정보의 양이 방대해지기 시작하여 점차 인간은 전산화의 굴레에 빠져 들어가게 되었습니다.

2000년대에는 Y2K(밀레니엄 버그: 컴퓨터가 2000년 이후 연도를 제대로 인식하지 못하는 결함) 대응으로 전 세계는 일대 파란을 맞게 되었고, 인터넷의 등장으로 인간 문명은 급기야 몇 달 후의 변화도 예측할 수 없을 정도로 변해갔고, 이제는 모바일 혁명으로 세상은 빛의 속도로 변해가고 있습니다. 이렇듯 정보기술IT은 유무선 네트워크와 정형, 비정형의 수많은 데이터와의 결합으로 문어발식 확장과 변화를 거듭하고 있습니다. 따라서 국가든 기업이든 개인이든 IT의 중요성은 이루

말할 수 없고, IT 없으면 아무것도 할 수 없다는 인식이 지배하기 시작했습니다.

이런 가운데 2003년에 니콜라스 카Nicholas Carr 교수가 〈하버드 비즈니스 리뷰HBR〉에 게재한 "IT doesn't matter(IT는 중요하지 않다)"라는 논문 때문에 당시에 엄청난 논란을 일으켰습니다. 그 이유는 IT가 한창 화두가 되고, 많은 기업이 이에 활발한 투자를 하는 가운데 IT가 중요하지 않다는 주장을 했기 때문입니다. 특히 Y2K 때문에 엄청난 돈을 번 IT 회사들이 — 한때는 Y2K가 IT 회사가 만든 희대의 사기극이라는 말도 있었지요 — 고객의 주머니에서 돈을 더 꺼내게 만들려는 시점에 이런 주장을 하니 더욱 반발했고, 니콜라스 카 교수의 견해에 정면으로 반박하게 되었습니다.

니콜라스 카 교수의 주장은, IT가 처음 등장하고 2000년에는 무려 2조 달러가 넘게 IT에 투자되었고 또한 IT가 단순한 도구에서 하나의 전략으로 나아가게 되었다는 것입니다. 그러나 그 이면에는 모든 곳에서 IT를 받아들이고 있고 IT는 어디서든 항상 존재하고 있다고 했습니다. 하지만 전략적 가치가 있는 것은 어디에서나 존재하는 것이 아닌 희소성이 있는 것이야말로 전략적인 것이기에 IT는 더 이상 전략적 가치가 없다는 것입니다. 철도 및 전기도 처음 도입되었을 때에는 특정 사람만 사용했기 때문에 전략적 우위가 보장되었으나 이들 기술은 시간이 지나면서 공용으로 사용되는 것이 산업발전에 더욱 좋은 것으로 간주되었고, 산업혁명을 이끌었던 철도나 전기가 기반기술로 바뀌면서 그 누구도 이를 비즈니스 전략으로 포함시키지 않듯이 IT도 역시 철도나 전기의 전철을 밟고 있다, 그래서 중요하지 않다고 주장했습니다.

이에 많은 IT 전문가 특히 IT 회사의 경영진은 — 실적에 연관되니 — 그의 주장에 더욱 반박하게 되었고, 심지어는 “Does IT matter(IT는 중요하다)”라는 논문을 발표해 맞불을 놓았습니다.

여기서 누구의 주장이 옳은가는 중요하지 않습니다. 10여 년이 지난 지금 여러분 스스로가 판단할 수 있을 것입니다. 다만 IT가 통신과 결합하고, 수많은 다른 산업과 결합하여 새로운 비즈니스 모델을 매일 만들어내는 지금의 사회적 현상을 카 교수나 당시의 IT 전문가도 정확히 예측할 수 없었을 것입니다.

여러분의 견해는 어떠하신가요? IT doesn’t matter? Does IT matter?

16
융합convergence

내가 국민학생(지금은 초등학생) 시절이었던 1960, 70년대 우리나라는 정말 못 사는 나라였습니다. 새로 학기가 시작될 때면 으레 선생님은 가정환경조사라는 명목으로 학생들 가정생활 수준을 파악하곤 했습니다. 그때마다 하는 질문은 "집에 무엇 무엇 있는 사람 손들어"였습니다. 제일 먼저 묻는 항목은 전화, 그 다음은 전축, 그 다음은 텔레비전, 냉장고 그리고 항상 마지막은 피아노였습니다.

한 반에 보통 60명씩 되는 콩나물시루 같은 교실에서 전화가 있는 사람은 5명 정도, 전축은 3명 정도, 텔레비전이나 냉장고 있는 사람은 1~2명, 마지막 피아노까지 있는 사람은 한 반에 아예 없거나 1명 정도 있었습니다.

모든 항목에 다 손을 든 아이는 동네유지의 자녀로서 모든 학생들에게 선망의 대상이 되었지요. 지금은 흔한 가전家電이지만 세탁기나 에어컨은 당시에는 아예 질문 항목에도 없었습니다. 그 당시 사용하던 수많은 전화, 계산기, 녹음기, 카메라, 전자사전, TV, 시계, 전자수첩, 전축, 게임기 등의 전자제품을 하나의 전자제품으로 묶어서 팔았다면 이는 인류 역사상 최고의 히트 상품이 되었을 것입니다.

그런데 여러분은 이 수많은 전자제품을 지금 손에 들고 다닙니다. 바로 스마트폰입니다. 이 스마트폰의 기능이 어디 위에서 얘기한 것 뿐이겠습니까? 화상통화도 되고, 인터넷 연결뿐 아니라 e-메일, 전자 금융 및 영화관람, 건강진단 등 이루 다 설명할 수 없을 정도의 많은 기능을 가지고 있습니다. 즉 여러분은 1960~70년대의 전 세계에서 가장 성능이 우수했던 컴퓨터보다 수백 배 더 성능이 좋은 컴퓨터 하나씩을 가지고 있는 셈입니다.

이렇듯 여러 가지 기능을 하나의 디바이스에 융합하는 것이 IT 융합convergence입니다. 이젠 ITInformation Technology(정보기술)뿐만 아니라 NTNano Technology(나노 기술), BTBio technology(생명공학기술)이 서로 융합되어 인간의 라이프 사이클을 현저히 변화시킵니다.

IT와 NT가 융합되어 초고속 양자 컴퓨터를 만들게 되고, IT와 BT가 융합되어 원격지원 의료 서비스를 가능하게 하고, NT와 BT가 융합되어 인공장기를 만들어 인류의 건강한 삶에 기여하고 있습니다.

IT/NT/BT가 모두 융합된 사례는 무엇이 있을까요? 인간의 몸속 구석구석을 돌아다니면서 암세포를 공격해 병을 치료하는 초소형 나노 로봇을 들 수 있습니다.

이젠 독립적인 산업 분야도 자체만의 한계로 인해 다양한 산업융합을 할 수 있습니다. 예를 들면, 전통적인 통신회사인 KT가 BC 카드를 인수해 통신과 금융을 접목해 새로운 수익 모델을 창출하고 있습니다.

세상이 갈수록 복잡해짐에 따라 기술도, 산업도, 인간도 복잡해지는 것 같습니다. 요즘은 아이돌들도 가수/연기자/예능/뮤지컬 등 다양한 분야를 모두 할 수 있는 탤런트 융합을 해야만 더 대중에 어필할 수 있고, 그 인기 수명이 오래갈 수 있습니다.

여러분도 이 시대가 요구하는 여러 가지의 요소를 융합해야만 합니다. 영어 능력, 커뮤니케이션 능력, 업무 능력, 대인관계, 유머, 상식, 리더십, 기안 능력, 프레젠테이션 능력, 음주 가무 능력(?) 등…

스마트폰과 같이 여러분의 머리에, 가슴에, 심장에 여러 가지의 기능을 다 담을 수 있는 저장 용량storage capacity을 만들어 상황에 따라 융합시켜 가면서 대응할 수 있다면 여러분은 iPhone이나 Galaxy와 같은 베스트 히트 인재가 될 것입니다.

제4부

나를 찾아 떠나는 여행

인간은 모두 행운을 바랍니다. 대표적인 것이 로또 복권에 당첨되는 것이겠지요. 그런데 세상에는 진짜 행운이 있는 사람이 있는 것 같습니다. 간단한 경품 추첨 같은 것에도 자주 당첨되는 사람이 또 당첨되는 일이 생각보다 많습니다. 그럼 행운을 가진 사람은 모두 행복할까요? 아이러니하게도 큰 행운을 맞은 사람은 대부분 불행해지는 통계가 있습니다. 미국의 거액 복권 당첨자들 가운데 90퍼센트 이상이 불행한 결말을 맞이했다는 조사결과가 있습니다. 여러분은 쉽게 가질 수 있는 행복을 눈앞에 두고 행운만을 찾아 헤매고 있지 않으신지요? 행복은 바로 여러분 주위에 있습니다.

1

동전의 가치

며칠 전 아들이 친구와 싸우다 팔을 다쳤습니다. 싸운 이유를 들어보니 아들이 점심 배식당번이었는데, 그 친구가 고기반찬을 많이 달라고 요구해서 아들이 전체 배식을 생각하여 거절했고, 이것이 발단이 되어 약간의 물리적 충돌이 있었나 봅니다. 어렸을 때 너무 숫기가 없어 이 험난한 세상을 어떻게 살아갈지 걱정이 되었었는데 친구와 싸울 줄도 알고, 어이가 없으면서도 한편으로는 대견한(?) 생각도 듭니다.

아들이 초등학교 5학년이었을 때 무심코 "우리 아들, 회장 한 번 해보지, 그래!"라고 말했습니다. 워낙 내성적인 성격이라 나는 당연히 "그런 거 안 해요!"라고 대답할 줄 알았으나 "내가 맘만 먹으면 회장 정도는 언제든지 할 수 있어요!"라고 대답을 하지 않겠습니까? 의외라고 생각했지만 그냥 아빠한테 호기를 부리는 거라 생각했습니다.

그리고 며칠 후 아내로부터 전화가 왔는데, 아들이 회장이 되었다고 선생님한테 연락이 왔다는 겁니다. 회장 선거에 출마한다는 얘기도, 회장에 당선되었다는 얘기도 전혀 없었는데 말입니다.

아들에게 물었더니 별로 대수롭지 않다는 듯이 "내가 회장 언제든 하고 싶으면 할 수 있다고 했잖아요!" 하더군요.

그래서 어떻게 당선이 되었냐고 물었습니다. 혹시 애들한테 맛있는 것 사주었냐고 물었더니, 요즘은 초등학생도 그런 방식으로는 회장이 될 수 없다면서 자신의 전략은 선거연설이었다는 것입니다.

그 연설의 요지를 들어보니 과연 아이들의 마음을 얻을 수 있겠다는 생각이 들었습니다. 그 내용인즉슨

"여러분, 50원짜리 동전과 10원짜리 동전 중 어느 것이 더 큽니까? 보시다시피 10원짜리 동전이 50원짜리 동전보다 더 큽니다. 그러나 그 가치는 어떠합니까? 당연히 50원짜리 동전의 가치는 10원짜리 동전의 가치보다 5배나 더 큽니다. 저는 키 번호 5번으로 우리 반에서 키 작은 순으로 5번째입니다. 제가 비록 키는 작으나, 50원짜리 동전이 10원짜리 동전보다 크기는 작으나 그 가치는 5배나 많듯이 저도 다른 사람보다 5배나 많은 가치를 여러분에게 드리도록 하겠습니다."

많은 박수와 함께 아들은 압도적인 표 차이로 회장에 당선되었다고 합니다.

어떻게 초등학교 5학년의 머리에서 그런 연설문이 나왔을까 하는 생각이 들어 네가 직접 만들었냐고 물었더니 사전 준비기간 중 인터넷에서 힌트를 얻어 작성했다고 합니다. 내 아들이지만 참으로 대단한 응용력을 가졌다고 생각되었고, 이 세상 거친 세파를 헤치고는 나갈 수 있겠구나 하는 생각이 들었습니다.

물론 그 뒤로 나도 이 연설문을, 아들에게 저작권료 한 푼 지불하지 않고 직장에서 고객 세미나의 기조연설 할 때마다 많이 활용했습니다.

"우리 회사는 IBM이나 HP만큼 큰 회사는 아니지만, 50원짜리 동전이 10원짜리 동전보다 크기는 작지만 5배의 더 큰 가치를 가지고 있듯이 여러분에게 다른 회사보다 5배나 더 많은 가치를 드리겠다고…"

세월이 흘러 아들이 금년에 고등학교 1학년이 되었습니다. "고등학교 때 회장을 하면 대학갈 때 유리하다던데 회장 선거 한 번 나가 볼래?" 하며 5년 전 생각이 나서 아들에게 넌지시 물었습니다. 아들은 예의 "내가 나가기만 하면 회장은 따논 당상"이라고 큰소리를 칩니다. 그러나 고등학교는 학업에 열중해야 하기 때문에 안 나가겠다고 합니다.

그러더니 며칠 후 아내가 아들이 회장에 당선되었다고 그럽니다. 5년 전과 마찬가지로 출마했다는 얘기도 없이 당선되었다는 결과만 나중에 통보하는 것입니다. 아마도 떨어지면 아무 얘기도 없이 슬그머니 넘어가려 했던 것 같습니다.

내가 "너 또 동전 얘기로 당선됐냐?" 하고 물으니, 한 번 사용한 것은 다시 안 쓴다고 하면서 이번 연설내용은 비밀이랍니다. 아마 아빠가 그 동안 자기 연설문을 많이 활용한 것을 아는 것은 아닌지 모르겠습니다. 하여간 아내는 지난 1학기 동안 회장 엄마라는 이유로 알게 모르게 학교일에 신경쓰느라 바쁜 시간을 보내야만 했습니다.

언제 세월이 이렇게 흘렀는지 앞으로 5년 후에는 아들이 또 어떤 상황을 맞이할는지 모르겠지만, 아들이 진짜 자신의 말대로 50원짜리 동전의 가치를 가진 사람이 되었으면 합니다.

아마 모든 부모들이 자식들에게 가지는 기대이겠지요.

2
생생하게 꿈꾸면 반드시 이루어진다(R=VD)

나는 화장실을 갈 때면 꼭 신문 같은 읽을거리를 가지고 들어갑니다. 변기에 오래 앉아 있으면 변비에 걸리기 쉬워서 책이나 신문을 가지고 가지 말라고 의사들은 권고하지만 나의 오래된 습관이고 또 그냥 멀뚱멀뚱 앉아 있는 것보다는 항상 다중 작업Multi-tasking의 효율을 따지는 나로서는(직업병이 아닐지) 동시에 두 가지 이상의 일을(?) 할 수 있기에 꼭 책이나 신문을 가지고 일을 보러 들어갑니다. 평일이면 아침에 신문이 배달되기에 신문이 주 읽을거리가 됩니다. 그러나 신문이 배달되지 않는 일요일에는 아이패드나 책을 가지고 가게 되죠.

몇 해 전 아마 우리 아들이 중학생 때일 거라 기억이 됩니다만 일요일에 화장실을 가려고 아들 방에 가서 간단히 읽을 만한 책이 없나 책장을 살펴보다가 손에 잡히는 책 하나를 꺼내들었습니다.

그리고 변기에 앉아 그 책의 첫 장을 읽기 시작했습니다. 아무런 생각 없이 책을 읽기 시작했는데, 어느 순간 그 책에 빠져 화장실에서 일어날 생각을 못했습니다. 심지어는 책의 내용이 내 머리를 강하게 내리쳐 큰 충격을 받았습니다. 그것은 그 동안 내가 인지하지 못하고 막연히 경험했던 일들을 이 책은 아주 논리정연하게 구체화했고, 내가 이루었던 결과들이 이 책에서 주장하는 이론 때문에 이루어진 것이 아닌가 하는 생각에 전율이 일 정도였습니다.

그렇게 정신없이 책에 빠져 있다가 더 이상 다리가 저려 앉아 있을 수가 없어 화장실에서 읽는 것을 포기하고 밖으로 나왔습니다. 아마도 이때가 나의 역사상 화장실에 가장 오래 앉아 있었던 기록인 것 같습니다.

화장실에서 나오자마자 아내에게 이 책 어디에서 구한 것이냐 물었더니, 아들의 학교에서 추천한 중학생 필독도서라고 해서 아들이 사온 것이라 합니다. 그 책의 제목은 〈꿈꾸는 다락방〉이었습니다.

이 책은 그리스의 선박왕 오나시스Aristotle Socrates Onassis의 이야기로 시작합니다. 오나시스의 젊은 시절은 아주 가난했습니다. 그는 20대 때에는 항구에서 생선을 나르는 일을 했습니다. 그렇게 힘들게 노동으로 번 돈으로 그는 매주 토요일에 정장을 차려 입고 아주 부자들만 가는 최고급 레스토랑에 갑니다. 그리고 저녁 한 끼를 먹는데 일주일 동안 번 돈을 다 써버립니다.

그런 그를 이상하게 보아왔던 한 부자손님이, 실례지만 이런 고급 레스토랑에 올 수 있는 사람이 아닌 것 같은데 어떻게 일주일에 한 번은 꼭 여기에 오는지 묻자 그는, 나는 언젠가 매일 이곳에 올 수 있는 부자가 될 것이고 그 때를 대비하여 부자들은 어떤 음식을 먹으며 어떻게 행동하는지 미리 알아보기 위해 매주 토요일 여기에 온다고 대답합니다.

그리고 그는 부자가 되는, 그것도 일반적인 부자가 아닌 세계에서 손꼽히는 아주 큰 부자가 되는 상상을 하기 시작합니다. 그러다 그 레스토랑의 손님 중 선박회사를 경영하는 사람이 그에게 관심을 갖게 되어 그의 운명이 바뀌고, 그는 그리스의 선박왕이 되었습니다.

이 책은 R=VD라는 성공 공식을 주장하고, 이를 증명하기 위해 많은 사례를 들고 있습니다. 여기에서 R은 '현실화Realization'이고, V는 '생생하게Vivid'이며, D는 '꿈꾸다Dream'입니다. 즉 '생생하게 꿈꾸면 반드시 이루어진다'라는 성공 공식입니다. 또한 꿈(상상)의 크기가 성공의 크기라는 주장입니다. 꿈은 크게 할수록, 상상은 더욱 간절하게 할수록 성공은 더욱 커지고 빨라진다는 논리입니다.

세계적인 영화감독 스티븐 스필버그Steven Spielberg는 12살 때부터 아카데미 시상식에서 수상하는 자신의 모습을 상상하기 시작했습니다. 그리고 영화감독이 되기로 마음먹었습니다. 그러나 그 후로 그는 9년 동안 영화판의 근처에도 가지 못했습니다. 그럼에도 그는 계속 꿈을 선명히 그렸고, 마치 영화감독처럼 차려 입고 스튜디오에 들어가 빈 사무실에서 2년 동안 생활했습니다. 그러다 어느 사람의 도움으로 단편영화 〈엠블린〉으로 데뷔하여 그 후 〈죠스〉 〈ET〉 〈인디아나 존스〉 시리즈, 〈쥬라기 공원〉등 잇단 흥행작을 만들어 명실공히 세계 최고의 흥행 감독으로 추앙 받다가 〈쉰들러 리스트〉〈라이언 일병 구하기〉 등의 작품으로 아카데미 작품상과 감독상을 거머쥐어 12살 때부터 그려왔던 꿈을 완성하게 됩니다. 이 책에 의하면 R=VD 공식을 적용한 결과입니다.

이 책의 저자인 이지성 작가도 오랜 무명시절을 겪으면서 스스로 베스트셀러 작가가 되는 상상을 계속 해왔고, 본인의 말에 의하면 그 결과로 〈여자라면 힐러리처럼〉으로 이름을 알린 뒤 〈꿈꾸는 다락방〉으로 베스트셀러 작가가 되었다고 합니다.

그는 R=VD를 입증하기 위해 오나시스, 스티븐 스필버그뿐만 아니라 에스티 로더Estee Lauder, 아인슈타인Albert Einstein , 징기스칸 등의 많은 사람들의 사례를 들고 있습니다. 한편으로는 전혀 과학적인 근거도 없고, 교육대학 2학년 때인 1993년부터 글을 쓰기 시작한 그가 어떻게 그보다 훨씬 이전 사람인 오나시스나 스티븐 스필버그의 성공과정을 R=VD라고 주장할 수 있는지 조금은 억지스러운 느낌을 가지지 않을 수 없습니다.

내가 이 책에 충격을 받고, 이 책을 남에게 권하는 것은 이 책에 등장하는 수많은 사람들의 성공사례에 대한 믿음 때문이 아닙니다. 오히려 그 사례들은 억지 춘향 격으로 R=VD의 증거로 독자에게 강요하는 것 같아 신뢰가 떨어지고 실망스러운 면이 더 많이 있습니다.

단지 내 스스로 놀라웠던 것은 다른 사람들의 예가 아닌 바로 내가 예전에 상상했던 것들이 바로 R=VD에 의해 실현되었기 때문입니다. 내가 막연히 이루고자 상상했던 것들이 세월이 흘러 돌이켜보니 이루어져 있었고, 어떤 것은 진짜 공상 수준이었는데도 실제로 이루어져 있는 것이 있습니다. 지나고 보니 이 책이 주장하는 대로 내가 간절히 원하던 것, 생생히 상상했던 것이 이루어진 것이 아닌가 싶습니다. 만일 이 책이 30년 전에 출판되어 내가 그 때 읽었더라면 나는 지금의 내가 아닌 다른 내가 되어 있을지도 모릅니다. 왜냐하면 좀 더 큰 꿈을 좀 더 간절하게 상상했을 테니 말입니다.

이 책을 읽은 후로 나는 후배들에게, 특히 이제 사회생활을 시작하는 초년생에게는 반드시 R=VD를 설파합니다. 그리고 그들이 나로 인해 생생하게 상상하고 구체적인 꿈을 그려서 5년 뒤에, 아니 10년, 30년 뒤에 그 꿈들을 이루었을 때 그저 나라는 사람이 R=VD를 이야기해주어서 그 꿈들을 이룰 수 있었다고, 그리고 그들의 미래가 바뀌었다고 기억만 해주어도 나는 행복할 것입니다.

이미 몇몇 사람들은 나에게서 R=VD를 듣고 이 〈꿈꾸는 다락방〉 책을 정독하고 실천한 결과 그들의 상상이 현실이 된 사례를 나에게 이야기해줍니다. 그리고 감사하다고…

나도 그 책을 읽은 후로 계속 새로운 R=VD를 설정합니다. 이번에는 막연히 상상하는 것이 아니라 책에서 가르쳐준 대로 좀 더 구체적으로 설정하고 타임라인까지 정합니다. 그리고 그것들이 이루어졌을 때를 상상합니다. 정말 이루고 싶은 것은 더욱 간절히 상상하죠. 그렇다고 아주 허황된 것들을 꿈으로 설정하지는 않습니다. 물론 모든 것이 다 실현되지는 않습니다. 그러나 상상 그 자체만으로도 아주 행복한 경험입니다. 정해진 시간 내에 이루어지지 않으면 또 새로운 일정으로 R=VD를 반복 설정합니다.

여러분들도 R=VD를 시작해보세요. 아이를 기다리는 사람이라면 아이가 태어나 재롱부리는 즐거운 상상을, 좋은 차를 가지고 싶은 사람은 롤스로이스를 몰고 카리브 해안가를 드라이브 하는 상상을, 승진을 하고 싶은 사람은 다국적 회사의 아주 높은 임원이 되어 홍콩 100층 높이의 임원실에서 커피 한 잔을 들고 빅토리아만灣을 내려다보는 상상을 해보세요.

나는 오래 전에 R=VD를 인지하지 못한 채 R=VD를 한 경험이 있고, 그리고 그리 멀지 않은 오래 전에(이 책을 읽은 후부터) R=VD를 의식하고 경험을 했고, 지금도 또 다른 꿈의 실현을 위해 R=VD를 합니다. 여러분도 여러분의 꿈을 설계하고, R=VD로 여러분의 그 꿈을 이루는 경험을 해보길 바랍니다.

그리고 여러분 주변의 다른 사람들에게도 그들의 꿈을 이루도록 R=VD를 알려주시기 바랍니다. 아주 신비로운 경험을 할 수도 있습니다. 여러분이 믿는 만큼, 여러분이 상상하는 만큼…. 왜냐하면 미래는 아무 것도 정해지지 않았기 때문입니다. 미래는 상상하는 사람의 것이기 때문입니다.

3
꿈은 이루어진다

2002년 한일 월드컵 때 붉은 악마의 카드섹션 중 압권은 "꿈은 이루어진다"였습니다. 수많은 도전 속에서도 16강 한 번 가보지 못한 대한민국 축구 국가대표 팀이 비록 안방에서 이룬 쾌거지만 4강까지 가는 기적을 이루어냈습니다. 말 그대로 '꿈은 이루어진다Dreams come true'였습니다.

나는 어릴 적부터 세칭 대통령이 되겠다든가, 장군이 되겠다든가 하는 거창한 꿈은 가져 보지 않았던 것 같습니다. 목장주인이 되고 싶었고, 소설가가 되고 싶었고, 좀 더 커서는 유능한 프로듀서나 감독이 되고 싶어 했던 것 같았고, 대학시절에는 교수가 되고 싶었던 것 같습니다. 그러다 대학 4학년 때 유학의 꿈을 접고 회사생활을 시작한 지 어언 만 29년! 나는 그 동안 무슨 꿈을 꾸었으며, 그 꿈을 이루었는지 반추하게 됩니다.

대학에서 컴퓨터 공학computer science을 전공하고 IT 업계에서 일한 지 29년이니 총 33년을 IT와 함께한 인생이 아닌가 싶습니다. 전직 보험사 IT 기획팀장을 박차고 나와 마흔 살이 넘은 나이에 새로운 분야인 IT 컨설팅을 하겠다고 했을 때 많은 사람들이 왜 안정적인 직장을 버리고 모험을 택하느냐고 했습니다.

그 뒤로 15년, 그 동안 IT 회사에서 서비스 사업본부의 총괄본부장으로 IT 사업을 진두지휘도 해봤고, 이젠 갑의 위치인 보험회사에서 최고 정보책임자CIO를 하고 있으니 IT의 두 가지 분야에서 나름 최정상의 위치를 모두 다 경험하지 않았나 싶습니다.

자화자찬이 될지 모르겠지만 나름대로 성공한 인생이 아니었을까 스스로 생각해봅니다. 2003년 임원 승진 후 벌써 12년째, 대한민국 1% 이내라는 억대 연봉 수령자가 된지 13년째, 젊은 나이에 수십 억 원의 연봉을 받는 박찬호, 박지성 같은 프로 스포츠 선수들, 아이비리그 급 대학을 졸업하고 세계적으로 유명한 기업에서 일찍 C-레벨의 직급으로 수억 원대의 연봉을 받는 사람들에 비하면 근처에도 가지 못하겠지만, 이 시대를 살아가는 평범한 직장인에 비하면 조금은 더 낫지 않을까 합니다.

여기까지 오기에 무엇이 원동력이었을까를 생각해보면 끝없이 되고 싶은 것에 대한, 가지고 싶은 것에 대한 꿈을 꾸었기 때문이 아니었나 싶습니다. 또 그것을 이루기 위해 부단히 노력하고, 준비하고, 도전했기 때문이 아니었나 생각합니다. 술 한 잔 먹으면 가끔 후배들이나 지인들에게, 이 자리 고스톱 쳐서 딴 자리가 아니라고 취중진담을 하곤 합니다. 어려운 적도 많았고, 좌절한 적도 많았고, 지금 생각해보면 어떻게 견뎠나 하는 생각도 듭니다.

이제 50대 중반! 나는 앞으로 또 무슨 꿈을 꾸고, 또 어떻게 그것을 이룰까 생각해봅니다. 몇 년 뒤인 60대에 나는 또 무엇이 되어 지금을 회상하게 될지 매우 궁금합니다. 나는 또다시 꿈을 꾸려고 합니다. 그 꿈을 이루기 위해 또 다른 준비와 계획과 도전을 하려고 합니다. 아마 많은 실패와 좌절과 쓴 맛을 보게 될 것입니다. 그러나 그러한 과정은 또 다른 보람과 행복을 나에게 줄 것입니다.

몇 년 뒤 나에게 스스로 축하하고 대견해할 수 있는 그 꿈을 위해 나아갈 것입니다. 그것이 또 하나의 '꿈은 이루어진다Dreams come true'가 될 것임을 믿기 때문입니다.

4
버킷 리스트

인터넷을 서핑하다가 우연히 '죽을 날 알아보기'라는 사이트가 있어서 방문했습니다. 과연 어떻게 나의 죽을 날을 이 사이트가 알려줄 건지 매우 궁금했습니다. 일반 사주 · 운세 사이트처럼 생년월일과 생시를 입력하라고 요구했고, 내가 그것을 입력하고 엔터키를 쳤더니 충격적인 화면이 나타났습니다. 그것은 4,900원을 결제하라는 화면이었습니다. 돈도 아깝고, 사실 나의 죽을 날을 안다는 것도 꺼림칙해서 더 이상 진행을 하지 않았습니다.

수명시계가 등장해 또 화제입니다. 시계를 볼 때마다 남은 수명시간을 알려주는 시계입니다. 이 시계는 과학적 근거에 의해 남은 수명을 알려주는 것은 아니고 단순히 이용자가 입력한 시간을 카운트다운할 뿐입니다.

모든 인간은 다 죽게 됩니다. 어떻게 남은 시간을 잘 보낼 것인가가 중요할 것입니다. 그래서 요즘 죽기 전에 꼭 해보고 싶은 일들을 적은 목록인 '버킷 리스트bucket list'가 유행입니다.

버킷 리스트는 '죽다'라는 뜻으로 쓰이는 속어인 '킥 더 버킷kick the

bucket'으로부터 만들어진 말입니다. 중세시대에는 교수형을 집행하거나 자살을 할 때 올가미를 목에 두른 뒤 뒤집어 놓은 양동이bucket에 올라가게 한 다음에 양동이를 걷어참으로써 목을 맸는데, 이로부터 '킥 더 버킷kick the bucket'이라는 말이 유래했다고 전해집니다. 내가 어렸을 때는 이 버킷을 일본식 발음으로 '빠께스'라고 불렀습니다. 연세가 좀 되신 분들은 익숙한 단어일 것입니다. 그러면 예전이었다면 '빠께스 리스트'가 되었겠네요.

2007년 미국에서 제작된 잭 니콜슨 · 모건 프리먼 주연의 영화 〈버킷 리스트〉가 상영된 후부터 이 '버킷 리스트'라는 말이 널리 사용되기 시작했습니다. 영화는 죽음을 앞둔 영화 속 두 주인공이 한 병실을 쓰게 되면서 자신들에게 남은 시간 동안 하고 싶은 일에 대한 리스트를 만들고, 병실을 뛰쳐나가 이를 하나씩 실행하는 이야기를 담고 있습니다. '우리가 인생에서 가장 많이 후회하는 것은 살면서 한 일들이 아니라 하지 않은 일들'이라는 영화 속 메시지처럼, 버킷 리스트는 후회하지 않는 삶을 살다 가려는 목적으로 작성하는 리스트라 할 수 있습니다.

여러분의 버킷 리스트는 무엇입니까?

나는 다음과 같습니다. 먼저, 내가 가보고 싶은 곳은 지리산 종주, 아프리카 세렝게티 초원, 히말라야 정상, 마추픽추, 이구아나 폭포, 울릉도/독도, 백담사/오세암, 서울 성곽 길 종주, 자전거 전국일주(Again 1984), 지중해 크루즈 여행 등입니다. 그리고 해보고 싶은 일은 실버 그룹사운드를 조직하여 콘서트 열기, 소설가 이외수처럼 머리 길러서 묶기, 시골 카페 열어 작은 콘서트 무대 만들기, 실버 디스크자키(Again 1981), 플루트 배우기, 나의 책 출판하기, 작은 농장 만들기, 소년소녀 가장을 위한 야학교육 봉사하기, 직장인/학생 대상 강연하기, 섬에서 혼자 살아보기, 템플 스테이, 행글라이더 타기, 개인 홈페이지 만들기, 동양화 배우기, 실버 몸짱되기 등입니다. 쉽다면 쉽고, 어렵다면 어려운 일이겠죠.

하여튼 각자의 버킷 리스트를 실천하려면 우선 건강해야 할 것입니다. 그리고 그 중에서 가장 되고 싶은 것은 스스로 후회하지 않은 인생을 산 사람, 베풀 줄 알았던 사람, 멋있던 사람으로 나의 생을 마감하고 싶습니다.

나의 수명시계는 얼마나 남았을까요?

5
지금

어느 유명한 교수가 학생들에게 "앞으로 여러분의 생이 3일밖에 남지 않았다면 무엇을 할 것인가?"라는 과제를 내주고 다음 수업시간에 발표하도록 했습니다.

세계여행하기, 사랑 고백하기, 효도하기, 종교 갖기, 에베레스트 등반하기, 번지 점프하기… 학생들은 각각 수많은 하고자 하는 것들을 발표했습니다.

수업시간 내내 학생들의 얘기를 듣던 교수는 칠판에 세 글자를 쓰고 조용히 강의실을 떠났습니다.

"지금 당장 하라!Do it now!"

6
외국 출장

지난 한 해 출입국자 수가 우리나라 전체 인구보다 많은 6,165만 명에 이르는 지금은 상상하기조차 어렵겠지만, 우리나라도 한때 국가가 국민에게 해외여행을 제한하던 시기가 있었습니다. 따라서 당시에는 외국 한 번 갔다 온 것이 큰 자랑거리가 되곤 했습니다. '내가 미국 뉴욕을 갔다 왔는데 말이지…' 하면서 시작되는 자기 자랑은 듣는 사람으로 하여금 부러움을 사기에 충분했습니다. 당연히 뒤따르는 것이 비행기를 타본 경험의 유무였습니다.

내가 비행기를 처음 타본 것은 신혼여행 때입니다. 그 때가 1988년이니 벌써 27년 전입니다. 당시 아주 부유층을 제외하고는 신혼여행도 외국으로 가는 경우는 드물었습니다. 주로 제주도, 경주 등이 신혼여행지로 가장 많이 선택되곤 했습니다. 지금의 젊은 세대는 이해가 가지 않을 수도 있는 일입니다. 그때는 외국을 가보지 못한 사람들의 외국에 대한 동경은 매우 강렬했습니다.

내가 처음 외국여행을 경험한 것은 1993년 일본이었습니다. 당시 일본 내 생명보험회사 중 3위의 규모를 가진 다이이치 생명이 아시아 생명보험회사들의 IT 매니저를 초청해 그들의 IT 시스템을 소개하는 세미나를 개최하여 3주간 일본을 방문하는 출장이었습니다. 첫 해외출장으로는 대박을 잡은 셈이지요. 두 번의 주말이 낀 3주의 일정은 그리 쉽게 가질 수 없는 기회였지요. TV나 신문에서만 접했던 도쿄라는 매우 큰 도시를 가본다는 생각에 그 당시 얼마나 설레었던지 지금도 감회가 새롭습니다. 당시 한국에서는 5개의 회사가 참가했는데 참석자 5명 모두 첫 해외출장이었습니다. 황궁, 디즈니랜드, 후지산, 하코네 공원 등 매일 일과후와 주말에 참 미친 듯이 돌아다녔지요.

그리고 3년 후인 1996년 미국 뉴욕의 본사를 출장 방문해 말로만 듣던 뉴욕의 마천루와 엠파이어스테이트 빌딩, 자유의 여신상 등 시차 적응이 안 된 상황에서 한 곳이라도 더 보고 가려고 졸린 눈을 비벼가며 돌아다니던 기억이 새롭습니다.

그렇게 세월이 흘러 일본, 미국을 비롯해 프랑스, 이탈리아, 호주, 독일, 스페인, 스위스, 영국, 네덜란드, 홍콩, 대만, 인도, 캄보디아, 중국, 인도네시아, 싱가포르, 태국, 베트남, 괌 등 20개국을 방문하고, 일본의 경우 10회, 전직 회사의 대륙별 지역 본부나 본사가 있던 홍콩, 싱가포르, 호주, 프랑스 등은 4~5차례 방문했으니 참으로 나는 행운아가 아닌가 싶습니다. 더군다나 3번의 가족여행을 제외하면 나머지는 모두 회사 출장이었으니 회사에서 대준 경비로 참으로 많은 나라를 경험하지 않았나 싶습니다.

물론 나보다 훨씬 더 많은 나라에 다녀온 사람도 많겠지만 이 정도면 20여 년 외국계 회사에 다니면서 꽤 많은 혜택을 받은 것 같습니다.

그러나 이제는 비행기 타는 것도 힘들고, 시차적응 하느라 잠 못 드는 것도 힘들고, 하루 종일 영어로 회의하는 것은 더 힘들고, 그룹 디너로 2~3시간의 양식을 먹으면서 만면에 미소를 지으면서 더 이상 할 말도 없는데 대화를 이어가는 것은 더더욱 힘듭니다.

그런데 이상한 것은 이 지겨운 출장이 5~6개월 지나면 '어디 갈 데 없나?' 하고 기다려집니다. 그리곤 비행기 타자마자 후회를 하게 되죠. 참으로 이상한 사람의 심리입니다.

이제 앞으로 얼마나 더 해외출장을 갈 수 있을지 모르지만 가능하면 가보지 않았던 나라에 갈 수 있는 기회가 많이 주어지길 기다리면 너무 과욕일까요? 기왕 욕심 부리는 김에 한 번도 가보지 못한 아프리카와 남미의 국가에 가볼 수 있는 기회가 생겼으면 좋겠습니다. 그렇지 않으면 은퇴 후 아내의 손을 잡고 나의 퇴직금으로 가야 할 테니까요. 이집트의 피라미드와 페루의 마추픽추가 머릿속에 그려집니다.

7
축복

자신이 정말 행복하다고 느끼는 사람이 과연 얼마나 될까요? 지구상 70억 명의 인구 중에 나는 몇 번째로 행복한 사람일까요?

만일 당신의 냉장고에 먹을 음식이 있고, 입을 옷이 있고, 잠을 잘 수 있는 지붕이 있다면 당신은 이 세상의 75%보다 더 부자입니다.

만일 당신의 은행과 지갑에 돈이 있고, 집 안 어디인가에 있는 접시에 여분의 잔돈이 있다면 당신은 전 세계의 상위 8% 내에 있는 부자입니다.

만일 당신이 아침에 아프지 않고 깨어났다면 당신은 이번 주에 죽어갈 수백만 명보다 훨씬 축복 받은 사람입니다.

만일 당신이 전쟁의 위험, 감옥에서의 외로움, 고문과 굶주림의 고통을 전혀 경험한 적이 없다면 당신은 이 세상의 5억 명보다 훨씬 나은 사람입니다.

만일 당신의 부모님이 살아 계시고 아직 결혼한 상태라면 아주 드문 경우이고, 남보다 아직 훨씬 더 행복한 것입니다.

만일 당신의 얼굴에 계속 미소를 띨 수 있다면 이것은 정말로 고마운 일입니다. 왜냐하면 이런 축복은 많은 사람이 누릴 수 있지만 모든 사람이 누릴 수 있는 것은 아니기 때문입니다.

만일 당신이 다른 사람의 손을 잡고, 그들을 포옹하고, 그들의 어깨를 두드릴 수 있으면 당신은 그들에게 위로를 줄 수 있기 때문에 축복 받은 사람입니다.

만일 당신이 이 글을 읽을 수 있다면 이 글을 전혀 읽을 기회가 없는 이 세상의 20억 명보다 훨씬 더 축복 받은 사람입니다.

우리가 느낄 수 있는 행복은 생각보다 매우 많이 있습니다. 우리가 얼마나 축복 받은 사람이라는 것을 우리는 스스로 느껴야 합니다.

8
행복

인간은 모두 행운을 바랍니다. 가장 대표적인 것이 로또 복권에 당첨되는 것이겠지요. 그런데 세상에는 진짜 행운이 있는 사람이 있는 것 같습니다. 간단한 경품 추첨 같은 것에도 이상하게 자주 당첨되는 사람이 또 당첨되는 일이 생각보다 많이 있습니다. 나 같은 경우에는 평생 그런 작은 행운도 없었던 것 같습니다.

그럼 행운을 가진 사람은 모두 행복할까요? 아이러니하게도 오히려 큰 행운을 맞은 사람은 대부분 불행해진다는 통계가 있습니다. 1993년 어느 재미 교포는 복권 당첨으로 200억원의 대박을 터뜨렸습니다. 그러나 8년 만에 파산선고를 받고 무일푼 신세가 되었습니다. 8년이면 오래 버틴 것입니다. 2002년, 미국 복권 사상 최고액인 3,000억원의 당첨금을 받은 남자는 5년 만에 거지가 됐습니다. 미국의 거액 복권 당첨자들 가운데 90퍼센트 이상이 불행한 결말을 맞이했다는 조사 결과가 있습니다.

몇 해 전, 술을 한잔하고 집에 가려고 대리기사를 부른 적이 있습니다. 그런데 이 기사의 풍모가 범상치 않았습니다. 소설가 이외수처럼 머리를 허리까지 길러서 묶었고, 수염도 덥수룩한 것이 마치 도인의 포스가 느껴졌습니다. 가는 도중 그 기사와 대화를 나누었는데 IMF 직후 장외 주식 거래를 통해 단시간 내에 50억원 이상의 수익을 거두어서 회사를 차렸답니다. 그런데 동업한 사람의 모략에 빠져 돈도 다 날리고, 오히려 사기죄로 교도소에까지 다녀왔답니다. 교도소에 있는 동안 아내와는 이혼을 했고, 아이들도 만나지 못하게 되었답니다. 출소 후에는 세상에 염증을 느껴 산에서 몇 년 혼자 살다가 최근에 내려와 대리기사를 하면서 삶을 영위하는데 하루 4~5만원 벌어 하루 쓰는 지금이 몇 해 전 수십억원의 재산을 가졌을 때보다 훨씬 행복하다고 하던 일이 생각납니다.

여러분도 다 아시다시피 네잎클로버의 꽃말은 "행운"입니다. 그래서 많은 사람들은 수많은 세잎클로버 사이에 숨어 있는 네잎클로버를 찾기 위해 넓은 풀숲을 헤매기도 하고, 어렵게 찾은 네잎클로버를 장식처럼 몸에 지니며 벌써 행운이 찾아온 듯이 기뻐하기도 합니다.

그러면 세잎클로버의 꽃말은 무엇일까요? 궁금하지 않나요? 세잎클로버의 꽃말은 바로 "행복"입니다. 여러분은 쉽게 가질 수 있는 행복을 눈앞에 두고 행운만을 찾아 헤매고 있지 않으신지요? 내게는 행운이 찾아오지 않는다고 우울해 하지는 않았는지요?

행복은 바로 여러분 주위에 있습니다. 세잎클로버처럼…

지난 주 휴가 때 속리산의 북쪽 화양계곡에 갔었습니다. 새벽에 동반자들이 다 자고 있을 때 혼자 계곡을 따라 오르다보니 구름이 머무는 절, 채운사라는 작은 절을 발견했습니다. 대웅전에 앉아 불상을 바라보며 감사하다는 말씀을 몇 번이고 드렸습니다. 내 주위에 많은 세 잎클로버를 주셔서…

9
인연

미국 뉴욕의 브루클린에서 5년 시한부 인생을 살고 있는 14세 흑인 소녀 도니카 스털링이 소원인 한국의 K-Pop 스타 샤이니와 슈퍼주니어를 만나러 다음 달 한국을 방문한다는 기사를 본 적이 있습니다.

그런데 이 소녀의 소원을 이룰 수 있게 해준 것은 간호사인 할머니가 보살펴준 환자였습니다. 그는 다름 아닌 캐나다에서 손꼽히는 갑부인 허버트 블랙 아메리칸 철강금속 사장입니다.

블랙 사장이 이 간호사를 만난 것은 지난 해 9월입니다. 블랙 사장은 평소 발 때문에 고생하다 미국 맨해튼에 있는 특수수술병원에서 수술을 받게 됐습니다. 마침 스털링의 할머니가 블랙 사장 간호를 맡았고, 블랙 사장은 입원 기간에 이 간호사의 정성에 감명 받아 사례를 하고 싶다고 했습니다.

간호사의 요구 사항은 "손녀가 불치병에 걸려 5년 시한부 인생을 살고 있다. 손녀의 소원을 좀 들어달라"는 것이었습니다. 그래서 블랙 사장은 간호사의 손녀 스털링을 만났고, 그는 스털링에게 "원하는 것은 무엇이든지 들어주겠다"고 했습니다.

스털링이 “그 동안 아파서 여행을 다니지 못했다”고 하자, 블랙 사장은 “그래, 그러면 내 전용 비행기를 타고 지구 어디든 같이 가주겠다”고 약속했습니다. 그러자 스털링은 대뜸 “한국에 가고 싶다. 살아 있을 때 한국에 가서 샤이니와 슈퍼주니어를 만나보는 게 꿈”이라고 말했습니다.

스털링은 블랙 사장을 잘 간호해준 할머니 덕분에 꿈을 이룰 수 있게 됐고, 스털링은 어머니 · 할머니와 함께 다음달 16일 한국을 방문합니다. 항공기 1등석을 타고 간호사 1명과 함께 이동할 예정입니다. 블랙 사장이 최고 배려를 해주고 있는 셈이지요.

블랙 사장이 스털링을 돕는 것은 자신의 딸이 생각났기 때문이기도 합니다. 아들 둘에 딸 하나를 키우다 아꼈던 딸이 20세 때 불치병으로 죽었습니다. 다 키운 딸이 세상을 떠나자 억만장자였던 그도 인생관이 바뀌었습니다. 돈으로도 해결되지 않는 게 많다는 것을 깨달았기 때문입니다.

블랙 사장은 딸이 죽은 이후 어린이 관련 자선사업에 팔을 걷어붙였습니다. 어린이 돕기 기금 마련 재단도 설립했습니다. 그러던 중 지난해 입원한 병원에서 스털링의 할머니를 만나 스털링의 꿈을 실현시켜 주기로 약속한 것입니다.

이렇듯 세상에는 매우 아름다운 인연이 적지 않은 것 같습니다. 그래서 세상은 살아볼 만한 것이 아닌가 싶습니다.

나는 딸 하나, 아들 하나를 두고 있습니다. 그런데 최근에 셋째를 보게 되었습니다. 하지만 늦둥이를 본 것은 아니고, 그렇다고 입양을 한 것도 아닙니다.

며칠 전 어느 택배회사에서 택배가 배달될 거라는 문자 메시지를 받았습니다. 택배가 올 데가 없는데 의아해 하면서 퇴근 후 택배상자를 열어보니 아주 소중한 것이 들어 있다는 메시지와 더불어 15살의 아주 해맑은 미소를 지닌 중3 소녀의 사진과 프로필이 들어 있었습니다.

몇 해 전, 무언가 뜻 깊은 일을 해보고자 국내 소년소녀가장 후원, 아프리카 난민 후원, 지구환경보전 후원을 — 직업은 속일 수 없는지 후원도 여러 가지 포트폴리오를 구성해서 — 시작했습니다. 성경에 왼손이 하는 일을 오른손도 모르게 하라 했듯이 아내도 모르게 작은 금액이나마 좋은 일에 쓸 수 있도록 나도 무언가를 한다는 생각에 은밀히 뿌듯함을 느꼈습니다.

그러던 중 작년 초인가 후원단체인 '사랑의 열매'의 비리 사태가 터졌습니다. 일반서민들이 어렵게 마련해서 후원한 돈을 단체 직원들이 횡령하고 심지어 룸살롱 회식비로 사용했다는 소식을 접하고 화가 나서 후원을 중단했습니다. 아마 몇 년 후원하다보니 솔직히 돈이 조금은 아까운 생각이 들었었는지도 — 사실 글로벌 금융위기 때라 개인적으로 금전적 손해가 막대하던 시절이라 — 모르겠습니다. 여하간 울고 싶은데 누가 뒤통수 때려 주는 격이라 사랑의 열매를 포함한 모든 단체의 후원을 거리낌 없이 중단했습니다.

그러나 그 동안 마음 한 편에 무언가 찜찜함을 버리지 못하고 있던 중 몇 달 전 소년소녀가장 후원을 다시 시작했습니다. 아마 나의 후원금이 그 아이에게 전달이 되는 모양입니다.

그렇게 나와 그 아이는 인연을 맺게 되었습니다. 물론 그 아이는 나의 존재를 모릅니다. 그 아이는 엄마는 없고, 사고로 움직이지 못하는 아빠와 연로한 할머니, 그리고 나이 어린 동생과 사는 소녀가장입니다. 그러나 그 아이의 밝은 미소 속에는 어떤 어두움도 없고, 어떤 힘든 표정도 없습니다. 나는 그 아이의 의사와는 상관없이 나의 셋째 막내로 삼았습니다. 그 아이는 경북 청도에 살고 있습니다. 아마 나와 그 아이는 만날 수는 없을 것입니다.

나는 블랙 사장과 같이 큰 부자가 아니라서 큰 도움을 줄 수는 없습니다. 또한 천성이 게으른지라 직접 몸으로 하는 노력 봉사도 힘들 것 같습니다. 단지 작은, 정말 작은 나의 정성이 그 아이에게 조금이나마 도움이 되어 그 아이가 건강하게 자라기를 소망합니다.

우연히도 그 아이가 한국 나이 15살이니 미국의 스털링과 동갑일 것입니다. 그 아이도 스털링과 같이 어떤 소원이 있다면 그것이 이루어지길 희망합니다. 또한 블랙 사장과 같은 사람을 만나길 바랍니다.

절에 갈 때마다 나는 가족의 건강과 소망을 기원하곤 합니다. 이제 그 리스트에 한 명 더 추가될 것 같습니다.

이번 주말에는 피천득 선생의 〈인연〉을 다시 한 번 읽어야겠습니다.

10
가족

30년 전 여대생 시절의 내 아내보다 더 아름다운 여인을 본 적이 없습니다.

22년 전 유치원 다니던 내 딸아이보다 더 예쁜 여자아이를 본 적이 없습니다.

18년 전 4살 때 바닷가 모래사장에서 놀던 내 아들보다 더 잘 생긴 남자아이를 본 적이 없습니다.

대학 3학년 시절 쪽진머리의 내 아내가 보고 싶습니다.

유치원 다니던 하얀 세라복(세일러복)을 입은 내 딸이 그립습니다.

바닷가에서 모래성을 쌓으며 나를 쳐다보던 내 아들의 눈망울이 눈에 선합니다.

그러나 그 시절의 그들을 볼 수가 없습니다.

어느덧 세월이 이렇게 흘러 아내는 직장인이 된 딸과 군에 간 아들을 둔 중년의 부인이 되었고, 딸아이는 자신을 낳았던 시절의 엄마 나이가 되었고, 아들은 아빠의 뺨에 더 이상 뽀뽀를 해주지 않습니다.

이렇게 세월이 또 흐르면 내 아이들은 22년 전의 내 딸아이만큼 예쁜 딸과 18년 전의 내 아들만큼 잘 생긴 아들을 갖게 되겠지요.

그러면 나는 22년 전의 내 딸과 18년 전의 아들을 다시 볼 수 있는 데자뷰를 경험할 수도 있겠지요.

그것이 인생 아니겠습니까?

11
베이비붐 세대

베이비붐이란 아기를 가지고 싶어 하는 어떤 시기의 공통된 사회적 경향으로 출생률이 급격하게 증가하는 것을 의미합니다. 대체로 전쟁이 끝난 후나 불경기가 끝난 후 경제적, 사회적으로 풍요롭고 안정된 상황에서 일어나는 경향이 있으며, 이에 따라 인구의 자연 증가율이 현저하게 높아집니다. 지금과 같이 출생률이 저조할 때와는 판이하게 다른 사회현상이라 할 수 있습니다.

미국에서는 제2차 세계대전 후인 1945~60년에 태어난 사람들이 베이비붐 세대이고, 일본에서는 1948년 전후에 태어난 사람들이 베이비붐 세대를 이루었는데 이들을 단카이團塊(덩어리) 세대라고도 합니다.

우리나라에서는 6.25전쟁이 끝나고 1955~63년(산아제한정책 도입) 사이에 태어난 사람들이 베이비붐 세대라고 할 수 있습니다. 즉 우리 나이로 현재 61세에서 53세로 70~80세대, 475세대, 386세대라고도 불려지고 있는, 바로 나 자신이 속한 세대입니다.

국민학교(초등학교) 시절 한 반에 70~80명이 콩나물시루 같은 교실에 모여 오전반, 오후반으로 나뉘어 열악한 환경에서 수업받았고, 중

고교 시절 치열한 입시 경쟁을 통해 생존법을 배웠으며, 1970~80년대 대학 시절 및 사회 초년병 시절 군사정권에 대항하여 민주화 투쟁에 나서 정치적 민주화와 경제적으로 고도성장을 이끌어낸 세대이지만 당시 그 격동의 소용돌이에 휩쓸려 변변한 제 목소리조차 낼 수 없었습니다. 살 만한 시절도 잠시일 뿐 1990년대 디지털 시대가 도래되어 대변혁의 조류에 뒤처진 상실감, IMF 상황 하에서의 위기감, 자신에게서는 아버지의 가부장적인 권위가 절대적이었지만 신세대라 일컬어지는 후배 세대와 자식들에게서는 스스로 눈치를 보아야 하는 낀 세대가 아니었나 싶습니다.

이들은 우리나라 전체 인구의 14.6%를 차지하는 712만 명의 거대 집단입니다. 지금까지 생산과 소비의 주도세력이었지만, 자식 교육과 내 집 마련에 올인 하느라 거의 태반이 변변한 노후대책이 없는 불쌍한(?) 세대입니다.

2001년 〈친구〉라는 영화가 상영되었을 때 거의 모든 베이비붐 세대들은 모두 다 한결 같이 '완전 내 얘기'라고 떠들었던 기억이 납니다. 이제 이들이 그 동안 몸담았던 직장을 떠나야 하는 상황이 되었습니다. 베이비붐 세대의 절반 정도가 은퇴를 시작한다면 한 해 30~40만 명의 숙련된 고급 인력이 향후 8~9년 동안 경제활동인구에서 빠져나간다는 것을 의미합니다.

한때 세계 경제를 좌지우지하던 일본이 잃어버린 10년 — 요즘은 잃어버린 20년 또는 40년이라고 하지만 — 의 힘든 경제 상황을 맞이하고 있습니다. 이는 1990년대에 일본의 베이비붐 세대인 단카이 세대의 은퇴가 결정적이라는 것이 20년이 지난 현재 정설이 되었습니다다. 이들이 대거 경제 일선에서 물러나면서 소비와 투자가 줄고, 내수 시장의 위축, 부동산시장의 붕괴 등 깊은 불황에 빠져들었고, 정부의 대대적인 경기 부양책에도 불구하고 벌써 20년째 침체에서 벗어나지 못하고 있고, 향후에도 쉽게 빠져나오지 못할 것이라는 예측입니다.

이제 우리나라에 일본과 같은 상황이 20년이 지난 지금 벌어지기 시작했습니다. 실제로 KT, 국민은행의 대규모 명예퇴직이 시작되었고, 각각 4~5천 명이 이미 퇴직을 했습니다. 이들 때문에 커피 전문점의 프랜차이즈 회사가 성업을 이룬다고 합니다.

어느덧 베이비붐 세대의 한가운데 있는 나도 이젠 이런 조류에 더 이상 방관자로 지낼 수만은 없는 시기가 도래한 것 같습니다. 물론 법정 정년까지 회사를 다닐 수 있다면 더 없이 좋은 일이겠지만 아무도 미래를 장담할 수 없는 일이고, 단지 내가 가진 많은 경험이 나이만으로 사장되는 일이 없도록 더욱 노력해야 하지 않을까 싶습니다.

12
룸메이트

시대가 변함에 따라 생활 형태도 다양하게 변하는 것 같습니다. 예전에는 동거를 한다고 하면 사랑하는 사람이나 친구와 하는 것이 당연한데, 요즘은 전세가가 폭등함에 따라 "하메" "홈메" "룸메"를 구해서 전혀 모르는 사람과 동거하는 것이 자연스럽게 받아들여지고 있습니다. 하메는 하우스메이트, 홈메는 홈메이트, 룸메는 룸메이트를 뜻합니다.

심지어 대학가 근처의 하숙집에는 주거비용을 절약하기 위해 이성 간 룸메도 가능하다고 하니 세상 참 많이 변한 것 같고, 한편으로는 모든 삶의 기준이 돈이 되는 것 같아 씁쓸하기도 합니다.

예로부터 우리나라는 '까마귀 노는 골에 백로야 가지 마라' 해서 친구나 주변 사람을 조심해서 사귀라는 선조의 가르침이 있었고, '근묵자흑近墨者黑'이라 해서 먹물을 가까이 하면 자신도 검어진다고 좋은 사람만 가까이 하라는 사자성어가 있습니다.

이런 선조들의 가르침의 영향인지 강남 8학군이 생겨 이 지역 전세가가 오르고, 다른 전 지역의 전세 금액까지 덩달아 오르게 해 그 돈을 감당하지 못해 오히려 까마귀, 백로 구분할 여유도 없이, 근묵자흑의 교훈을 따질 필요도 못 느낀 채 하메, 홈메, 룸메를 구해야 하는 각박한 현실을 맞이하게 되었습니다.

30년 전 복학을 하기 위해 하숙집을 구하려고 학교 후문 하숙촌을 뒤졌습니다. 집이 마음에 들면 하숙집 아줌마가 아닌 것 같고, 아줌마는 친절하신 것 같은데 집이 너무 낡았고 해서 쉽게 결정을 내리지 못했습니다.

서서히 지쳐갈 무렵, 이제 대충 아무 데나 정하자고 들어간 집에 아주머니는 뭐 그런 대로 친절하신 것 같고, 집도 그리 오래된 것 같지 않고 해서 결정을 하려고 방을 보았는데, 아직 개학 전이라 방이 비어 있을 줄 알았는데 누군가가 책상에 앉아 공부를 하고 있었습니다. 나의 인생에 있어서 중요한 전환점을 갖게 한 룸메이트 K군을 그곳에서 그렇게 처음 만났습니다.

그는 나와 동갑이었지만 학년은 나보다 1년 빨라 복학 4학년이었고, 자원공학을 전공하는 친구였습니다. 190센티 정도 되는 큰 키에 검은 뿔테안경을 쓴 그는 아주 순박한 미소를 갖고 있는 선하게 생긴 사람이었습니다. 키가 너무 커서 의자에 앉으면 책상에 무릎이 거의 닿고, 의자도 책상 앞 끝까지 끌어당겨 앉아 한 번 의자에 앉아 공부하기 시작하면 그 자세 그대로 밥 먹으라고 부를 때까지나 화장실에 가야 할 일이 있을 때까지 몇 시간이든 꼼짝하지 않고 공부하곤 했습니다. 나는 태어나서 그렇게 미련하게 열심히 공부하는 사람을 본 적이 없었습니다.

개학을 하고 같이 방을 쓰기 시작한 후 수없이 많은 나의 한잔 유혹을 거절하던 K군과 어렵사리 하숙방에서 신문지를 깔고 깡통마늘 안주와 두꺼비 소주를 한잔할 기회를 가졌을 때 처음으로 그의 이야기를 듣게 되었습니다. 그는 군대에 가기 전 지독히도 공부를 하지 않아 2학년까지 평균 학점이 2.0이 채 되지 않았다 합니다. 군에 다녀와서 3학년에 복학했을 때 졸업할 때까지 남은 4학기 동안 최소한 평균 4.0 이상을 맞아야 겨우 취직시 기준점인 3.0을 맞출 수 있답니다. 스스로 머리가 좋지 않다고 하는 K군은 정상적인 공부로는 평균 4.0 이상은 불가능한 수치라고 생각하여 특수 공부를 시작했습니다.

겨울 방학기간 중에 텅 빈 하숙집에 홀로 남아 하숙집 아줌마의 따가운 눈총을 무시하며 — 보통 방학 때 하숙집 아줌마들도 학생들의 뒤치닥거리에서 벗어나고 싶어 하죠 — 하루 4시간 수면에 식사와 화장실 가는 것만 빼고 온종일 공부에만 매달렸답니다. 이해가 가지 않으면 통째로 몇 장이든 그냥 외워버렸고, 담배 피는 시간도 아까워 담배도 끊어버린 정말 독종이었습니다.

그렇게 그는 복삼꽃(복학 3학년) 1년을 보냈고, 3학년 평점 4.0 이상을 달성한 후 마지막 복사꽃(복학 4학년) 준비하는 시점에서 새로 복삼꽃을 준비하려고 하숙집을 구하려는 나와 운명(?)의 조우를 한 것입니다.

하숙집 아줌마의 소개로 앞으로 같이 방을 쓸 학생이라고 그와의 잠깐 인사를 마치고 집에 돌아와 1달 뒤에 하숙집에 돌아갔을 때 그는 1달 전과 동일한 자세로 예의 책상에 앉아 공부를 하고 있었습니다.

아무리 생각해도 1년간 그와의 술자리는 딱 세 번 있었습니다. 조르고 졸라 가진 하숙방 오픈 술자리, 중간고사 이후, 그리고 그가 취업에 합격했을 때….

그와의 첫 술자리에서 그는 딱 1시간만 먹자며, 작년 12월 하숙방 공부를 시작할 때 책상 앞 창문을 열면 앞집 정원에 있는 목련의 잎새가 다 떨어져 있었는데 오늘 나 때문에 술 한 잔하면서 담배 한 대 피우려고 창문을 열었더니 하얀 목련이 만개해 있음을 처음으로 인지했답니다.

그리고 K군은 그렇게 1시간 동안 깡통마늘 안주와 두꺼비 소주 1병을 먹으면서 자기의 이야기를 마치고 곧바로 책상 앞으로 가 부동자세로 공부를 다시 시작했습니다.

보통 10시나 11시면 잠이 드는 나는 그가 몇 시에 자서 몇 시에 일어나는지 잘 모릅니다. 그는 항상 내가 먼저 자려고 할 때 불을 켜놔야 돼서 미안해 했습니다. 그리고 내가 아침에 일어났을 때도 그는 또한 의자에 앉아 있습니다. 서서히 나도 그에게 미안해지면서 자는 시간이 늦춰지게 되었습니다. 11시에서 12시로, 그리고 1시로… 그러나 그보다 늦게 잔 적은 없는 것 같습니다.

그렇게 복삼꽃 1학기가 끝났고, 여름방학에 내가 고향으로 돌아갈 때도 그는 역시 계속 하숙집에 머물렀습니다. 그는 역시 복사꽃 1학기도 4.0을 넘겼고, 이제 마지막 한 학기를 위해 아무도 없는 하숙집에서 계속 혼자만의 사투를 벌이려 하고 있었습니다. 그 덕분에 나도 평생 그렇게 많은 공부를 해본 적이 없었습니다. 고향집에서 3.9란 어마어마한 학점의 성적표를 받았고, 장학금이 보너스로 딸려왔습니다 — 요즘은 학점 3.9가 별 것 아닌 것 같지만 당시는 3.0만 넘겨도 굉장했던 시절입니다 — 여름방학 내내 나는 K군을 생각하면 놀기만 할 수는 없었습니다. 나는 하루 놀면 하루는 공부를 했습니다. 그와 만나지 않았더라면 이는 있을 수 없는 일입니다. 그것도 방학에 말이죠. 그 때 외웠던 〈Vocabulary 33000〉은 이후 내 영어의 자양분이 되었고, 그 때 9번이나 책걸이 했던 〈Academy TOEIC〉은 내 미래의 기초가 되었던 것 같습니다. 참으로 뿌듯했고 찬란했던 여름방학이었습니다.

방학을 마치고 하숙집으로 돌아왔을 때 그는 역시 책상 앞에 앉아 있었습니다. 책상 앞에 앉아서 공부하는 모습을 빼면 그의 다른 모습은 상상이 되질 않습니다. 그렇게 우리는 똑 같은 생활로 2학기를 마쳤고, 다시 겨울방학을 맞을 무렵 그는 국내 모 그룹에 합격했다며 방으로 뛰어 들어와 처음으로 먼저 나에게 술 한 잔 하자고 했습니다.

지난 2년이 참으로 힘겨웠었던지 아니면 기나긴 여정을 끝내고 목적지에 도달한 편안함이었는지 그는 취기에, 정말 나는 머리가 좋지 않아 그렇게 공부하지 않았으면 여기까지 올 수 없었다며 처음으로 술주정을 했습니다. 그러면서 그는 그의 좌우명을 내게 말했습니다.

"독수리가 바위 위에 앉아 비를 맞고 있지만, 먹이를 향해 날개를 퍼덕일 때는 절대 놓치지 않는다."

그의 말인지 아니면 다른 성현의 말인지는 모릅니다, 그러나 그 날 이후 이 문구는 나의 여러 좌우명 중 하나가 되었습니다. 그는 비를 맞고 앉아 있었던 군대에 가기 전의 2년을 복구하기 위해, 먹이를 향해 비상하기 위한 2년을 잘 준비하여 먹이를 한 번에 낚아챈 정말 멋진 친구였습니다.

그렇게 겨울방학이 되면서 우리는 헤어졌습니다. 그리고 나는 4학년이 되어 그가 없는 하숙방에서 다른 룸메이트를 만나 복사꽃을 보냈습니다. 나는 K군과 같은 임팩트를 내 룸메이트에게 줄 수는 없었습니다. 다만 그가 없었지만 그와 닮으려고 안간힘을 쓴 복사꽃 1년은 그가 나에게 준 또 하나의 선물이었습니다.

그 후 30년이 지난 지금 나는 K군의 소식을 알지 못합니다. 그렇지만 그는 어디서든 최선을 다해 열심히 살고 있다는 것을 확신합니다. 그와의 1년은 나에게 참으로 많은 것을 주었고, 내 인생의 전환점을 갖게 된 한 해였습니다. 미래에 대한 고민과 진로에 대한 갈등에 방황했던 나의 20대에 쓸쓸하면서도 아름답고 화려했던 추억을 가지게 한 날들이었습니다.

목련꽃을 보면 가끔 K군이 생각납니다.

13
사랑 에피소드1

복학 후 사람들을 잘 몰랐던 시절 내가 아는 매우 특이한 한 후배가 있었습니다. 항상 허름한 점퍼와 색 바랜 면바지를 입고 강의실에 있는 듯 없는 듯 매우 조용한 후배였습니다. 180센티 정도 큰 키에 항상 검은색 뿔테안경을 착용하고, 특별히 튀지도 않고 공부도 썩 잘하지도 못한 것 같은 일견 색깔 없는 무채색 같은 후배였지요. 평소에는 별로 말도 없다가 뜬금없이 별로 친하게 지내지도 않았는데 "형, 술 한잔 사주세요" 툭 던지고 "시간 안 되시면 나중에 사주셔도 되요" 하곤 조용히 사라지곤 했습니다. 어떻게 보면 엉뚱하여 돈키호테 같기도 하고, 또 어떻게 보면 과묵하여 심오한 철학자가 같기도 한 여하튼 인물 연구 대상 류의 후배였습니다.

어느 날 강의실에 우리 과 학생이 아닌 예쁜 여학생이 — 당시 우리 과는 여학생이 몇 안 되었지요 — 매우 쑥스러운 표정으로 사람을 찾으러 왔다면서, 이름은 모르고 인상착의에 대해서만 얘기하면서 꼭 좀 알아봐달라고 부탁했습니다. 여학생이 희귀한 공대 강의실에 나타나 사람을 찾으니 강의실은 온통 난리가 났습니다.

하는 얘기를 들어보니 대충 위에서 얘기한 후배 같았습니다. 하지만 그날따라 그 후배는 학교에 오지 않았고, 그 여학생은 매우 아쉬워한 채 돌아갔습니다. 모두들 둘 사이의 관계가 무엇이냐에 대해 설왕설래 그렇게 그날 오후는 눈 깜짝할 새 지나갔습니다.

다음날 그 후배가 학교에 나타나자 모두들 둘러싸고 그 여학생의 정체에 대해 꼬치꼬치 캐묻기 시작했습니다. 그러나 그 후배는 조용히 웃기만 할 뿐 아무 말이 없었습니다. 그렇게 하나의 해프닝으로 끝나고 아무 일 없던 것처럼 시간은 지나갔습니다.

그렇게 시간이 흘렀는데 학교 내에 어떤 소문이 돌기 시작했습니다. 한 여학생이 도서관에서 나오다 계단에서 굴러 넘어진 사건이 있었습니다. 여학생만이 있는 과 학생이라 친구들도 어쩔 줄 모르고 발만 동동 구르고 있었는데 어디선가 키 큰 남학생이 나타나 아무 말도 없이 그 여학생을 번쩍 안아 잔디밭 옆 벤치에 눕혀 놓고는 “제가 돌아올 때까지 꼼짝 말고 누워 계세요” 한마디 던지고는 사라졌습니다. 이 여학생은 마치 그의 말을 듣지 않으면 안 되듯이 정말 꼼짝 말고 기다렸고, 얼마 후 그가 돌아왔습니다. 손에는 붕대와 소독약이 들려 있었습니다. 그 남학생은 말없이 그리고 허락을 구하지도 않고 깨진 무르팍을 소독약으로 씻어내고 붕대를 정성스레 감고서는 “몸조리 잘 하십쇼” 한마디 하고는 사라졌습니다.

그 여학생은 고맙다는 말 한 마디 하지 못한 게 아쉽고 미안해 친구들과 그 다음날부터 그 남학생을 찾기 시작했습니다. 그러나 만 명이 넘은 재학생 중 그를 찾는 것은 쉽지 않았습니다.

그때까지만 해도 그 남학생이 위에서 얘기한 후배인지 몰랐고, 소문은 또 조용히 묻혀지고 사람들의 기억 속에서 멀어져 갔습니다. 그렇게 1년이 지난 후 그 여학생은 결국 그 후배를 찾았고 둘이 캠퍼스 커플이 되었다는 소문이 돌았습니다.

20년의 세월이 지나 전 직장에 있을 때 한 IT 신문사 주관 IT VIP 초청 골프대회에 참가한 적이 있습니다. 락카룸에서 옷을 갈아입고 있는데 "형, 이게 얼마만이야?" 하면서 누가 아는 척을 했습니다. 그는 바로 그 후배였습니다.

일상적인 인사치레를 하고 나는 조심스럽게 물었습니다.

"그때 그 여학생 하고는 어떻게…?"

그는 예의 말없이 웃으면서 말했습니다.

"지금 내 마누라 됐어요."

세상에 정말 인연이 있기는 있는 모양입니다. 그는 지금 자본금 30억원에 직원 300명을 거느리는 시가총액 600억원의 IT 보안 코스닥 상장회사의 오너 겸 CEO가 되어 있습니다.

14
사랑 에피소드2

군에서 제대 후 일정이 맞지 않아 거의 1년을 쉰 다음 복학을 위해 하숙집을 구하려고 여기저기 찾아다녔습니다. 하숙집 아줌마는 친절하고 음식 잘 하고 인심 좋고, 집은 좋아야 하고 학교와 가까워야 하고 가격은 싸야 하고, 기왕이면 여학생이 있는 하숙집이라면 금상첨화라 생각하고 온종일 찾아다녔지만 위의 조건 모두를 만족하는 집은 고사하고 한두 가지를 만족시키는 집도 그리 없었습니다. 할 수 없이 그저 그런 집을 골라 계약하고, 1주일 후에 오겠다고 말하고 고향으로 내려갔습니다. 아마 흐릿한 기억이지만 1985년 당시 하숙비는 7~8만 원 정도 했던 것 같습니다.

1주일 후 설레는 마음으로 하숙집에 입성하여 짐을 풀었습니다. 그 하숙집에는 1층에 방 2개, 지하에 방 2개로 총 4개의 하숙방이 있었습니다. 1층의 큰방은 이미 몇 년째 하숙하고 있는 ROTC 2년차 형제가 장기집권을 하고 있어 같은 돈을 내고도 1층의 작은방을 사용하게 되었습니다. 하지만 같은 돈을 내고도 지하 방에 기거하는 학생보다는 훨씬 운이 좋은 케이스였습니다. 아마도 그 지하 방의 주인은 나보다 더 늦게 이 하숙집을 찾아왔나 봅니다. 바로 이 지하 방 주인이 이야기의 주인공입니다.

포항이 고향인 그는 전형적인 경상도 사나이입니다. 근육질의 날씬한 몸매에 까무잡잡한 피부를 가지고 있고, 한겨울에도 반팔 티셔츠에 오리털 파카 하나만 입고 다니는 친구였습니다. 영화 〈스콜피온 킹〉과 〈미이라 2〉에 나온 드웨인 존슨이라는 배우와 거의 비슷하게 생겼다고 보면 됩니다.

그는 신입생이었는데 여타 신입생과는 조금 다른 학생이었습니다. 서울대를 가려고 3수를 했지만 실패하고 4수째 우리 학교 토목과에 입학한 학생입니다. 즉 남보다 3년 늦게 대학에 들어온 아주 드문 경우의 학생이었습니다. 세칭 신입생치고는 아주 노숙한 친구였지요.

전공도 외모와 딱 어울리는 노가다 토목공학이었습니다. 일견 외모상으로는 공부와는 그리 친해 보이지 않았는데 1학기를 마치고 방학 후 2학기에 다시 만났을 때 " 행님! 아우 억울합니다. 1과목 A를 놓쳐 전 과목 A를 놓쳤습니다. 그래도 전액 장학금 받았응께로 오늘 떡볶이에 쏘주 한잔 사겠습니더." 하는 그가 다시 보였습니다. 반액 장학금 받은 나는 머쓱해 자랑도 못하고 조용히 입을 다물 수밖에 없었지요.

그리고 2학기 말 시험 준비에 한창일 때, 학교 도서관의 불빛은 자정이 넘어서도 환하게 밝혀져 있었습니다. 저녁 무렵부터 내린 눈은 ㄷ자 형태의 도서관 앞 아고라 광장을 제법 덮어 버렸습니다. 그런데 새벽 1시 무렵, 한 학생이 광장의 눈을 아무런 도구도 없이 한 쪽 발은 고정하고 다른 쪽 발을 질질 끌어 눈을 치우기 시작했습니다. 모두들 시험공부에 여념이 없던 터라 아무도 그런 그의 행동에 관심을 갖는 사람이 없었습니다.

그런데 가만히 보니 이 학생은 눈을 치우는 것이 아니라 무언가 조각을 하는 것이었습니다. 시간이 흐름에 따라 서서히 그 윤곽이 그 큰 광장 위에 드러나기 시작했습니다. ㄷ자 형태의 6층 도서관에서 공부하던 학생들이 하나둘 그의 특이한 행동에 관심을 갖게 되고, 각 층마다 난간에 사람들이 모여들기 시작했습니다. 시험기간 중이라는 사실도 잊은 채 새벽 무렵에는 꽤 많은 사람들이 전 층의 난간에 모여 오로지 발 하나만 가지고 무언가를 새기는 그의 이상한 행동에 아까운 시간을 할애하여 주시했고, 시간이 흐를수록 완성되어 가는 그의 작품에 급기야는 하나씩 환호와 박수를 보내기 시작했습니다.

그는 엄청나게 큰 광장에 발로 눈을 치워 글자를 새기고 있었습니다. 새벽 4시경에 첫 줄 세 글자가 완성되었고, 5시경에는 둘째 줄 첫 글자가 완성되었습니다. 둘째 줄 두 번째 글자의 초성이 새겨질 무렵 사람들의 환호와 박수가 시작되었습니다.

아무도 몰래 작품을 만들던 그는 마치 콜로세움에서 군중들이 검투사를 구경하듯이 많은 사람들이 전 층에서 쳐다보고 환호하자 부담을 느낀 듯 그 추운 날 몇 시간 동안 작업을 했음에도 더욱 발놀림을 빠르게 나머지 글자를 새기기 시작했습니다.

사람들은 혹시나 그가 부담을 느껴 작품을 완성하지 못하고 떠날까봐 노심초사하며 마음속으로 그들 모두가 예상할 수 있는 둘째 줄 두 번째 글자의 중성과 세 번째 글자의 완성을 간절히 기원했습니다. 이제 시험공부는 뒷전이고, 수백 명의 학생들은 그의 마지막 투혼을 열렬히 응원했습니다.

마침내 먼동이 틀 무렵, 무려 7~8시간의 혼신의 작업 끝에 그의 작품은 완성되었습니다. 광장 전체에 쓰여진 그 글씨입니다.

복순아

사랑해

그는 해가 뜰 무렵 사람들의 갈채를 받으며 조용히 사라졌습니다.

그 날 학교는 난리가 났습니다. 당시 복순 — 꽤 촌스러워 그리 많지는 않았겠지만 — 이란 이름을 가진 학생은 모두 이 글씨의 주인공이 아닐까 의혹의 눈초리를 받았을 겁니다. 또 한편으로는 뭇 여학생의 부러움을 받았을 겁니다.

그리고 그 글씨는 더욱 추워진 날씨 덕분에 더 견고히 얼어 따로 중장비의 도움을 받아 치우기 전에는 지워버릴 수 없게 되고, 그 해 겨울에 학교 최고의 명물이 되었습니다. 학교에서는 따로 작업을 하여 지우려고 시도했으나, 도서관에 드나드는 학생들의 반대와 연일 그의 순정을 칭송하는 대자보와 함께 저절로 봄이 되어 녹을 때까지는 절대 인위적인 훼손을 해서는 안 된다는 의견이 압도적이었습니다. 따라서 학교 측에서도 더 이상 작업을 진행하지 않았고, 그의 위대한 작품은 그렇게 겨울 동안 아고라 광장 위에서 굳건히 건재하게 되었습니다.

그러는 동안 그는 누구며, 복순이는 누군지 수많은 사람의 추측과 상상 속에서 인구에 회자되었지만 그 실체는 딱히 밝혀지지 않았습니다. 지금 같으면 벌써 유튜브에 동영상이 실리고 사이버 수사대가 수사에 착수해 금방 정체를 밝혔겠지만 거의 30년 전 아날로그 시대에

이 사건도 글자가 녹아감에 따라 서서히 사그라들었습니다.

다음해 4학년 1학기가 되어 혹시나 하는 마음에 광장에 가보니 역시 그 글씨는 이미 다 녹아 흔적도 없었고, 방학 동안 그 사건도 이미 학생들의 기억에 남아 있지 않았습니다. 그런데 지하 방에서 경상도 친구와 같이 방을 쓰던 후배가 “형, 작년 아고라 광장 글씨 사건 있잖아요? 그거 H형이 그 주인공이래요”라고 합니다. H가 바로 앞에서 얘기한 경상도 사나이입니다.

며칠 후 그가 포항에서 학교로 돌아왔을 때 나는 다짜고짜 캐물었습니다.

“야! 네가 복순이 사건 주인공이야?”

“아니라예! 나 참!”

그는 씩 웃으면서 부정했지만, 그러면서도 의미심장한 웃음을 지으며 더 이상 대꾸를 하지 않았습니다.

그리고 세월이 흘러 나는 졸업을 하고 그와 헤어졌습니다.

그러다가 첫 직장에 다니던 시절, 정보처리기술사 시험을 치기 위해 어느 고등학교에 갔을 때 우연히도 10년 만에 그와 만났습니다. 그도 이미 군대도 갔다 왔고, 졸업도 했고, 대학원에서 석사과정을 마쳤고, 곧 박사과정을 들어갈 거라며 그 사이에 토목기술사 시험을 치르려고 한다고 했습니다. 아직 결혼은 하지 않았다는군요. 긴 이별 짧은 만남을 가진 후 나는 헤어지면서 또 물었습니다.

“그런데 복순이는 잘 있니?”

“아 참! 아니라니까예.”

그는 웃으며 즉각 대답했습니다. 하지만 그의 부정 속에 이상한 여운이 또 있습니다.

나는 아직도 그가 복순이 글씨를 새긴 장본인인지 모릅니다. 설령 그였다고 해도 지금 복순이와 잘 되었는지, 결혼을 했는지는 모릅니다. 단지 20대 청춘시절 복순이를 사랑한 사람의 열정과 그 시대의 낭만이 새삼 그립습니다. 그도 이제 오십이 다 된 나이가 되었겠군요.

여러분의 복순이는 여러분의 마음속에 아직 담겨 있습니까?

15
사랑 에피소드3

1986년, 내가 신입사원이던 시절에는 사회적, 문화적 모든 가치관이 지금과는 너무나도 달랐습니다. 물가도 엄청 싸서, 당시 나의 대졸 신입사원 초봉이 36만원이었고, 보너스가 500~550% 정도였으니 지금의 연봉 기준으로 환산하면 600~650만원 정도했던 것 같습니다. 일반적인 점심 한 끼는 1천원, 라면은 5백원 정도 했을 것입니다.

그 당시에는 담배도 사무실에서 아주 자연스럽게 피웠고, 재떨이도 책상 위에 의연히 자리잡고 있었던 시절이지요. 1인 1PC는 언감생심, IT 직원도 프로그래밍 하려면 따로 PC실에 가서 빈자리가 나야 자리 잡고 프로그램을 짤 수 있었지요. 대부분의 문서 기안은 손으로 작성하던 시절이라 글씨 잘 쓰는 사람이 나름 대접받을 수 있었습니다. 지금은 상상하기조차 힘든 사회환경이었지요.

요즘은 여성 파워가 워낙 막강해졌지만 그 당시는 가정에서나 회사에서나 보이게 보이지 않게 남존여비사상이 존재했었습니다. 대부분의 여직원은 이름 대신 미스 김, 미스 박으로 불리어졌고, 심지어는 상사의 커피 심부름은 물론 박 양아, 김 양아 담배 하나 사온나 해도 아무런 불만 없이 수긍하던 지금으로선 큰일날 일들이 비일비재했었지요. 매일 아침 여직원은 조를 짜서 조별로 30분씩 일찍 나와 전날 남자 직원이 피운 담배꽁초를 치우고 책상을 닦아야 했던 시절이 25년 전에는 엄연히 존재했었습니다. 또한 대리급 이상에서는 여직원은 거의 찾아볼 수 없는 상황이었습니다.

당시의 대리는 '과장대리'의 약자로 엄청난 권한을 가지고 있었습니다. 대학을 졸업하면 일반적으로 주임이란 직책을 부여받고 짧게는 3년, 길게는 5년이 지나야 대리를 달 수 있는 자격이 갖추어지고, 대리에서 수년이 지나야 과장이 될 수 있습니다. 과장은 1차 조직의 부서장으로 지금의 과장과는 그 차원이 다른 막강한 권한이 있었습니다. 이런 환경 하에서 여직원은 기껏해야 주임을 달기도 힘든 사회환경이었습니다.

그런데 이런 직급체제 하에서 대졸 신입사원과 고졸 또는 전문대졸 고참 여직원 사이에는 미묘한 기류가 있었습니다. 여직원은 7년이 경과해야 주임을 달 수 있는 자격이 생기는데 대졸 신입사원은 입사하자마자 주임을 다니 대부분의 여직원은 그 자체를 인정하지 않았지요. 따라서 김 주임님, 이 주임님이라는 호칭을 붙이지 않고 김XX씨, 이XX씨라고 호칭하면서 고참 주임이나 대리를 달 때까지는 절대 주임님이라는 소리를 하지 않고 매 업무마다 드러나지 않는 알력이 존재했었습니다.

지금은 감히 상상도 할 수 없는 그런 환경에서, 내가 입사한 첫 직장 A과 과장과 B과 여직원이 몰래 사귀고 있었고, 몇 달 뒤 결혼하기로 한 사이였습니다.

이 여직원은 얼마 후면 과장 사모님이 될 고귀한(?) 신분이라고 스스로 생각하고 있었고, 따라서 은연 중 주임대리들을 우습게 보고 있었습니다. 또한 평소 성격도 좀 까탈스러웠고, 특히 자기보다 경력이 짧은 남자 대졸 주임과 사이가 매우 안 좋았습니다.

그 중 같은 B과 3년차 주임과는 매사에 부닥치고 자주 의견 충돌이 있던 차에 드디어 어느 날 심하게 싸움이 붙었습니다. 여직원은 남자 주임에게 심한 욕설과 모욕을 주었고, 남자 주임은 급기야 물리적 폭력을 행사하기에 이르렀습니다. 결국 여직원은 병원에 입원하게 되었고, 폭력으로 남자 주임을 고소했습니다. 순간적인 실수를 한 남자 주임은 회사에 누를 끼치지 않겠다며 사표를 내게 되었습니다. 여직원은 본인에게 무릎 꿇고 사과를 하지 않는 한 고소를 취하할 수 없다는 입장이었고, 남자 주임은 감옥에 갈지언정 절대 사과하지 못하겠다는 입장으로 팽팽히 맞서게 되었습니다.

이 과정에서 A과 과장이 중재를 하다 보니 여직원과의 사이가 회사 전체에 알려졌고, 남자 주임의 사표 수리 문제로 사장에게까지 보고가 되었습니다.

당시 B과 담당부서 부장과 인사부장 사이에 서로 사표 수리 결재를 사장에게 받지 않겠다고 미루다 인사부장이 사표 수리 결재를 사장에게 들어갔는데, 사장에게 호된 질책을 받게 되었습니다. 당시에는 사장이 임원이나 부장에게 '야, 이 XX야!'와 같은 욕설은 아주 일반적이던 시절이었습니다.

인사부장은 사장에게 향후 이 회사에 사장이 될지 아니면 중요한 업무를 담당하는 임원이 될지도 모르는 동량에게 설득해 마무리는 못하고 단지 사표를 수리하겠다고 하는 게 인사부장이냐고 세칭 X박살 나고 결재도 못 받고 나와서는 동기인 B과 담당 부장에게 왜 나보고 결재 들어가게 했냐고 볼멘소리만 하게 되었습니다.

하여튼 평행선만 달리던 여직원과 남자 주임 사이에 B과 여직원의 동기인 다른 여직원이 중재에 나서면서 해결의 실마리가 보였습니다.

이 여직원은 병원에 입원해 있는 여직원에게 너도 잘못한 부분이 있으니 고소는 취하하고 대화로 풀라고 지속적으로 설득했고, 사표를 던지고 잠적한 남자 주임을 찾아가서는 아무리 화가 나더라도 때린 건 잘못했으니 일단 사과를 하라고 꾸준히 설득했습니다.

둘 사이를 오가며 성심껏 설득한 끝에 남자 주임은 사과를 하게 되었고, 여직원은 고소를 취하했습니다. 즉 형사사건에서 민사사건으로 전환된 것이지요.

결국 둘 사이에 합의가 되어 남자 주임은 사표가 철회되어 복직을 하게 되었습니다.

여기까지는 사랑 에피소드와 아무 관련이 없는 듯합니다. 그런데 이 사건의 결말은, 중재를 하던 A과 과장은 B과 여직원과 다툼으로 인해 결국 헤어지게 되었고, 결혼도 없었던 얘기가 되었습니다. 그리고 그 여파로 B과 여직원은 오히려 회사를 그만두게 되었습니다.

하지만 아이러니하게 남자 주임은 중재를 섰던 B과 여직원의 동기 여직원과 사랑이 싹터 다음해 둘은 결혼을 했습니다.

사랑, 정해진 공식이 있는 것도 아니고, 어떻게 맺어질지 모르는 것이 인연이자 인생인 듯 싶습니다. 29년이 지난 지금 그들은 어떤 모습으로 살아갈까요?

29년 전 당시의 시대적 상황에 어우러진 또 다른 사랑의 결말이었습니다.

16
군대 이야기1

여자들에게 남자들이 하는 이야기 중 제일 듣기 싫어하는 이야기 셋을 꼽으라면 3위가 축구 이야기, 2위가 군대 이야기, 1위가 군대에서 축구 시합한 이야기라고 합니다.

아주 예전에는 군 복무기간이 3년이었으나 세월이 감에 따라 점차 줄어 요즘에는 21개월입니다. 이렇듯 2~3년 생활한 군대 이야기는 젊으나 늙으나 평생 하게 됩니다. 그 고생한 이야기나 무용담은 TV 코미디 프로 '개그 콘서트'의 한 코너였던 '봉숭아 학당'의 연변 총각의 과장은 저리 가라 할 정도입니다.

작년 말에 지방의 콜센터에 출장 다녀오면서 기차가 서대전역에 잠시 정차했을 때 아주 깊은 회상에 젖었습니다.

지금은 이사를 갔지만 나의 고향집은 서대전역에서 바로 바라다 보이는 곳이었습니다. 나는 서대전역 광장에서 축구하면서 10대를 보냈고, 33년 전 아주 추웠던 1월의 겨울에 서대전역에서 논산으로 가는 열차를 타고 논산 훈련소에 입대를 했습니다.

그리고 한 달 후 훈련소에서 신병 훈련을 마치고 자대로 가기 위해 열차를 타고 북쪽으로 올라가던 중 예의 서대전역에서 잠시 정차를 하게 되었습니다. 눈앞에 집이 있는데 가지도 못하고, 5분만 시간을 주면 부모님을 볼 수 있는데 감히 얘기도 못하고 그저 차창을 통해 멍하니 고향집만 바라보았습니다.

그 때가 1982년 2월이니 정확히 33년 전입니다. 나는 너무도 안타까운 마음에 인솔 장교 몰래 동기에게 "야, 저기가 우리집이다. 코앞이 집인데 가보지도 못한다"라고 서글프게 속삭였습니다.

나의 서러운 심정을 그 동기가 알아달라고 하소연했는데, 그 동기의 눈에 갑자기 눈물이 고여 있는 것을 발견했습니다. 속으로 서러운 건 난데 왜 자기가 더 오버 하나 생각하고 있는데 그 동기의 눈물이 고여 있는 눈은 창 밖 건너편 플랫폼의 누군가를 계속 좇고 있었습니다.

"그런 소리 말아… 저기 우리 누나가 있는데 나는 부르지도 못혀…"

이런 우연이 있을까요? 충남 홍성이 고향인 그 동기의 누나가 우연히도 그 역에 있었던 것이었습니다. 위로를 받으려 했던 나는 오히려 그 동기를 위로하게 되었습니다.

33년의 시간차를 두고 동일한 공간에서 몇 분 남짓한 시간 동안 참 많은 생각을 했습니다. 기차가 정차한 그 몇 분 동안에 30여 년의 세월이 주마등같이 오버랩되었습니다. 그렇게 눈앞의 고향집을 등 뒤에 남겨두고 자대에 배치되어 지낸 26개월 동안 나도 누구와 비교해도 만만치 않은 부대를 나왔다고 생각하기에 3년 채 안 되는 군대 얘기를 하라면 소설로 수십 권이요, 30년을 얘기해도 다 못할 것 같습니다.

요즘 TV에서 방영하는 '진짜 사나이'가 인기입니다. 33년 전 군대와 정말 많이 변해 있더군요. 항상 먼저 경험한 사람의 경험이 훨씬 더 열악하고 고생스럽습니다. 아마 나보다 몇 년 더 일찍 군에 갔던 사람들은 나의 군대생활은 호텔 생활이라고 할 것입니다. 물론 나보다 몇 년 더 늦게 군대생활한 사람에게 나도 그 때의 군대생활은 나 때에 비하면 거의 천국생활이라고 말하니까요.

내 아내도 군대 이야기를 좋아하지 않습니다. 그래서 TV 프로 '진짜 사나이'를 잘 보지 않습니다. 가끔 주말에 TV 채널권을 놓고 다투는 경우가 있지만 어떨 때는 그냥 나 때문에 봐주는 경우가 있습니다.

그런데 어느 순간부터 아내는 '진짜 사나이'를 절대 보지 않습니다. 가만히 생각해보니 우리 아들의 영장이 나온 후부터인 것 같습니다. 언젠가 눈 속에서 웃통 벗고 훈련하는 군인들을 보면서 아내는 우리 아들도 저렇게 고생할 거 아니야 하면서 눈물을 글썽였던 것 같습니다.

하여튼 우리나라의 군대생활은 애환과 고통, 슬픔과 기쁨 등 모든 것이 서려 있는 것은 사실입니다. 30년 전이나 지금이나….

여성 여러분! 가끔 듣기 싫더라도 주변 남자들이 군대 이야기를 하면 들어주세요.

17
군대 이야기2

군대 가기를 좋아할 사람이 과연 있을까요? 하물며 나는 전역한 지 30년이 지났는데도 가끔 다시 군대 가는 꿈을 꾸어 소스라치게 놀랄 때가 있습니다. 그런데 생각보다 주변에 두 번 군대 가는 꿈을 꾸는 사람이 많이 있더군요. 그만큼 군대 가는 것은 끔찍한 일인 것이 사실입니다. 하여간 피할 수 없이 가야 하는 군대도 피해야 하는 것이 있습니다. 그것은 바로 겨울에 입대하는 것입니다. 왜냐하면 몸도 춥고 마음도 추운 그 기나긴 겨울을 군에서 두 번이나 보내는 고통을 맛보아야 하기 때문입니다.

차가운 삭풍이 불던 1월, 논산 훈련소 입소 첫날에 입고 온 사복과 신발을 집으로 부치고 28연대에 배치되어 내무반장을 첫 대면했을 때의 날카로운 기억은 아마 평생 잊지 못할 것입니다. 깡마른 얼굴에 매서운 눈매를 가진 그는 첫 마디가 "한강에 돌 하나 더 던진다고 표시 나냐? XX가 XX 한 번 더 한다고 표시 나냐? 나는 이미 구타로 세 번 영창 갔다 왔기 때문에 이미 제때 제대도 못하고 한 번 더 영창 간다고 더 표시날 것도 아니고 니들 잘못 걸리면 한 달간 지옥을 맛볼 거야. 영창 한 번 더 가지, 뭐!"

지금 생각하면 이미 짜여진 각본의 멘트인데, 그 당시는 왜 그리도 무서웠던지… 여하간에 바로 시작된 기합과 구타로 그의 엄포가 절대 거짓말이 아님을 느끼게 되는 데는 채 5분이 지나지 않았습니다. 마지막 구호 생략 피티PT 체조는 꼭 등장하는 더 우렁차게 마지막 구호를 외쳐대는 고문관 탓에 무한반복하게 되고, 100번 단위로 설마 그만하겠지라는 기대를 여지없이 무너뜨리는 1000회 멸공봉 체조, 원산 폭격에 매미, 깍지 끼고 푸쉬업, 총 머리에 이고 오리걸음… 정말 지금 생각하면 도저히 할 수 없을 것 같은 다채롭고 화려한 기합을 참 많이도 받았습니다.

공포의 입대 첫날에 재수 없게도 2시 불침번이 걸렸습니다. 졸린 눈을 비비고 일어나 어둠이 익숙해질 무렵 당직을 서던 내무반장이 누구를 깨워 행정반으로 오라는 지시를 내렸습니다. 나는 그 친구를 깨워 아무 영문도 모른 채 군기가 바짝 들어 행정반으로 갔습니다. 내무반장은 예의 싸늘한 눈빛으로 우리를 위아래로 훑어보더니 내 동기에게 질문했습니다.

"너, 김경희하고 어떤 사이야?"

바짝 겁먹은 내 동기는 "네! 애인 사이입니다"라고 크게 복창했습니다.

한참 내 동기를 쏘아보던 내무반장은 다시 물었습니다.

"그래? 어디까지 간 사이인데?"

"네! 키스까지 한 사이입니다."

"정말 거기까지야? 그 이상 안 갔어? 너 거짓말하면 죽는다!"

그러자 내 동기는 "그렇습니다! 정말 키스까지입니다!"라고 크게 대답했습니다.

"너, 김경희가 누군지 알아?"

아무 영문도 몰라 내 동기는 두 눈만 멀뚱히 뜨고 아무 대답도 못하자, 내무반장이 말했습니다.

"걔 내 친여동생이야!"

우연도 어떻게 이런 우연이 있을까요? 훈련소 입소 후 적어낸 개인 신상 카드를 살펴보던 내무반장은 내 동기의 가족친지 인적사항에서 자기 동생의 이름과 같은 여자 친구를 발견하고, 그녀의 나이와 직업란에 쓰여진 K대 XX과 및 그녀의 주소를 확인하고 본인의 친동생임을 알고서 불침번인 나를 시켜 내 동기를 불러낸 것입니다. 그들은 K대 같은 과 커플이었습니다. 내무반장은 처음으로 얼굴에 미소를 띄면서 "나도 K대 국문과 다니다 입대했다. 그러니 너도 내 후배다"라고 내 동기에게 말했습니다. 그러면서 뭐 먹고 싶은 것 없느냐고 물었습니다. 나와 내 동기는 "라면이 먹고 싶습니다"라고 용기를 내어 말했습니다. 그는 군대에서 그 유명한 반합 뚜껑에 라면을 끓여 우리에게 주었고, 나는 얼떨결에 불침번 서다가 동기한테 묻어서 군대 첫날에 라면을 먹을 수 있는 영광을 맛보았습니다. 정말 내가 경험하지 않았다면 소설 속에서나 일어날 수 있는 우연이었습니다.

내무반으로 돌아오면서 내 동기와 나는 서로 손을 꼭 잡고 의미심장한 눈길을 나누었습니다.

"야! 이제 우리는 훈련소 한 달 동안은 편하게 보내겠다. 여동생 애인인데 좀 봐주지 않겠냐?"

우리는 부푼 기대를 안고 다음 불침번을 깨우고 아주 편안한 마음으로 꿈나라로 갔습니다.

다음 날 기상나팔이 울려 퍼졌습니다.

"야, 이 XXX들아, 빨리 안 일어나? 아직도 여기가 니들 안방인지 알아?"라며 뛰어든 내무반장은 한 손에는 철모로, 다른 한 손에는 수통이 달린 혁대로 문 가까이에 있는 침상 순서부터 사정없이 내리쳤습니다. 그 중 문 제일 가까이 있던 침상에 어제 그 동기가 있었습니다. 왼손 철모와 오른손 수통 공격이 연타로 그에게 쏟아졌고, 문 제일 가까이 있던 죄로 그는 가장 많은 횟수의 타격을 받았습니다. 아니 문 가까이에 있어서가 아니고 어쩌면 그를 알아보고도 더욱 구타에 박차를 가했는지도 모르겠습니다.

하여튼 어젯밤의 우리의 기대는 한 번에 날아갔고, 그렇게 한 달 동안 그의 초지일관 일관성 있는 구타와 기합을 온몸으로 받아냈습니다. 그렇게 세월이 가고, 자대 배치 받아 떠나는 날 우리 동기 모두 다 같이 다짐했습니다. 내무반장 저 새끼 제대해서 사회 나오면 우리 동기 중 우연히 누구라도 만나면 반드시 박살내서 복수하자고…

일 년쯤 지났을까? 나는 외박 나갔다가 낙원상가 고고장에서 정말로 사회인이 된 그를 우연히 만났습니다. 그렇게 간절하게 다짐하고 원했던 복수는커녕 나도 모르게 사회인이 된 그에게 경례하고 있었습니다.

18
DJ

'DJ' 하면 생각나는 것은 김대중 전 대통령의 애칭입니다. 예전에 정치인들을 영문 이니셜 애칭으로 부르던 것이 유행이던 시절이 있었습니다. 그 원조는 아마 김종필 전 국무총리를 JP라고 부른 것이 시초가 아닌가 생각됩니다. 1960~70년대 권위주의가 팽배했던 시절에 막강한 권력을 지닌 정치인 또는 기관원의 이름을 감히 직접적으로 부를 수 없어서 영문 이니셜로 부르지 않았나 짐작됩니다.

HR 하면 이후락 전 중앙정보부장, YS는 김영삼 전 대통령, MB는 이명박 전 대통령을 지칭했습니다. 그렇다고 모든 사람을 다 그렇게 부르지는 않았습니다. 전두환 전 대통령이나 노태우 전 대통령은 전통, 노통이라고 불렀지 DH, TW라고 부르진 않았던 것 같습니다. 아무튼 누가 어떤 기준으로 그런 애칭을 붙여주었고, 사람들이 그렇게 불렀는지 무척 궁금합니다.

그런데 DJ는 김대중 전 대통령의 애칭뿐이 아니라 Disk Jockey의 약자로도 매우 유명합니다. 1960년대에서 1980년대까지 청년 문화를 대변하는 키워드는 청바지, 통기타, 생맥주, 음악다방 그리고 그 음악

다방의 디스크자키, 즉 DJ였습니다.

당시에는 지금 같은 형태의 음원 파일이 아닌 LP라는 원형의 매체를 턴테이블에 올려놓고 노래가 들어 있는 트랙에 손으로 재생침을 올려놓아야만 노래를 들을 수 있었습니다. 디스크자키는 디스크와 자키의 합성어로 디스크는 음반을 지칭하고, 자키는 기수 또는 조종사 몰이꾼이라는 뜻으로 디스크를 조작하는 사람 또는 디스크의 음악으로 청자를 이끌어가는 사람 정도로 해석될 수 있습니다.

당시 DJ의 인기는 상상을 초월할 정도였습니다. 음악다방에서 조그만 뮤직 박스 안에서 긴 장발을 한 DJ가 뒷머리를 손으로 쓸어 올리며 "오늘은 왠지…"로 시작하는 멘트와 더불어 손님들의 사연 소개와 신청곡 소개를 하는 모습은 많은 젊은이들의 선망의 대상이었습니다.

당시는 영상매체가 그리 많지 않았던 시절로 젊은 청춘들은 TV보다 라디오를 더 많이 즐겨 들었습니다. 특히 전설적인 DJ들이 진행하던 음악 프로그램은 수많은 젊은이들의 소통 장소였고, 그곳에서 그들의 젊은 날의 사랑과 낭만과 고뇌가 공유되었습니다. 아마 지금 쉰 살을 넘은 사람들 중에 당시에 라디오 음악프로에 엽서로 사연과 신청곡 한 번 신청해보지 않은 사람은 아마 없을 것입니다.

우리나라 최초의 DJ는 1964년 동아방송에서 〈탑튠쇼〉라는 프로그램을 진행한 최동욱이라는 사람입니다. 그러나 우리나라 방송에 DJ 프로그램을 정착시키고 성공시킨 인물은 두 번째 DJ 이종환입니다. 그의 〈별이 빛나는 밤에〉와 〈밤의 디스크쇼〉는 아직도 생생하게 기억됩니다. 그 때 당시의 프로그램의 시작 시그널 뮤직과 멘트는 40년이 지난 지금도 내 귓가에 선명하게 들립니다.

최동욱, 이종환 외에도 전설적인 DJ들이 많이 있습니다. 1973년부터 1992년까지 19년간 MBC 라디오 〈박원웅과 함께〉를 진행한 박원웅, 1973년부터 22년간 MBC 라디오 〈2시의 데이트〉를 진행한 김기덕, 1975년부터 TBC 라디오 〈밤을 잊은 그대에게〉를 진행한 황인용은 정말 전설의 DJ들입니다. 특히 MBC 〈별이 빛나는 밤에〉라는 프로는 1969년에 방송을 시작해 지금도 방송되고 있는 장수 프로그램입니다. 이 프로의 DJ를 '별밤지기'라고 부르는데 40년이 넘는 동안 수많은 별밤지기가 긴 세월을 애청자와 같이 했습니다. 고故 이종환, 박원웅, 김기덕, 이수만 등 쟁쟁한 사람들을 거쳐 서세원, 이문세, 이휘재, 이적, 옥주현 등 당대 최고의 인기를 누리던 사람들이 별밤지기를 했습니다. 특히 이들 중 이문세는 1985년부터 1996년까지 11년간 진행을 맡으면서 '밤의 교육부장관'이라는 칭호를 받을 정도로 인기가 있었고, 그가 별밤지기를 하차하던 날 많은 청취자들의 아쉬움과 눈물이 어렴풋이 기억이 납니다.

동일인이 진행하는 최장수 음악 프로는 아마도 〈배철수의 음악캠프〉일 것입니다. 1990년에 방송을 시작해서 지금도 계속 방송을 하고 있느니 25년째 계속되는 것입니다. 원래 그룹사운드에서 노래를 하던 배철수는 이 프로를 맡으면서 노래는 그만두고 DJ만 전념하고 있습니다. DJ들이 대단한 것은 그 수많은 세월 동안 하루도 빠짐없이 비가 오나 눈이 오나 생방송으로 청취자를 만난다는 것입니다. 물론 요즘은 가끔 녹음을 하거나 다른 사람이 잠깐 대신 진행을 해주기도 하고, 전현무 같은 DJ는 생방송에 두 번이나 늦어 펑크를 내거나 전화로 진행하는 해프닝도 있지만, 예전에는 그저 묵묵히 하루도 빠짐없이 그

긴 세월 동안 진행했던 것 같습니다.

누군지 기억이 나진 않지만 어느 DJ가 고별 방송할 때, 십수년간 진행하면서 가장 힘들었던 것은 아들을 잃었던 그날도 그런 사실을 알리 없는 청취자들에게 슬픈 목소리를 들려주지 않기 위해 아주 쾌활한 목소리로 생방송 진행을 하면서 가슴 속으로 울었던 때라는 말을 했을 때 나의 마음은 너무도 짠했습니다.

이런 많은 전설적인 DJ 중에 최연소 DJ로 데뷔한 사람이 김광한입니다. 그는 1966년 19세의 나이로 DJ로 데뷔해 최근까지 활발한 활동을 하다 안타깝게도 얼마 전 급성 심근경색으로 사망했습니다. 이종환, 김기덕과 함께 대한민국 3대 DJ로 꼽히던 그는 디스크자키를 초월하여 1990년대에는 비디오자키라는 새로운 영역을 개척한 DJ이자 VJ였습니다. 그는 아마 저 세상에서 이젠 영원히 그가 좋아하는 음악을 즐기며 낭랑한 목소리로 그곳의 청취자들에게 아름다운 음악을 소개하며 해맑은 웃음을 짓고 있을 거라고 생각합니다.

19
추억

나는 전영록의 〈애심〉, 사이먼 앤 가펑클Simon & Garfunkel의 〈The sound of silence〉, ABBA의 〈댄싱 퀸〉, 메리 맥그리그Mary Macgregor의 〈Torn between two lovers〉, 김수철의 〈내일〉을 들으면 각각의 노래마다 생각나는 사람이나 사연이 있습니다. 가끔씩 우연히 이런 노래를 들을 때마다 빛바랜 사진첩에서 낡은 사진을 꺼내 보듯이 지난 기억의 저장소에서 그때의 추억을 꺼내어 회상하게 됩니다.

2002년에 유럽 여행을 갔을 때 호텔이 있던 로마에서 폼페이를 다녀올 기회가 있었는데 거리가 꽤 멀어 버스로 몇 시간을 가야 했습니다. 돌아오는 버스에서 버스 기사가 로마로 가는 버스 안에서 〈로마의 휴일〉을 감상하는 것은 또 다른 추억을 만들어줄 것이라며 비디오로 틀어 주었습니다.

〈로마의 휴일〉은 감수성이 예민했던 청소년 시절, 주무시는 부모님이 깰까봐 전등불을 끄고 TV 볼륨을 최대한 줄이고서 흑백 TV 시절 '명화의 극장' 프로에서 보았던 여러 영화 중에서 나에게는 최고의 명화였습니다. 당시 오드리 헵번Audrey Hepburn은 나에게 최고의 연인이었지요. 영화 속에서만 보았던 트레비 분수, 스페인 광장 등을 직접 관광하고, 다시 로마에서 〈로마의 휴일〉을 감상하는 재미는 새로운 감흥을 안겨주었습니다. 특히 엔딩 장면에서 공주와 이루어질 수 없는 사랑에 그저 말없이 공주만을 쳐다보던 그레고리 펙Gregory Peck의 눈빛은 그렇게 안타까울 수가 없었습니다.

이렇듯 오래 전에 간직했던 노래나 영화를 우리는 추억의 가요, 추억의 팝송, 추억의 명화라고 말합니다. 물론 세대에 따라서 추억의 시간차는 다 다르겠죠. 나에게 추억이란 낱말을 붙일 수 있는 시대는 1970년대가 아닌가 싶습니다. 아마 1980년대 초반도 가능할지도 모르겠습니다. 그래서 그때를 배경으로 했던 〈친구〉 영화는 공감하고 추억에 젖을 수 있었습니다만, 얼마 전에 대히트를 쳤던 〈응답하라 1994〉, 〈건축학 개론〉 같은 1990년대를 배경으로 한 드라마나 영화는 소문만큼 큰 재미나 감흥을 느낄 수 없었습니다. 그래서 나는 어쩔 수 없는 7080세대인가 봅니다.

하여튼 모든 인간에게 있어서 추억은 가장 아름답고 소중한 감정 중의 하나가 아닐까요? 아무리 아팠던 기억일지라도 많은 세월이 지난 지금은 아련한 추억이 되어 기억 저편에 남겨져 있고, 아무리 쓰라렸던 첫사랑과의 이별도 지금은 그저 쓴 웃음만 지을 정도의 노스텔지어가 되어 가슴 속에 남아 있습니다.

그런데 갈수록 추억의 책장을 넘겨보는 시간이 줄어드는 것 같아 안타깝습니다. 또한 그 추억을 꺼냈을 때 갈수록 그 색채의 농도가 옅어지는 것 또한 어쩔 수 없는 것 같습니다. 이제는 갈수록 추억보다는 현실에 대한 걱정의 지배력이 강해지기 때문인 것 같습니다. 군대 구타

사건에 아들의 입대가 걱정되고, 높은 실업률에 딸의 취직이 걱정되고, 하루가 멀다 하고 허리가 아프다는 아내의 건강이 걱정되고, 여기저기 구조조정 소리에 내 미래도 걱정되고…. 지금 이러한 걱정 또한 가까운, 아니면 먼 미래에 또 하나의 추억의 한 페이지가 되겠지요.

어느 시인의 '추억'에 대한 정의가 가슴에 와 닿습니다.

'흘러간 세월 속에 정지된 시간 속의 그리움이다. 그리움의 창을 넘어 그리움이 보고 싶어 달려가고픈 마음이다. 삶이 외로울 때, 삶이 슬플 때, 삶이 지칠 때, 삶이 고달파질 때 겨울바다 파도처럼 자꾸만 몰려온다. 추억이란 잊어버리려 해도 잊을 수 없어 평생 꺼내보고 또 꺼내보는 마음속의 일기장이다. 추억은 지나간 시간의 그리움들이기에 아름답다. 그 그리움으로 인해 내 피가 맑아진다.'

김현식의 〈추억 만들기〉가 문득 듣고 싶어집니다.

20
봄비

비가 오는 날이면 라디오 음악 프로에 비에 관한 노래가 신청자 각각의 수많은 사연과 함께 많이 신청됩니다. 비가 오면 사람들은 감상적으로 변해서 그런지 비에 관한 노래의 가사와 본인의 옛 추억과 많이 오버랩시켜서 깊은 회상에 빠지는 것 같습니다.

사실 비에 관한 노래는 그 음률이나 가사가 좋은 것이 많이 있습니다. 〈비 오는 날의 수채화〉, 〈비와 당신〉, 〈가을비 우산 속〉, 〈유리창엔 비〉, 〈비와 외로움〉 등 참 좋은 노래가 많이 있네요.

외국 노래 중에서도 선천적으로 맹인으로 태어난 푸에르토리코 출신 가수 호세 펠리치아노의 〈레인Rain〉이나 그리스 출신 5인조 그룹 아프로디테스 차일드의 〈레인앤티어스Rain & Tears〉는 참 사람의 심금을 많이 울리는 것 같습니다.

1970년작 서부영화의 명작 중 하나로 꼽히는 폴 뉴먼과 로버트 레드포드 주연인 〈내일을 향해 쏴라〉의 주제곡인 〈머리 위에 떨어지는 빗방울Rain drops keep falling on my head〉은 비에 관한 대표적인 노래로 대접받고, 세대를 아울러 아직도 많은 사람들의 뇌리에 박혀 있습니다.

이런 비가 계절과 결부되면 각각 다른 느낌이 납니다. 비는 똑같은 비일진대 봄에 내리는 봄비와 여름에 뿌리는 여름비, 가을에 젖는 가을비 그리고 겨울에 흩날리는 겨울비…

여러분은 어느 계절의 비가 가장 좋나요?

오늘 저녁부터 봄비가 내린다고 합니다. 아마 퇴근 무렵 각 방송사의 음악 프로에 수많은 봄비 노래가 신청되겠지요.

30년 전 복학했을 때, 우리 과에 군에 가기 전에는 1명이었던 여학생이 무려 6명으로 늘어나 그들을 백 코러스 삼아 엠티에서 기타 치며 불렀던 배따라기의 "그대는 봄비를 무척 좋아하나요"가 그립습니다.

1979년 MBC-TV 인기 드라마 〈봄비〉의 주제곡인 이은하의 '봄비'의 가사와 드라마의 내용이 아련하게 기억납니다.

해마다 봄비가 오면 가장 많이 신청된다는 "사랑은 봄비처럼 이별은 겨울비처럼"을 처음 들었을 때의 느낌이 생경합니다.

후드득 소리에 창밖을 보니 몇몇 사람들이 우산을 벌써 쓰고 있네요. 봄비가 오는가 봅니다. 봄비를 맞이하는 내 마음이 예전같이 정겹지만 않은 것은 나이 탓일까요? 이래저래 심란한 마음 탓일까요? 아니면 지독하게 앓았던 감기 탓인가요?

오늘은 오랜만에 비를 안주 삼아 한잔해야겠습니다. 〈레인앤티어스Rain & Tears〉 가사에 '비와 눈물은 똑 같습니다'라는 가사가 있습니다Rain and tears are the same. 비를 마시고 술을 마시니 Rain&wine이란 노래가 되겠고, '비와 술은 똑 같습니다'라는 가사가 만들어지겠네요Rain and wine are the same.

21
졸업

해마다 3월이 되면 졸업의 아쉬움과 입학의 설렘이 교차가 됩니다. 특히 졸업은 오랜 시간 정들었던 사람들과의 헤어짐을 의미하기에 졸업이라는 낱말 자체에 아쉬움, 슬픔, 눈물, 이별과 같은 의미가 내포되어 있는 것 같습니다.

얼마 전에 퇴근하면서 즐겨 듣는 음악 프로에서 졸업 특집으로 졸업과 관련된 노래를 연속해서 방송했습니다. 그 노래들은 내가 개인적으로 무척이나 좋아하는 노래들이었기에 그 날의 퇴근길은 너무도 행복했습니다. 라디오에서 우연히 좋아하는 노래가 나오면 기분이 아주 좋아지고 즐거워지는 것은 아마 나만의 경험이 아닌, 우리 모두의 경험이기도 하겠지요? 게다가 아주 좋아하는 노래 3곡을 연속해서 들을 수 있었기에 마냥 즐거웠습니다.

그 노래들은 사이몬 앤 가펑클의 〈The sound of silence〉, 진추하의 〈Graduation tears〉 그리고 루루의 〈To sir with love〉입니다. 이 3곡은 내가 감수성이 예민했던 십대 시절에 보았던 주옥같은, 그리고 아직도 생생한 영화들의 삽입곡이나 주제곡입니다. 이 노래들이 나오는 그 장면들은 수십 년이 지난 지금도 내 가슴 속에 남아 있습니다.

〈The sound of silence〉는 1967년 작 〈졸업The graduates〉이라는 영화의 주제곡입니다. 이 노래는 존 F. 케네디의 암살 이후 폴 사이먼이 만든 것으로 알려져 있는데, 당시 미국 젊은이들이 느꼈던 절망감과 상실감이 실존적 내용의 가사 안에 담겨 있습니다. 이 노래는 영화 속에서 세 번 나오는데, 영화가 시작되고 주인공인 벤자민(더스틴 호프만)이 공항으로 들어오는 장면에서 처음 사용되는데 미래를 알지 못하는 그의 내면을 나타냅니다. 두 번째로 등장하는 장면은 사랑하는 일레인의 엄마인 로빈슨 부인과의 만남으로 벤자민이 내적 방황을 할 때입니다. 그리고 영화의 마지막 장면에 이 노래가 다시 등장하는데, 다른 사람과 결혼하려는 사랑하는 사람을 결혼식장에서 탈출시키는 그 장면은 너무도 유명하여 수많은 드라마에서 이 장면을 모방하여 사용하고 있습니다. 지금도 면사포를 쓴 신부를 결혼식장에서 데리고 도망치는 장면은 드라마에서 아주 단골 메뉴가 되고 있습니다.

벤자민이 일레인을 결혼식장에서 탈출시킨 뒤 함께 버스 뒷좌석에 앉아 있는 모습이 비치면서 이 노래가 흘러나오며 영화는 끝을 맺게 됩니다.

> Hello, darkness my old friend, I've come to talk with you again…
>
> 내 오랜 친구 어둠이여, 자네랑 이야기하려고 또 왔다네.

진추하의 〈Graduation tears〉는 1976년 작 〈사랑의 스잔나〉라는 영화의 삽입곡으로, 이 영화의 또 다른 삽입곡 'one summer night'과 더

불어 당시 최고의 인기를 구가하던 노래입니다. 영화의 주인공이자 이 노래를 부른 진추하는 불치병에 걸린 여주인공 역을 훌륭히 소화해내어 아시아의 연인으로 군림했습니다. 해맑은 미소로 아시아 남성들의 선망이 된 진추하는 많은 사람들의 아쉬움을 뒤로 하고 1981년 결혼과 동시에 은퇴했으나 팬들의 식지 않는 사랑과 열망으로 25년이 지나 2006년에 다시 음악계로 돌아왔습니다.

그러나 개인적으로는 그녀가 돌아오지 않은 것만 못합니다. 돌아온 그녀의 모습에서 1970년대 그녀의 해맑은 미소를 더 이상 찾을 수가 없었기 때문입니다. 당시 그녀의 통통 튀는 듯한 목소리로 부른 〈졸업의 눈물〉은 참으로 아름다웠습니다.

> And now is the time to say good bye to the books
>
> And the people who have guided me a long…
>
> 이젠 교과서와 이별을 고할 때인 것 같습니다.
>
> 그리고 오랫동안 나를 이끌어 주었던 사람들과도….

〈To sir with love〉는 영화의 원제도 'To sir with love'인데 한국에서는 〈언제나 마음은 태양〉이라는 제목으로 상영되었습니다. 1976년에 제작 상영된 이 영화는 학교에서 단체로 관람하게 된 영화인데, 액션 영화가 아니라 가기 싫었지만 억지로 끌려가서 마지못해 보게 된 영화였습니다. 그것도 다른 학교 학생들과 섞여 시끄러운 극장 안에서 보게 되었지만, 이 영화의 매력에 빠져 들게 되는 데는 그리 오랜 시간이 걸리지 않았습니다.

런던의 빈민학교에 부임하게 된 흑인 선생님이 불량학생들을 최선을 다해 교화해 졸업시킨다는 아주 상투적인 스토리임에도 불구하고 이 영화가 준 감동은 나에게는 상당히 컸습니다. 특히 이 영화의 주인공은 시드니 포이티에라는 흑인으로 당시에는 영화에서 흑인이 주연을 한 영화는 거의 없었습니다. 지금은 윌 스미스, 덴젤 워싱톤, 사무엘 잭슨, 모건 프리먼 등 쟁쟁한 흑인 주연배우가 많지만 1970년대만 하더라도 인종차별 때문에 흑인이 주인공을 하는 경우는 아주 드물었습니다. 이러한 상황에서 그는 아주 이례적인 영화배우였고, 흑인 최초로 아카데미 남우주연상을 수상했습니다. 이 영화 속에서 루루라는 가수가 직접 출연하여 마지막 졸업식 파티에서 부른 〈To sir with love〉는 나 같이 그다지 선생님을 따르지 않던 학생에게도 선생님을 사랑하고 존경해야겠다는 마음을 불러일으키기에 충분했습니다. 물론 그리 오래 가지는 않았지만.

Those school girl days of telling tales and biting nails are gone,

But in my mind, I know they will still live on and on.

But how do you thank someone who has taken you from crayons to perfume,

It isn't easy but I'll try.

If you wanted the sky I'd write across the sky in letters.

That would soar a thousand feet high. To sir with love.

수다를 떨며 손톱을 깨물던 여학생 시절은 갔습니다.

그러나 내 마음 속에 그 시절의 추억이 계속 남아 있을 것이라는 것을 나는 알고 있습니다.

하지만 크레용 만지던 소녀가 향수를 뿌릴 수 있게 되기까지 이끌어 주신 분에게 어떻게 감사해야 하나요.

이것은 쉽지 않은 일이지만 나는 노력하겠습니다.

만일 당신이 하늘을 원하신다면 하늘을 편지지 삼아 수천 피트 높이로 치솟은 하늘에 "선생님께 사랑을"이라고 쓰겠습니다.

이 노래를 부르려고 가사를 외우고 따라 불렀던 수많은 날들이 어제 같은데, 어느새 40년이 지났습니다. 그리고 다행히도 아직 이 노래의 가사를 외우고 따라 할 수 있을 것 같습니다. 그 때 그 시절을 생각하며…

22
세월

"세월이 흘러가면 어디로 가는지 나는 아직 모르잖아요…"(이문세)

"세월이 가면 가슴이 터질 듯한 그리운 마음이야 잊는다 해도…"(최호섭)

"세월이 약이겠지요…"(송대관)

"가는 세월 그 누가 막을 수가 있나요…"(서유석)

"세월이 변한다 해도 언제까지나 그렇게 내 곁에 머물러 줘요…"(장혜리)

세월에 관한 많은 노랫말이 있습니다. 인간은 세월이 흐름에 따라 성장하고 늙고 아프고 또 그렇게 죽게 되니 어찌 이에 대해 노래를 하지 않을 수 있겠습니까? 내게는 닥치지 않을 것 같은 아주 머나먼 미래의 일들이 어쩔 수 없이 도래되는 것이 인생입니다.

대학시절 — 벌써 30년도 더 넘었네요. — 나는 10년 뒤에 무엇을 하고 있을까? 나는 누구와 결혼하고, 나의 아이들은 어떤 아이들이 태어날까? 수많은 미래에 대한 궁금증을 가지고 있었는데, 이 모든 것들을 이미 다 경험했고, 지금도 경험하는 중입니다.

시간의 속도가, 세월의 진행이 모든 인간에게 다 똑같을진대 각각 사람마다 느끼는 속도의 차이는 엄청나게 다른 것 같습니다. 혹자는 시간은 나이에 따라 그 속도가 다르다고 합니다. 10대는 10km/h의 속도로 지나가고, 20대는 20km/h의 속력으로 지나가고, 50대는 50km/h, 80대는 80km/h로 인생의 종착역인 죽음으로 달려간다는 나이 시간 정비례의 법칙을 주장하고 있습니다.

일견 맞는 말 같습니다. 나도 요즘 하루, 일주일, 한 달, 일 년이 지나가는 속도가 예전보다 훨씬 빠름을 느끼며 점점 가속도가 붙는 걸 알 수 있습니다.

그렇지만 누가 다시 20대로, 30대로 돌아가고 싶으냐고 물으면 나는 그저 지금이 가장 좋다고 대답합니다. 실제로 현재 나의 나이가 좋습니다. 그렇다고 빨리 더 나이를 먹고 싶지도 않습니다. 그저 조물주가 만든 인생의 여정을 그대로 밟아가는 것이 좋을 뿐입니다.

주자朱子는 권학문勸學文을 통해 시간의 소중함을 우리에게 일깨워줍니다.

少年易老學難成(소년이로학난성)
一寸光陰不可輕(일촌광음불가경)
未覺池塘春草夢(미각지당춘초몽)
階前梧葉已秋聲(계전오엽이추성)

소년은 늙기 쉽고 학문을 이루기는 어려우니

한순간도 가볍게 여길 수 없나니
연못가의 봄풀이 채 꿈도 깨기 전에
계단 앞 오동나무 잎이 벌써 가을을 알리네.

중국의 유명한 시인 도연명陶淵明은 아무래도 나와 사상이 비슷한 것 같습니다.

盛年不重來(성년부중래)
一日難再晨(일일난재신)
及時當勉勵(급시당면려)
歲月不待人(세월부대인)

젊은 날은 다시 오지 않으니
새벽이 하루에 두 번 오지 않는 것과 같이
그 때에 맞게 열심히 일하시게
세월은 사람을 기다려 주지 않으니

이제 또 나의 미래가 궁금해집니다. 나는 10년 뒤 무엇을 하고 있을 것이며, 나는 어떤 며느리 사위와 인연을 맺을 것이며, 어떤 나의 아이들의 아이들을 보게 될 것인지… 아니면 그런 인연이 또 없을는지도…

나는 나의 아내보다 딱 한 달 정도 더 살았으면 합니다. 나의 아내는 나 없으면 할 수 있는 것이 별로 없어서 혹시 내가 먼저 가면 그 슬픔에 아무것도 하지 못할 것 같아서입니다.

올 한 해도 떠들썩하게 시작했던 것 같은데 벌써 남은 날수가 며칠 없습니다. 빠른 것 같아서 싫은 것도 아니고, 느린 것 같아서 지겨운 것도 아닙니다.

도연명의 세월부대인歲月不待人이 세상의 이치이니 주자의 일촌광음불가경一寸光陰不可輕의 마음으로 하루하루를 살아야겠습니다.

아침에 눈이 오더니 이젠 맑아졌습니다. 이것이 인생 아니겠습니까?

여러분의 세월은 어떠신지요?

23
겨울, 향수 그리고 추억

금년 겨울도 매우 춥습니다. 그런데 추워도 너~무 춥습니다.

이맘때쯤이면 라디오 프로그램에서 겨울 하면 생각나는 노래를 특집으로 많이 방송합니다. 미스터 투의 〈하얀 겨울〉, 나와 비슷하게 생긴 조지 마이클George Michael의 〈Last Christmas〉, 이정석의 〈첫눈이 온다구요〉 등이 많은 사랑을 받았지요. 여러분은 또 어떤 겨울 노래를 좋아하나요?

또 겨울 하면 생각나는 많은 영화가 있습니다. 1965년 개봉된 〈닥터 지바고〉는 웅장한 시베리아의 설원을 배경으로 러시아 혁명 당시 사랑과 지식인의 고뇌를 그렸는데, 이 영화 속의 여주인공 라라에 관한 주제곡 "라라의 테마"는 장대한 설원의 영상과 더불어 아직도 내 귀에 생생합니다. 〈닥터 지바고〉는 겨울 영화의 백미라고 할 수 있습니다.

겨울 하면 생각나는 또 하나의 영화는 〈러브 스토리Love Story〉를 빼놓을 수 없습니다. "사랑은 미안하다는 말을 하지 않는 것"이라는 명대사를 남긴 이 영화는 1970년 에릭 시걸Erich Segal의 소설을 영화화한 것으로 부유한 하버드생 올리버와 가난한 레드클리프 여대의 고학생 제니퍼의 가슴 아픈 사랑을 그린 영화로, 두 사람이 눈밭 위에서 장난치는 모습은 그 유명한 주제곡 'Snow flory'와 더불어 40년이 넘은 지금도 잊혀지지 않고 있습니다. 한때 당시 어린 나이에 제니퍼 역을 맡은 알리 맥그로우Ali MacGraw에 빠져 헤어나지 못했던 기억이 아련합니다.

겨울에 관한 대표적인 한국 영화는 개인적으로는 〈겨울 여자〉를 꼽을 수 있습니다. 조해일의 소설을 1977년에 영화화한 것으로 지금은 50대인 장미희가 20대의 꽃 같은 나이에 출연한 영화입니다. 극중 그녀의 이름은 이화입니다. 이화의 힘든 인생 여정이 왜 그리도 안쓰러웠던지 그리고 그녀의 세 남자가 왜 그리도 미웠던지… 이 영화도 예의 주제곡이 매우 감상적입니다. 여러분이 알지 모르겠지만 김세화라는 가수가 부른 〈눈물로 쓴 편지〉는 아직도 그 가사가 생생합니다.

> 눈물로 쓴 편지는 읽을 수가 없어요, 눈물은 보이지 않으니까요
> 눈물로 쓴 편지는 고칠 수가 없어요, 눈물은 지우지 못하니까요
> 눈물로 쓴 편지는 부칠 수도 없어요, 눈물은 너무나 빨리 말라 버리죠
> 눈물로 쓴 편지는 버릴 수도 없어요, 눈물은 내 마음 같으니까요…

가장 감수성이 예민했던 나의 10대 시절에 보았던 영화, 읽었던 소설들이 가장 날카로운 추억과 향수를 남겨주는 것 같습니다.

그 당시의 나의 수많은 연인들… 〈겨울 여자〉의 이화, 〈풀잎처럼 눕다〉의 은지, 〈별들의 고향〉의 경아, 〈적도의 꽃〉의 선영 그리고 〈겨울 나그네〉의 다혜…

나의 연인이었던 그녀들은 다 어디로 갔나요? 이젠 그 추억과 향수

도 억지로 되살려내기 전에는 나의 가슴속에서 불러내기는 쉽지가 않습니다.

여러분들의 10대 시절, 소설 속의 그리고 영화 속의 연인은 누구였나요? 그저 TV 코미디 프로 '개그 콘서트'의 황현희의 한마디가 생각납니다.

"걔네들 어디 갔어? 다 어디 갔어?"

CXO 메시지

공감 너머

지은이 | 김대일
펴낸이 | 박영발
펴낸곳 | W미디어
등록 | 제2005-000030호
1쇄 발행 | 2015년 9월 9일
주소 | 서울 양천구 목동서로 77 현대월드타워 1905호
전화 | 02-6678-0708
e-메일 | wmedia@naver.com

ISBN 978-89-91761-85-8 03810

값 13,800원